묵향 34
부활의 장

배신의 시대

묵향 34
부활의 장

초판 1쇄 인쇄일 · 2017년 05월 30일
초판 1쇄 발행일 · 2017년 06월 08일

지은이 · 전동조
펴낸이 · 유용열
기 획 · 김병준
편 집 · 김민태, 김은희, 유지원
펴낸곳 · 도서출판 스카이미디어

주소 · 서울시 동대문구 용두동 234-35번지 대명빌딩 201호
전화 · (02)922-7466
팩스 · (02)924-4633
E-mail · skymedia62@hanmail.net
출판등록 · 제6-711호

Copyright ⓒ 전동조 2017

값 9,000원

ISBN · 979-11-312-6541-3 04810
ISBN · 978-89-92133-00-5 (세트)

DARK STORY SERIES Ⅳ

묵향

부활의 장

전동조 장편 판타지 소설

34

배신의 시대

스카이BOOK

차례
배신의 시대

•

•

•

차례
배신의 시대

•

•

•

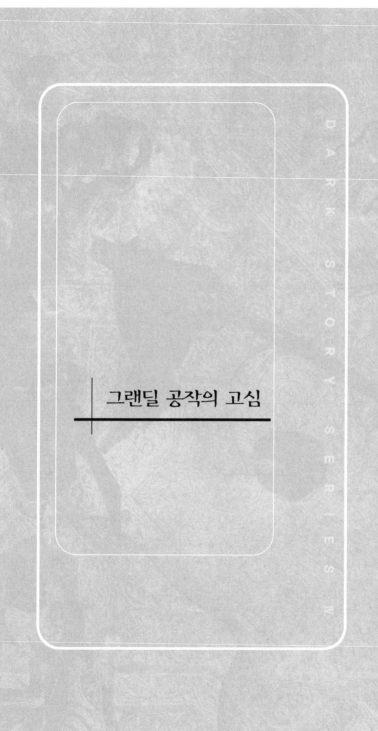

그랜딜 공작의 고심

34

배신의 시대

말토리오 산맥에 엘프들의 왕국을 건설한다는 계획은 착착 진행되어 나가고 있었다. 하지만 백만 인구를 지닌 국가를 건설한다는 게 어디 쉬운 일이겠는가.

　"자금이 절대적으로 부족하옵니다, 전하."

　에스테반 장로의 말에 그랜딜 공작은 한숨을 푹 내쉰 후 한참을 고심하다 입을 열었다.

　"드워프들을 좀 더 쥐어짜면……?"

　그러자 그랜딜의 좌측에 서 있던 팔로마 장로가 고개를 가로저으며 조언했다.

　"전하, 더 이상은 안 되옵니다. 지금도 한계까지 쥐어짜다 보니 드워프들의 불만이 극에 달해 있사옵니다. 이러다 자칫 더 이상은 못하겠다며 손을 놓을 위험이 너무 큽니다. 우리처럼 지혜로운 엘프가 아닌, 대가리에 든 게 근육뿐인 무식한 놈들인지라 눈이 뒤집히면 그분과의 면담을 요청해 따지겠다고 덤벼들 우려까지 있습니다."

　그렇다. 지금까지는 아르티어스의 명령이라며 드워프들의 등골을 쪽쪽 빨아먹고 있었는데, 혹시라도 자신들이 그분의 명령을 사칭하고 있었다는 걸 드워프들이 눈치라도 채게 된다면 역으로 이쪽이 당할 우려가 있었다. 하지만 그렇게라도 하지 않으면 천문학적인 비용이 소요되는 건국 자금을 충당할 길이 없는 것이다.

말토리오 산맥에 정착시킨 엘프보다 아직 크루마에 남아있는 엘프가 훨씬 더 많음에도 불구하고, 그들이 보유한 자금은 벌써 그 밑바닥을 드러내고 있는 상황이다.

"그렇다면 어찌하면 좋을꼬? 드워프들의 물건이 아니라면 돈을 벌어들일 수 있는 뭔가가 우리에게는 없지 않은가?"

"있사옵니다."

이미 생각해 둔 것이 있는지 에스테반 장로가 곧바로 답해왔지만, 그랜딜 공작은 회의적이었다. 그는 떨떠름한 어조로 말했다.

"혹, 마법도구를 생각하고 있다면 말을 꺼내지도 말게나. 그런 물품이 대량으로 풀린다면 알카사스에서 곧바로 조사에 나설 테니까."

마법왕국인 알카사스는 자신들의 기득권을 지키기 위해 마법도구 시장의 동태를 면밀하게 감시하고 있었다. 그러니 고품질 마법도구가 비정상적일 정도로 많은 수량이 시장에 풀리기 시작하고 있다는 것을 포착하게 된다면, 그들은 곧바로 막대한 인력을 투입하여 철저하게 조사하기 시작할 게 뻔했다.

아직 자리조차 잡지 못한 상황에서 자신들의 정체가 발각되게 된다면 엘프들의 왕국 건국이 제대로 진행될 수 있을 리가 없다. 특히 크루마 제국이 엘프들의 이탈을 가만히 놔둘 리 없을 것이다. 그걸 잘 알고 있었기에 그랜딜 공작은 마법도구 판매가 엄청난 수입을 가져다줄 것을 뻔히 알면서도 감히 시도조차 하지 못하고 있는 것이다.

"엑스시온을 판매하는 건 어떻겠습니까?"

"엑스시온을?"

타이탄의 심장인 엑스시온이라면 한두 개만 팔아도 최고급 마법도구 수백, 수천 개를 판매한 만큼의 수입이 들어온다. 하지만 문제가 있었다. 그 어마어마한 판매 가격 때문에 이건 개인이 구입할 수 있을만한 물건이 아닌 것이다. 국가 단위라면 혹 몰라도…….

옆에서 말을 듣고 있던 팔로마 장로가 불쑥 끼어들었다.

"팔 수만 있다면 좋겠지만 그걸 어디에다가 판매한단 말이오? 괜히 팔겠답시고 여기저기 기웃거리다 자칫 우리들의 정체만 탄로 날 위험이 있지 않겠소."

에스테반 장로는 그 정도는 이미 생각하고 있었다는 듯 여유로운 미소를 지으며 팔로마 장로를 향해 입을 열었다.

"아르곤이 있지 않소. 신성제국 아르곤이라면 우리가 운만 살짝 띄어도 구입하겠다며 미친 듯 달려들 것이오. 게다가 돈이라면 넘치는 나라가 아르곤이니……."

일리가 있었기에 그랜딜 공작은 고개를 주억거리다 의구심 어린 어조로 질문을 던졌다.

"흠, 아르곤이라면 충분히 괜찮은 판매처지. 하지만 현재 우리 사정상 공식적으로 판매할 수가 없다는 게 문제 아닌가. 그렇다고 크루마의 이름을 팔아 엑스시온을 수출할 수도 없는 노릇이고."

크루마는 신성제국 아르곤을 잠재적국으로 보고 전략물자의 수출을 엄금하고 있었다. 그런 상황에서 크루마의 이름을 사칭해 엑스시온을 팔겠다고 하면, 자칫 이것이 크루마 황실의 허가를 받고 행한 공식입장으로 오해받을 수가 있는 것이다.

때문에 엑스시온 수급에 어려움을 겪고 있는 아르곤에서 혹시라도 크루마 황실에 감사를 표하는 사신이라도 보낸다면 끝장인 것이다.

"게다가 비밀리에 어찌어찌 판매했다손 치더라도 그 대금은 어떻게 받아올 거요? 엑스시온 1개의 판매 대금이 한두 푼도 아니고……. 결국 이쪽의 정체를 밝히는 수밖에 도리가 없지 않겠소."

팔로마 장로의 지적에 그랜딜 공작은 고개를 끄덕이며 찬성했다.

"장로의 말이 옳구려. 어쨌거나 이쪽의 정체를 밝히고 도움을 청하는 수밖에 없는데, 그게 잘 되겠소?"

"걱정 마시옵소서, 전하. 제가 예전에 엑스시온을 판매하며 안면을 터 둔 대신관이 한 명 있사옵니다. 그를 잘 설득할 수만 있다면……."

에스테반 장로의 말에 그랜딜 공작은 어이가 없는 모양이다. 그는 고개를 갸웃하며 말했다.

"엑스시온을 판매했다고? 그럴 리가…, 크루마에 있어서 가장 큰 걸림돌들 중 하나가 신성제국 아르곤인데, 엑스시온 판매를 군부에서 묵인해 줄 리가 없지 않은가?"

그 일은 그랜딜 공작이 아르티어스에게 끌려가 크루마에 없었을 때 일어난 일이었다. 그의 이해를 돕기 위해 팔로마 장로가 급히 입을 열었다.

"에스테반 장로의 말이 맞사옵니다, 전하. 당시 엑스시온 판매를 적극 추진한 게 군부 쪽이었으니까요."

엘프리안이 브로마네스에 의해 파괴된 후, 황궁을 또다시 건설해야 하는 처지에 놓인 미네르바는 그 재원 조달을 위해 150여 개에 달하는 엑스시온 판매를 추진했다고 했다. 하지만 그런 엄청난 물량을 현금을 주고 구입할 수 있는 나라는 오직 신성 아르곤 제국밖에 없었다.

크루마는 엄청난 돈을 받고 엑스시온을 아르곤에 은밀히 판매한 뒤 그때부터 지금까지 암암리에 코린트와 크라레스를 움직여 알카사스가 아르곤에 엑스시온을 수출하지 못하도록 적극 방해하는 정책을 펼치고 있었다. 그런 이유 때문에 마도전쟁 이후 굉장히 오랜 세월이 흘렀음에도 불구하고, 아르곤 제국은 아직까지도 당시 잃어버린 전력을 회복하지 못하고 있었다.

"그런 상황이라면 아르곤에 엑스시온 판매를 하는 게 그리 어렵지만은 않겠구먼."

"맞사옵니다, 전하. 그리고 이번 기회에 엑스시온 판매를 통해 아르곤을 우리의 우군으로 만드는 것도 괜찮을 거라고 생각되옵니다."

"흠, 우군이라……?"

에스테반 장로는 확신에 찬 어조로 강하게 대답했다.

"저희가 엘프 왕국 건립을 선포한다면 다른 강대국이야 모르겠지만 크루마는 반드시 적대적으로 반응할 것이 분명하옵니다. 크루마 마법 전력의 태반을 차지하고 있는 게 저희 엘프들이니까요."

"그건 그렇지. 어쩌면 크루마뿐만이 아니라, 다른 강대국들도 적대적으로 대응할 확률이 농후하지. 그들로서는 기껏 안정되어 있는 현 대륙 정세가 우리로 인해 흐트러지는 걸 원치 않을 테니 말이야."

"그렇기 때문에 우군으로 포섭할 수 있는 나라는 어떻게 해서든 저희 쪽으로 끌어들여야 하옵니다."

그랜딜 공작은 에스테반 장로의 말에 충분히 공감한다는 듯 고개를 주억거렸다. 하지만 그의 안색은 그다지 밝지 않았다.

"현재 우리가 생산할 수 있는 엑스시온이라고 해 봐야 몇 개 되지도 않는데 그것만으로 그들이 우리의 제안을 받아들이겠는가?"

"아마 받아들일 거라 생각되옵니다."

"경이 그렇게 확언을 할 정도라면 충분한 복안이 있다는 말이겠지?"

"그렇사옵니다. 대신 예전에 실험을 하다 폐기한 듀얼 엑스시온 기법을 그들에게 알려줄까 하는데…, 괜찮겠사옵니까?"

그랜딜 공작은 미간을 찌푸리며 되물었다.

"별 쓸모도 없는 건데, 그거 가지고 괜찮겠느냐?"

"그 정도만 해도 감지덕지할 것으로 사료되옵니다."

"좋아. 경에게 전권을 맡길 테니 알아서 잘해 보게나." ·

"전하의 신뢰에 어긋나지 않도록 최선을 다하겠나이다."

"그래, 부탁하네."

예를 갖춘 후, 물러나는 에스테반 장로의 뒷모습을 보던 그랜딜 공작은 문득 떠올랐다는 듯 팔로마 장로를 향해 물었다.

"참, 일전에 왔던 호비트는 어떻게 처리했는가?"

아르티어스가 무슨 짓을 한 건진 알 수가 없지만, 꽤 수준 높은 기사 한 명이 위대하신 분의 명을 받았다면서 찾아왔었다. 쓸 일이 있으면 부를 테니 그때까지는 여기에서 대기하고 있으라는 말을 위대하신 분으로부터 직접 들었다면서.

"아, 그 호비트 말씀이시군요. 일단 아래쪽 마을로 내려보냈사옵니다."

그랜딜 공작은 걱정스럽다는 듯 턱수염을 신경질적으로 쓰다듬었다. 한낱 호비트 하나를 신경 쓸 정도로 한가한 그랜딜 공작이 아니다. 하지만 문제는 그자가 아르티어스가 보낸 호비트라는 점이다.

"여기서 대기하고 있으라고 하셨다는데, 마을에 내려보내도 괜찮을까……?"

"너무 근심하지 않으셔도 괜찮을 듯하옵니다. 만약 위대하신 분의 연락이 와도 마법으로 곧바로 데려올 수 있지 않사옵니까.

그리고 절대 마을 밖을 벗어나지 말라는 확답까지 받아놓았고, 혹시 몰라 감시자 몇 명을 붙여 두었사옵니다."

"감시자를?"

"예. 위대하신 분의 명을 받았다고는 하나, 저희가 직접 들은 것도 아니지 않사옵니까."

여기까지 말한 팔로마 장로는 혹 누가 들을세라 목소리를 낮춰 덧붙였다.

"그리고 혹 그분의 밀명을 받고 우리를 감시하기 위해 온 것인지도 의심되옵니다."

팔로마 장로의 시원한 일 처리가 마음이 든 그랜딜 공작은 흐뭇한 미소를 지으며 고개를 끄덕였다.

"허허, 잘 처리했군. 그래, 뭐 수상쩍은 부분은 없고?"

"그런 건 없었사옵니다. 다만……."

팔로마 장로가 대답을 주저하며 말끝을 흐리자 그랜딜 공작은 호기심에 다급히 되물었다.

"다만?"

"저희 쪽의 방심을 유도하려는 것인지는 모르겠사오나 매일매일 주색잡기(酒色雜技)로 시간을 보내고 있다고 하옵니다. 게다가 감시자로 붙여 놓은 여 엘프에게도 하룻밤 어떻게 안되겠냐면서 얼마나 치근거렸던지 남자 엘프로 교체해 달라는 불만까지 접수되어 있는 상태라……."

생각지도 못한 엉뚱한 말에 그랜딜은 고개를 갸웃하지 않을 수 없었다.

"허, 그것참 이상하군……."

아르티어스가 보내온 사람이다. 당연히 그자를 조사해 보지 않았을 리 없다. 뷰 마나포스만 해봐도 대제국의 근위기사급에 이르는 엄청난 수준의 그래듀에이트라는 것을 쉽게 알 수 있었다. 그런 자가 수련은 내팽개치고 주색잡기로 시간을 보내고 있다고? 말도 안 되는 짓거리였다.

그래듀에이트가 되기 위해서는 재능만이 아닌, 일반인들의 상상을 초월하는 반복되는 고된 훈련이 필요하다. 그리고 그래듀에이트가 되었다는 소리는 그러한 훈련이 완전히 몸에 익어 하루라도 훈련을 하지 않으면 찜찜해 가만히 있지 못한다.

잠시 고심하던 그랜딜 공작이 단호한 표정으로 지시했다.

"감시 인력을 3배로 보강하여 밤낮을 가리지 말고 철저하게 감시하도록! 그리고 충분한 보상을 약속하고 왕국을 위해 그 호비트를 꼬실 여 엘프가 있는지 알아보도록."

"즉시 이행하겠나이다, 전하."

*   *   *

공간이동 마법으로 아르곤으로 간 에스테반 장로는 예전에 엑스시온 판매 건으로 인해 안면을 터 뒀었던 대신관을 은밀히 수소문하였다. 이 일은 극비를 요하는 것이었기에 아르곤의 타이탄 생산에 있어서 강력한 권한을 행사하는 위치에 있는 그를 찾아가 직접 담판을 짓는 게 좋겠다고 생각했던 것이다.

그런데 놀랍게도 그는 그 사이에 아르곤 제국 내에 20명밖에 없다는 주교(主敎)가 되어 있었고, 타이탄 생산과 구매의 최고 책임자가 되어 있었다.

정말이지 엘프들을 보호해 주시는 신께서 가호를 베풀어 주고 있다고밖에는 생각할 수가 없는 일이었다.

주교와의 면담은 즉시 받아들여졌다. 그럴 수밖에 없는 것이, 아르곤에서는 아직까지도 에스테반 장로가 크루마의 엑스시온 판매 책임자인 줄 알고 있었던 것이다. 엑스시온이 절실했던 아르곤으로서는 당연히 에스테반 장로를 쌍수를 들고 환영할 수밖에 없었다.

"저쪽입니다."

주교의 집무실 문 앞에는 중무장한 기사 눌이 부동자세로 서 있었다. 값비싸 보이는 화려한 갑옷만 봐도 일반 기사가 아니라는 것을 직감한 에스테반은 그들의 허리춤으로 재빨리 시선을 돌렸다. 그곳에는 그의 예상대로 금박을 입힌 신성문자들이 빽빽이 아로새겨진 20센티미터 길이의 짧은 막대기가 하나씩 달려 있었다. 성기사(聖騎士)의 상징인 오러 소드(aura sword)였다. 아르곤 제국 권력의 정점에 서 있는 존재들인 주교에 대한 경호원인 만큼 상당한 실력자들일 것이 뻔했다.

주교실 안으로 안내받아 들어가니 커다란 책상에 앉아 있던 노인이 그를 반갑게 맞이해 줬다. 에스테반 장로가 주교와 마지막으로 만났던 게 20여 년쯤 전이다. 수백 년의 수명을 지닌 엘프에게 있어서 20년은 그리 긴 세월이 아니었지만, 인간인 주교는 그 사이에 몰라볼 만큼 노쇠해 있었다. 하기야 그럴 수밖에 없으리라. 아무리 신성력으로 노화를 억누르고 있다고는 하지만, 그의 나이는 이미 90세에 이르러 있는 상태였으니까.

그런데 반갑게 인사를 나누던 에스테반 장로의 미간이 살짝 찌푸려졌다. 주교의 뒤에도 성기사 2명이 서 있는 걸 봤기 때문이다. 이제부터 주교와 나눌 대화 내용은 극비를 요하는 것이었기에 성기사들의 존재가 마음에 걸렸다.

하지만 에스테반 장로는 자신의 그런 속내가 드러나지 않도록 세심하게 표정을 관리했다. 아무리 엑스시온을 판매하며 안면을 익혔다고는 하나 그 후로 벌써 20여 년이 지난 후에 갑자기 불쑥 나타나 면회 신청을 했으니 주교로서도 무척 당혹스러웠을 것이다. 그런 상황에서 경호를 서고 있는 성기사를 물려달라고 요청한다면 의심부터 할 게 뻔했다.

주교는 예전이나 지금이나 전혀 변함없는 모습을 지니고 있는 에스테반 장로를 한눈에 알아보고는 반갑게 맞이해 주었다. 서로 간에 인사가 오간 후, 주교가 먼저 서두를 꺼냈다. 지위가 지위인 만큼, 에스테반과 언제까지나 한담만 나누고 있을 수는 없었기 때문이다.

"그래, 여기는 어쩐 일인가? 혹, 판매 허가가 떨어지기라도 한 것인가?"

크루마에서 엑스시온을 아르곤에 마지막으로 판매한 것이 20년쯤 전이다. 그 이후, 더 이상의 추가 물량이 없자 아르곤에서는 몇 번이고 은밀히 사신을 보내 엑스시온을 판매해 달라는 요청을 했었다. 하지만 그 이후 크루마는 이런저런 변명만을 늘어놓을 뿐, 지금까지 단 1기의 엑스시온도 추가 판매하지 않았다.

에스테반 장로가 쉽사리 입을 열지 못하고 경호를 서고 있던 성기사들을 향해 계속 시선을 돌리자 주교는 안심하라는 듯 말했다.

"걱정 말게. 신앙심이 독실한 기사일 뿐만 아니라 내 허락 없이는 입조차 뻥긋하지 않을 믿을 수 있는 아이들이니 말일세."

"예, 그럼 일단 주교님께 한 가지 먼저 양해를 구하고 싶은 사안이 있습니다."

"그게 뭔가?"

"우리 쪽에서 엑스시온을 판매했다는 걸 아무도 모르게 처리해 주실 수 있으십니까?"

"핫핫, 그건 걱정하지 말게. 어차피 비공식적으로 구입하는 게 우리로서도 이익이니까 말이야."

에스테반 장로는 주교가 자신의 말을 이해하지 못했다고 판단한 뒤 다시 입을 열었다.

"제가 말씀드리고 싶은 것은, 이 거래가 크루마와 아르곤의 국가 간의 거래가 아니라 저와 주교님과의 개인적인 거래가 되었으면 한다는 것입니다. 물론 거래 대금 역시 크루마가 아니라 저에게 주셔야 하는 거지요. 그리고 이 거래에 대해서 알고 있는 사람은 주교님 이하 극소수로 해 주셔야만 합니다."

그 말에 주교는 곤혹스럽다는 표정으로 대답했다.

"흐음, 뭔가 사정이 있는 모양이군. 좀 더 자세히 말해 줄 수 있겠는가?"

"그럴 수 없음을 이해해 주십시오, 주교님."

"흐음, 자세한 속사정도 모른 체 그렇게 해 줄 수는 없다네. 아무리 내가 책임자이긴 하지만 그건 내 권한을 벗어나는 일이야. 자네도 알다시피 그것의 가격이 어디 한두 푼 하는 것이 아니지 않은가."

"비밀을 유지해 주실 수만 있으시다면 지금껏 주교님께서 단 한 번도 취급하지 못하셨던 최상급품을 제공해 드릴 수도 있습니다. 물론 수량은 그리 많지 않겠지만……."

주교의 눈이 번쩍하고 빛났다.

"최상급품이라고? 그게 정말 가능한 일인가?"

신성 아르곤 제국의 성립이 선포되고 얼마 지나지 않아 그 당시 최강국들이라 할 수 있던 코린트, 크라레스, 크루마, 알카사스는 협정을 맺어 1.25 이상급의 엑스시온을 아르곤에 판매하는 것을 금지했다. 그리고 그 이하급조차도 가급적이면 아르곤으로 흘러들어 가지 못하도록 틀어막았다. 광신도 국가인 아르곤의 군사력이 증대되는 것을 원하지 않았기 때문이다.

"가능하기에 말씀드리는 것입니다. 주교님께서도 잘 아시지 않습니까? 만약 최상급품을 우리가 아르곤에 제공했다는 것이 밖으로 새어 나가기라도 한다면 코린트나 다른 나라들이 가만히 있지 않을 것이라는 것을."

그것은 중대한 협정 위반이 된다. 최악의 경우, 제3차 제국전쟁으로 발전할 수 있을 정도로……. 그런 만큼, 이렇게까지 비밀 엄수를 요구하는 것도 결코 무리가 아닌 것이다.

"최상급품이라고만 하지 말고…, 정확히 어느 정도의 출력을 낼 수 있는 걸 제공해 줄 수 있는지 알려줄 수는 없겠는가? 그래야 내가 다른 주교들을 설득할 수 있지 않겠나."

에스테반 장로는 상체를 앞으로 뻗어 최대한 주교와 가깝게 한 후, 속삭이듯 낮은 목소리로 대답을 해 줬다. 성기사들이 엿듣지 못하도록.

"1.5를 드릴 수 있습니다."

"헉!"

지금껏 산전수전 다 겪으며 살아온 노회하기 짝이 없는 주교였지만, 이번만큼은 놀라움을 감추기가 힘들었다. 과거, 아르곤에서 교황 전용의 고성능 타이탄을 제작하고자 했을 때, 거기에 들어가는 최고급품의 엑스시온을 구하기 위해 얼마나 고생했던가. 엑스시온 가격보다 코린트나 다른 나라들에 수입허가를 받기 위해 로비하는 데 들어간 돈이 몇 배는 더 많았었다. 그런데 그런 엄청난 물건을 공급받을 수 있게 된 것이다.

"그, 그 정도라면 주교원에 얘기를 넣어 볼 수 있겠구먼."

"언제쯤 결과를 알 수 있겠습니까? 제가 그리 오랫동안 머물 수는 없는 처지라서……."

"물량은 어느 정도나 공급해 줄 수 있겠는가?"

"송구스럽습니다만 비밀유지에 대한 확답을 받기 전에는 공개할 수 없음을 이해해 주십시오, 주교님."

"내일…, 내일 알려주도록 하겠네."

"그럼 부탁드리겠습니다, 주교님."

*　　*　　*

다음날 약속시간에 맞춰 에스테반 장로는 주교에게로 안내되었다. 문 앞을 지키고 있는 성기사들의 존재는 변함이 없었지만, 주교실 안에 배치되어 있던 성기사들의 모습은 더 이상 보이지 않았다. 그만큼 두 사람이 나눌 대화가 중요하다는 걸 주교가 알아차린 것이다.

집무실 안으로 들어서자마자 주교는 활짝 웃는 얼굴로 에스테반 장로를 맞이했다. 그의 표정만 봐도 주교원의 허락이 떨어졌음을 에스테반 장로는 직감할 수 있었다.

"주교원의 허락이 떨어졌다네. 이번 거래는 철저하게 비밀리에 진행될 테니 조금도 걱정하지 말게. 그래, 물량은 어느 정도 공급해 줄 수 있나? 주교원에서는 그걸 가장 궁금하게 여기고 있다네."

"쌓여 있는 재고를 판매하는 게 아니니 수량을 속단할 수는 없습니다만, 현 상황이라면 1개월에 1개 정도는 공급할 수 있을 듯합니다."

1개월에 1개라도 결코 적은 게 아니다. 왜냐하면 하급 출력의 엑스시온이 아닌, 1.5급의 최상급품 엑스시온이었기 때문이다. 하지만 주교의 얼굴에서는 짙은 실망감이 피어올랐다. 그는 그것보다 훨씬 더 많은 양을 기대하고 있었으니까.

과거 크루마에서 엑스시온이 대량으로 수입되었을 때, 성능은 비록 1.0급이었다고 하지만 단 1년 동안에 무려 150개의 엑스시온이 쏟아져 들어왔었다. 그런 엄청난 생산력을 지닌 크루마를 주교원에서 얼마나 질투하고, 또 한편으로는 두려워했었는지…… 당시 수입을 총괄했던 주교는 그 공을 인정받아 이 자리까지 승진할 수 있었다.

"쯧, 아무리 1.5급이라지만, 기대한 것에 비해 물량이 너무 적구먼. 귀국은 그만한 능력이 있으니 좀 더 많이 판매해 줄 수는 없겠는가? 물품 대금은 넉넉히 책정해 주도록 하겠네."

주교의 말에 에스테반 장로는 이제 자신들의 입장을 밝힐 때가 되었다는 것을 깨달았다. 그렇지 않으면 저 노회하기 짝이 없는 주교가 뭔가 수상쩍다는 것을 느낄 테니까.

"제가 처음부터 극비밀리에 이번 거래를 요청하게 된 건 사정이 있어서였습니다. 솔직히 말씀드리자면 지금 저는 크루마를 대표하여 이곳에 와 있는 게 아닙니다."

"허, 역시 그랬었구먼……. 그렇다면 지금 자네는 누구를 위해서 일하고 있는 겐가?"

에스테반 장로는 자신이 엘프 왕국을 대표하여 왔음을 밝혔다. 그리고 현재 엘프 왕국이 처한 상황에 대해서도 대략적으로 설명을 했다. 그런 그의 말을 조용히 들으며 주교는 고개를 주억거렸다. 이제야 에스테반 장로를 만나며 느꼈던 의문이 이해가 되었으니까.

그동안 아르곤으로의 엑스시온 판매를 철저히 틀어막고 있던 크루마에서 갑자기 1.5급 고성능 엑스시온을 판매해 주겠다고 제안을 해왔기에 주교는 내심 수상쩍게 여기고 있었던 것이다. 하지만 이 늙은 여우는 그걸 입 밖에 내지는 않았다. 단 1개라도 수입을 할 수 있다면 엄청난 가치가 있는 게 바로 1.5급의 엑스시온이었으니까.

그건 그만한 가치를 지닌 물건이었다.

"자네가 왜 그렇게까지 비밀 유지에 집착했는지 이제야 이해가 가는구먼. 좋아, 그 부분에 대해서는 내 최선을 다하도록 할 테니 안심해도 좋을 걸세."

"이해해 주시니 감사합니다, 주교님."

"무슨 말을. 그렇게 해야 이쪽도 물건을 계속 공급받을 수 있으니 말이야. 그런데 양을 더 늘릴 수는 없겠는가? 한 달에 겨우 1개라면 우리들이 기대했던 것에 비해 너무 적은 양이야."

"저희도 좀 더 많이 판매할 수 있었으면 좋겠습니다만, 현 상황에서는 그 정도가 한계입니다."

"흠, 혹시 엑스시온을 생산할 수 있는 시설 때문에 그러는 것이라면 이쪽에서 모든 걸 제공할 용의가 있네. 그래, 그게 좋겠군. 그쪽에서는 엑스시온을 가동시킬 수 있는 능력 있는 마법사들만 보내주면 되네. 나머지는 이쪽에서 모두 다 제공하도록 하지. 우리 아르곤 제국에 대규모 엑스시온 생산시설을 만드는 거야. 어떤가?"

"그, 그건 좀……."

에스테반이 가정하고 있던 최악의 순간이 도래했다. 이쪽의 정체를 밝히게 되면 상대가 이런 제안을 해 올 것이 당연하다고 봐야 했다. 하지만 이것만큼은 가장 피하고 싶었다. 하지만 그렇다고 무턱대고 거절해 버릴 수도 없는 노릇이다. 상대는 아르곤을 이끄는 절대자들 중의 한 명이었으니까.

"물론 날로 먹을 생각은 전혀 없다네. 엑스시온이 한 개 한 개 생산될 때마다, 그에 상응하는 댓가를 충분히 지불하도록 하겠네."

하지만 그건 절대 승낙할 수 없는 사안이었다. 여기에 대량의 마법사들을 투입했다가, 아르곤에서 그들을 덜컥 억류해 버리기라도 하면 어떻게 되겠는가. 물론 저 주교는 바깥세상과 오랜 세월 교류를 해온 비교적 개방적인 사고를 지닌 인물이었기에 신뢰할 수 있긴 했다. 하지만 그의 나이 90이 넘은 상황. 그가 언제 죽어도 이상하지 않은 상황인 것이다. 그의 후임자도 엘프들에게 잘해 줄 거라고는 전혀 기대할 수 없었다.

"그건…, 힘들겠습니다."

"자네가 뭘 걱정하는지 잘 알고 있다네. 걱정 말게. 이곳에 오는 엘프들의 안전은 내가 책임질 테니 말일세."

포기하지 않고 계속 설득하려는 주교를 향해 마냥 반대만 할 수 없었던 에스테반은 화제를 슬쩍 다른 쪽으로 돌렸다.

"굳이 그러지 않으셔도 1.0에서 1.2 정도의 엑스시온이라면 알카사스에서 얼마든지 구하실 수 있지 않습니까?"

"허, 거참. 말도 말게나."

엑스시온 수입이 얼마나 힘든 일인지, 일단 말을 꺼내기 시작하자 주교는 멈출 수가 없는 모양이다. 그만큼 평소에 쌓인 것이 많았던 것이리라. 그렇다고 그 정도 위치에 있는 사람이 터놓고 하소연을 할 수 있는데도 없었을 것이고. 때마침 자신의 고충을 이해해 줄 수 있는 상대를 만나지 않았는가. 더군다나 그 상대가 자신의 고충을 해결해 줄 수 있을지도 모르는데…….

"1.0 이상급의 효율 높은 엑스시온을 생산할 수 있는 나라는 몇 나라 되지 않는다네. 문제는 그들 중에서 본국에 엑스시온을 판매해 줄 만한 나라는 알카사스 정도밖에 없다는 사실이지."

"그렇다면 약간 성능이 떨어지더라도 0.8 정도를 구해서 사용하면 되지 않습니까? 그 정도 등급이라면 생산할 수 있는 나라가 꽤 될 텐데요."

"마도대전을 거치며 타이탄 전력에 가장 막심한 피해를 입은 국가가 바로 본국일세. 그 이유는 명확했지. 정규급 출력도 내지 못하는 저급 타이탄은 아무리 많이 만들어서 가지고 있어 봐야 쓸모가 없다네. 오히려 인명피해만 가중시킬 뿐이지."

이런 주교의 반응을, 사실 에스테반 장로는 이미 짐작하고 있었다. 그는 이제 준비해온 카드를 꺼낼 때가 되었다고 생각했다. 주교가 이곳에 엑스시온 생산 공장을 만들겠다는 억지를 부리지 못하게 하기 위해서 이걸 준비해 왔던 거니까.

"주교님께서는 혹시 타이탄 안에 엑스시온을 두 개 집어넣는 기법에 대해서 들어보신 적이 있으십니까?"

"1기의 타이탄 안에 말인가?"

"그렇습니다."

주교는 잠시 고개를 갸웃하다 대답했다.

"그게 가능한 얘긴가?"

"물론 가능합니다. 과거 본국에서 코린트의 흑기사를 대적하기 위한 고성능 타이탄을 제작하기 위해서 연구했었던 테마들 중의 하나였으니까요."

"내 아직까지 그런 타이탄이 있다는 소리는 들어본 적이 없다네. 그렇다는 소리는 그 실험은 실패했을 확률이 높겠구만."

"유감스럽게도 그렇습니다."

에스테반의 대답에 주교는 떨떠름한 표정으로 다시금 물었다.

"실패한 실험에 대한 얘기를 내게 하는 이유가 뭔가?"

에스테반 장로는 정색을 하며 대답했다.

"실험 자체는 실패가 아니었습니다. 단지 문제가 좀 많아서 실전배치를 하지 않았던 것뿐이지요."

"어떤 문제인데……?"

"타이탄마다 자아(Ego)가 있고, 그 자아는 엑스시온에서 나온다는 걸 잘 아실 겁니다. 그런데 한 몸뚱이에 자아가 두 개 존재하니 어떤 일이 벌어지겠습니까?"

딱히 상대의 대답을 기대한 것은 아니라는 듯 에스테반 장로는 계속 말을 이었다.

"고성능의 엑스시온일수록 자아가 강해지는데, 저희들이 연구한 것은 초고성능을 추구한 타이탄이었습니다. 안 그래도 말 안 듣는 타이탄의 자아가 둘씩이나 되다 보니 도저히 통제 불능이라서 생산해 봐야 도저히 쓸 수가 없었던 겁니다."

그런 이유로 크라레스 최강의 타이탄인 청기사보다도 더욱 막강한 성능을 지녔던 그 실험용 타이탄은 해체되는 것으로 그 짧은 생을 끝마쳐버렸다. 기념비적인 존재로 황궁에 전시해 두기에는 재룟값이 너무 아까웠던 것이다.

"듣고 보니 이해가 가는구먼."

"하지만 주교님께서 원하시는 건 이 정도의 고성능 타이탄이 아니지 않습니까. 0.8 내외의 저급 엑스시온은 자아도 약합니다. 충분히 통제가 가능하다는 얘기지요."

충분히 통제가 가능하다는 말에 주교의 관심도가 급격히 높아진다. 등을 기대고 편히 앉아있던 그는 자신도 모르게 상체를 앞으로 내밀었다.

"허~, 그래? 그럼 0.8 엑스시온 둘을 넣는다면 출력을 어느 정도 낼 수 있나? 한 1.0 정도는 낼 수 있는가?"

"두 엑스시온 간의 상호 간섭으로 인해 출력이 안정적이지 못하고 출렁거리는 게 좀 탈이긴 합니다만, 1.0에서 1.4 정도까지는 충분히 낼 수 있습니다. 문제는 고급 엑스시온에 비해 저급 엑스시온들의 경우 증폭효율이 떨어지는 만큼, 마나 소모가 크다는 게 탈이지요. 하지만 그것도 탑승하는 기사가 미리 알고 대처한다면 별문제 없이 넘어갈 수 있는 일입니다."

1.0에서 1.4 정도의 출력을 낼 수 있다는 말에 주교는 군침을 꿀떡 삼키며 자신도 모르게 상체를 벌떡 일으켰다. 그만큼 그 말이 준 충격이 강했던 탓이다.

만약 이 말이 사실이라면 지금처럼 주변 강대국들의 눈치를 보며 엑스시온을 팔아 달라며 애걸복걸하지 않아도 된다. 게다가 실험을 통해 충분히 통제가 가능하다고 하지 않는가.

"허, 그게 사실이라면 우리에게 꼭 필요한 것이로군. 이런 말 하면 염치없지만, 제조법을 좀 알려줄 수 없겠는가. 댓가는 후하게 지불하도록 하겠네."

저자세로 부탁해 오는 주교의 모습에 에스테반 장로는 황급히 손을 내저으며 말했다.

"그러실 것 없습니다. 신성 아르곤 제국과 장차 탄생할 엘프 왕국 간의 우정을 위한 선물이라고 생각해 주십시오."

"허허, 정말 감사한 일이로군. 내 교황 성하께 엘프 왕국의 이런 기특한 마음을 그대로 전하겠네."

어찌 되었건 이번 협상으로 인해 아르곤 제국과 엘프 왕국 둘 다 서로 간에 필요한 것을 충분히 챙길 수 있었다. 그 후 좀 더 구체적인 협상을 통해 개당 가격과 인도 방법 등을 논의한 뒤, 에스테반 장로는 기분 좋은 얼굴로 자리에서 일어설 수 있었다.

대지의 기억

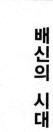

34

배신의 시대

공간이동 마법 목적지 좌표로 가장 많이 사용되는 것이 바로 연못이나 강물 위쪽이다. 좌표 아래가 물이기에 떨어져도 안전할뿐더러, 물 위에 구조물이 있을 리가 없기 때문이다. 하지만 산속으로 공간이동 마법을 쓸 경우에는 아주 위험했다. 공간 이동할 좌표에 나뭇가지와 같은 이물질이 끼어 있었다가는 곧바로 비명횡사를 당할 수가 있었으니까.

그렇기에 해밀턴 팀은, 뒤따라올 본대가 안전하게 공간 이동할 수 있도록 지상 20여 미터 위치의 좌표를 불러줬었다.

"도착 좌표 위치가 상공 20여 미터 정도라고 한다. 바로 밑에 나무가 있을 수도 있으니 착지할 때 모두들 주의하도록!"

공간이동이 끝나자마자 대원들은 모두 신경을 곤두세운 채 자유낙하를 시작했다. 최대한 장비와 짐의 무게를 줄였다고는 하지만, 척살대원 개개인이 지닌 짐의 무게만 해도 거의 20킬로그램에 육박했다.

더군다나 전사(戰士)들의 경우 빠른 추격을 위해 가벼운 가죽 갑옷을 착용했는데도, 무기까지 합하면 그 또한 20여 킬로그램에 육박했다. 합계 40여 킬로그램. 이런 상태로 상공에서 떨어져 내리는 것이니 자칫 실수라도 했다가는 곧바로 피떡이 될 터였다. 대원들은 떨어져 내리면서 지면을 빠르게 훑으며 차분하게 나뭇가지를 밟아 낙하 충격을 줄여나갔다.

공간이동을 하자마자 비행마법을 사용한 마법사가 우아한 모습으로 땅바닥에 착지했을 때, 이미 다른 대원들은 모두 착지를 끝낸 상태였다. 상당한 실력자들만 뽑아온 만큼, 앤트러스는 착지 때 혹 부상이라도 입은 대원은 없는지를 묻지 않았다.

"모두들 흩어져서 해밀턴이 남긴 흔적을 찾아보게."

대원들이 흔적을 찾기 위해 사방으로 흩어지자 마법사가 앤트러스에게로 다가와 조심스럽게 입을 열었다.

"잠깐…, 보고 드릴 게 있습니다."

"뭔가?"

마법사는 손가락으로 산맥 한쪽을 가리키며 말했다.

"착지하기 전에 저쪽으로 와이번이 날아가는 걸 봤습니다."

대원들은 숲 위쪽으로 공간이동을 하자마자, 곧바로 아래로 떨어졌다. 안전하게 착지를 하기 위해 발밑 쪽으로 최대한 신경을 집중시켰기에 주변을 살필 여력이 있을 리가 없다. 하지만 마법사의 경우 비행마법으로 낙하속도를 줄일 수 있는 만큼, 주변을 살펴볼 여유가 있었던 모양이다.

"나도 내려오면서 봤다네. 순찰을 돌고 있는 거겠지."

"그럴 가능성이 크긴 합니다만, 아무래도 찜찜해서 말이죠. 작전 지역으로 투입되기 전에 이곳 분견대에서 공간이동 마법진의 사용을 불허했다는 말을 들었습니다. 마법진이 수리 중이라면서 말입니다. 그때는 그런가 보다 했는데…, 와이번을 보고 나니 왠지 마음에 걸려서요."

앤트러스는 마법사의 말에 공감했는지 고개를 가볍게 끄덕였다. 그 역시 지금껏 살얼음판을 걷는 듯한 삶을 살아온 사람이다. 때로는 이성보다 한순간 번뜩이는 육감이 더 정확할 때가 있다는 것을 아는 것이다. 그리고 우연은 결코 반복되어 일어날 수가 없다는 것도…….

하지만 아무리 생각해도 원로원 쪽에서 이번 일을 눈치챘을 가능성은 없었다.

"일단은 좀 더 상황을 두고 보기로 하세. 물론 조심할 필요는 있겠지."

이때 숲 속으로 흩어진 대원들 중 한 명의 목소리가 들려왔다.

"여기 흔적을 찾았습니다!"

앤트러스가 이끄는 특무대는 킬러 2개 팀(해밀턴 팀, 브레이 팀), 마법사 2명, 신관 1명으로 이뤄진 급조된 조직이다. 선발대로 투입된 해밀턴 팀과 마법사 1명과의 연락이 갑자기 끊긴 게 좀 찝찝하기는 했지만, 그들은 증원 따위는 생각지도 않고 곧바로 해밀턴 팀의 흔적을 쫓아갔다. 설혹 해밀턴 팀에 뭔가 변고가 생겼다 해도, 지금 있는 인원만으로도 배신자들을 처리하기에는 차고도 넘칠 정도의 전력이었으니까.

하지만 추적을 시작한 지 얼마 지나지 않아 그들은 해밀턴 팀이 느꼈던 것과 똑같은 의문을 떠올려야만 했다. 추적을 따돌리기 위함이라는 건 이해해도, 길도 없는 험지를 억지로 뚫고 나간 이유를 도무지 알 수가 없었던 것이다.

게다가 배신자들 중에는 레인저도 한 명 있었다. 감찰부 소속 레인저들은 일반인들은 상상조차 하기 힘들 정도의 전문적인 훈련을 받는다. 산속이라면 그곳이 어디든 맨몸뚱이로 떨어트려 놓아도 순식간에 적응하고 길을 찾는다.

단 한 줌의 흔적만으로도 적을 추격하고 격살하기 위해 특화된 직종이 레인저였고, 배신자들 중 한 명 역시 수십 년의 세월 동안 그런 임무를 수행하며 잔뼈가 굵은 베테랑이었다.

"우리가 뒤를 쫓는다는 걸 눈치라도 챈 건가?"

"그런 것 같습니다. 그런데 이런 어설픈 방식의 도주 방식은 도무지 이해할 수가 없군요."

"흠, 공포에 질리면 그럴 수도. 배신자의 말로가 어떻다는 건 그들도 잘 알고 있을 테니 말이야. 어쨌든 이렇게 헤매고 있다면 멀리 가지는 못했겠군. 그런데 왜 해밀턴은 통신에 응답하지를 않는 거지?"

"혹시 매복공격이라도 받은 게 아닐까요?"

해밀턴 팀의 숫자가 겨우 셋밖에 되지 않다 보니 이런 우려를 표하는 것이리라. 하지만 걱정스러워 하는 표정으로 의문을 던진 대원의 말에 앤트러스는 마법사를 바라보며 고개를 흔들었다.

"그건 아닐 걸세. 마법사의 이목을 숨기고 매복할 수 있는 건 오직 마법사뿐이니까."

겨우 마법사 한 명이지만 그가 있음으로 인해 발휘할 수 있는 전력 차이는 엄청나다. 그런데도 불구하고 연락이 되지를 않고 있으니, 그들로서는 이해를 할 수가 없었던 것이다.

그런데 그때 전방에서 흔적을 따라가던 레인저가 황급히 한 손을 올려 주먹을 꽉 움켜쥐었다. 그 뒤를 따르던 대원들은 모두 황급히 자세를 낮추며 주위를 두리번거렸다. 혹시 매복한 적이라도 있나 싶어서.

레인저는 손가락으로 한 곳을 가리키며 나직하게 속삭였다.

"오크 소굴입니다!"

레인저가 손가락으로 가리킨 방향에는 작은 동굴이 하나 보였다. 그리고 굴 앞쪽으로는 한눈에 봐도 꽤나 많은 오크의 발자국이 어지러이 찍혀 있었다.

"동굴 안으로 들어갔나?"

앤트러스의 물음에 레인저는 가소롭다는 듯 일그러진 미소를 지으며 공손히 대답했다.

"아마 그렇게 보이기 위해 꽤나 애를 쓴 것 같지만, 그런 얄팍한 수법에 제가 속을 리가 있겠습니까."

레인저는 숲 한쪽을 아무런 망설임조차 없이 손가락으로 가리키며 말을 이었다.

"녀석들은 저쪽으로 도망갔습니다."

"그럼 오크들이 눈치채서 귀찮게 하기 전에 이곳을 빨리 벗어나자."

숲을 가로질러 나 있는 수많은 발자국들. 그중에는 배신자들의 것도 있었고, 해밀턴 팀의 발자국도 있었다. 물론 가장 많이 찍혀 있는 것은 오크들의 발자국들. 무수한 오크들의 발자국에 가려 사람의 발자국은 거의 보이지도 않았다. 아마 베테랑 레인저가 아니었다면, 그들은 녀석들이 오크 굴속으로 들어간 줄 알고 따라 들어갔으리라.

발자국들을 이리저리 가리키며 레인저는 자신의 추론을 앤트러스에게 보고했다.

"약 20여 마리 정도의 오크들이 배신자들을 쫓아갔습니다. 그리고 해밀턴 팀이 그 뒤를 쫓아갔고요."

오크라는 변수가 등장하긴 했지만, 그 누구도 신경을 쓰는 사람은 없었다. 왜냐하면, 겨우 오크 20여 마리 정도로는 해밀턴 팀은 물론이고, 배신사들의 발걸음조차 막지 못한다는 것을 잘 알고 있었으니까.

발자국들을 따라간 지 대략 30여 분쯤 되었을까? 갑자기 격전이 벌어진 흔적이 나타났다. 어지럽게 흩어져 있는 오크들의 발자국과 검붉은 핏자국들.

"여기서 오크들과 싸운 것 같습니다."

"마법의 흔적입니다."

"여기에 검이 떨어져 있습니다."

대원들은 빠르게 주위를 살펴보며 흔적들을 찾아서 보고했다. 그런데 오크들이 땅에 떨어져 있는 검을 가져가지 않았다는 게 정말 이상했다. 자체적으로 무기를 만들 수 있는 능력이 없는 오크들이었기에 날붙이면 아무리 낡아빠진 거라도 무조건

주워 자신들의 무기로 썼으니까. 그렇다면 이곳에서 벌어진 격전에서 승리한 것은 오크가 아니라 사람들이란 소리다.

이때, 대원들 중 하나가 시커멓게 말라붙은 핏자국으로 범벅이 되어 있는 가죽갑옷을 하나 찾아냈다. 그리고 그 주위에서 부서진 굵은 뼛조각도 함께 발견되었다. 온전한 형태라면 한눈에 알아봤겠지만, 너무 조각조각 부서져 있다 보니 한참을 살펴본 후에야 겨우 알아볼 수 있었다.

"이거…, 오크 뼈가 아니라 아무래도 사람 뼈인 거 같은데요?"

다시 그 주위를 샅샅이 수색을 하자 얼마 지나지 않아 대원들은 갈기갈기 찢긴 옷 몇 가지와 무기, 그리고 다수의 뼛조각들을 찾아낼 수 있었다. 옷가지 중 하나는 마법사용 로브였기에 이 뼛조각들은 배신자들의 뒤를 쫓던 해밀턴 팀의 흔적임이 분명했다.

마법사는 대원들이 찾아온 무기들과 뼛조각들을 바라보며 도저히 믿지 못하겠다는 듯 불신의 빛을 그대로 드러냈다. 군집생활을 하는 오크는 사냥한 동물을 소굴로 가져가서 무리들과 함께 나눠 먹는 것으로 잘 알려져 있다. 그런데 이곳에 뼈가 있다는 것은, 사냥 후 곧바로 잡아먹었다는 말이다.

게다가 이상한 건 그것뿐만이 아니었다. 해밀턴 팀이 입고 있던 갑옷과 무기들이 그냥 땅바닥에 나뒹굴고 있지 않은가. 다 썩어가는 장비조차도 탐욕스럽게 챙겨가서 사용하는 게 오크들인데 말이다.

하지만 무엇보다 대원들을 혼란스럽게 했던 건 따로 있었다. 설혹 기습을 당했다고 해도 감찰부의 정예 암살 팀이 오크 따위에게 전멸을 당했다니. 더군다나 마법사까지 동행하고 있는 상황에서…….

"카렙, 오크와 비슷한 발자국 모양을 지닌 몬스터는 어떤 게 있지?"

앤트러스의 질문에 레인저는 잠시 고개를 갸웃거리다 곧바로 대답했다.

"저도 믿기지 않습니다만…, 일반적인 오크의 발자국에 비해 좀 크긴 해도 이 발자국의 형태는 오크의 것임이 틀림없습니다."

혹시나 해서 물었던 것이었지만 단호한 레인저의 대답에 앤트러스는 떨떠름한 표정으로 해밀턴 팀의 장비와 무기를 쳐다봤다. 예상을 벗어난 의외의 상황이 연속으로 이어지자 제대로 된 판단을 내리기가 힘들었기 때문이다.

이때 뭔가 고심하던 마법사가 급히 앤트러스에게 말했다.

"잠시만 기다려 보십쇼. 어떻게 된 건지 제가 한 번 알아보겠습니다."

마법사는 품속에서 주머니 하나를 꺼냈다. 주머니에서 쏟아져 나온 건 대량의 숯가루였다. 마법사가 주문을 외우면서 숯가루를 솔솔 뿌리자, 그 가루가 이리저리 움직이다 뭉치며 거대한 마법진의 형상이 만들어져 갔다.

뭔가 굉장한 마법이라도 되는 듯 한참 동안 주문을 외우는 마법사. 주문이 완성되자마자 마법사를 중심으로 거의 10여 미터에 이르는 거대한 마법진이 형성되며 희뿌연 빛을 내뿜기 시작했다.

마법이 발현되자, 무척 힘들었는지 지친 기색이 역력한 마법사가 다급히 입을 열었다.

"자, 모두 이쪽으로 모이게. 곧 마법진 위로 이곳에서 벌어졌던 전투의 영상이 떠오를 거야. 잘 봐둬. 기회는 단 한 번뿐이니까."

기회가 단 한 번뿐이라는 말에 앤트러스는 고개를 갸웃하며 물었다.

"대지의 기억은 몇 번이라도 읽을 수 있는 마법이 아니었나?"

앤트러스의 지적에 마법사는 얼굴을 살짝 붉히며 솔직하게 털어놨다.

"그 말씀이 맞습니다. 단지 제 실력이 모자라 하루에 한 번 이상은 무리라는 뜻이었습니다."

"쯧, 그렇게 자책할 필요 없네. 자네는 지금 충분히 제 몫을 해내고 있으니까 말이야. 자, 어서 영상을 띄우게나. 도대체 여기서 무슨 일이 있었는지 알아보자고!"

"리멤버런스 오브 더 어스(Remembrance Of The Earth; 대지의 기억)!"

마법사가 시동어를 외치자마자 마법진의 중앙에 커다란 원반 형태의 빛무리가 생겨나더니 그 안에 세 사람의 모습이 나타났다. 영상의 화질이 너무 엉망이라 세 사람의 얼굴조차 제대로 알아보기 힘들 정도였지만 그들은 분명 해밀턴 팀이었다.

　대원들에게 있어서 화질이 나쁜 건 문제가 되지 않았다. 해밀턴 팀이 이곳에서 누구에게 어떻게 죽었는지만 알 수 있어도 충분했으니까. 문제는 워낙 단편적으로 어느 것이 먼저인지 알기 힘들 만큼 뒤죽박죽 떠오르는 짧은 영상들에 있었다. 이런 난잡한 영상만으로 당시의 상황을 정확히 예측해낸다는 것은 결코 쉬운 일이 아니었다.

　이때, 사방에서 덮쳐 들어오던 시커먼 그림자들이 폭발적인 화염에 휩싸이더니 뒤로 튕겨져나가는 영상이 하나 떠올랐다. 마법사가 오크들을 향해 제대로 한 방 날린 모양이다. 커다란 원반을 가득 메울 정도의 엄청난 화염이었다. 만약 오크가 밀집해 있는 곳에 이 마법이 떨어졌다면, 그 한 방만으로도 승패를 결정지을 치명타가 되었을 것이다.

　영상만 봐도 해밀턴 팀이 오크들의 매복에 걸려 손도 못 써보고 당한 것은 아닌 듯했다. 더군다나 오크로 짐작되는 시커먼 그림자의 숫자도 그리 많지 않았다. 영상 속에 비친 시커먼 그림자는 잘해 봐야 10여 마리 정도였으니 말이다.

　"쯧, 저렇게 잘 싸웠는데도 해밀턴 팀이 전멸했다는 게 말이 되나?"

　앤트러스의 혀를 차는 소리에 마법사 지크펠도 동감한다는 듯 고개를 끄덕였다.

　"그건 저도 도저히 이해가……."

　이때, 그들의 눈에 상상하기조차 힘든 영상이 하나 보였다.

마법사 뒤쪽에 널브러져 있던 시커먼 그림자가 천천히 몸을 일으킨 것이다.

"저거 분명 마법을 맞고 죽었던 놈 아니었나?"

"그…, 글쎄요……?"

마법사 뒤쪽에서 일어나는 시커먼 그림자. 그건 얼마 전 영상에서 마법에 직격당해 쓰러진 놈들 중 하나였기 때문이다. 잠시 고민하며 머리를 쥐어짜던 지크펠은 자신 없는 말투로 대답했다. 화질이 워낙에 엉망이었기에 확신에 찬 대답을 하기에는 조금 무리가 있었던 것이다.

"저도 뭐라 답변을 드리기가……."

"이건 뭐 트롤도 아니고, 어떻게 오크가 저럴 수가 있는 거지? 혹시 마법 실력이 모자라면 영상조차 엉망으로 떠오르는 거 아냐?"

자신을 무시하는 듯한 발언에 지크펠이 발끈해서 대꾸했다.

"제 실력이 모자랐다면 아예 대지의 기억 마법이 발현조차 되지 않았겠죠. 하지만 떠올랐다면 그건 제대로 마법이 발현된 겁니다. 뭐, 제 실력이 좀 허접하다 보니 있는 그대로 영상을 띄울 수밖에 없지만 능력 있는 대마법사쯤 되면 대지의 기억 마법에 왜곡된 정보를 섞어 발현시킬 수도 있겠지요."

지크펠의 반발에 앤트러스는 굉장히 짜증스럽다는 듯 고개를 흔들었다.

"빌어먹을, 그럼 결론은 오크들에 의해 해밀턴 팀이 전멸 당했다는 말인데. 이걸 상부에 보고해 봐야 믿어 줄 것 같지도 않고 말일세."

"어쨌든 분명한 건 오크들에 의해 해밀턴 팀이 전멸당했다는 사실입니다. 그들의 복수를 해야 합니다."

이를 갈며 이런 소리를 내뱉은 건 마법사인 지크펠이었다. 그 말에 앤트러스의 뒤에 서 있던 신관 역시 살기 어린 목소리로 찬성하고 나섰다.

"맞습니다. 저 망할 것들의 씨를 말려 놔야 합니다."

앤트러스는 씁쓸하게 웃으며 복수를 외치는 신관과 마법사의 얼굴을 슬쩍 쳐다봤다. 그들의 마음을 이해 못 하는 것은 아니었지만, 엄밀하게 말한다면 감찰부와 킬러 조직은 물과 기름처럼 완전히 별개의 존재였다. 특히 인성(人性)이라는 부분에서는……. 앤트러스는 문득 자신들과 같은 감찰부 특무대원들에게 동료로서의 정이 있기는 하는 건가 하는 생각에 쓴웃음을 지었다. 임무를 완수하기 위해서라면 얼마든지 동료의 목숨까지도 주저 없이 날려 버릴 수 있는 사람들이 바로 감찰부의 킬러 조직이었으니까.

앤트러스의 시선이 이번엔 암살 팀장인 브레이에게로 향했다. 그러자 브레이는 앤트러스의 내심을 읽기라도 한 듯 곧바로 신관과 마법사를 쳐다보며 퉁명스럽게 말을 내뱉었다.

"우리에게 주어진 임무를 내팽개치고 동료들의 복수를 하러 가자, 이 말인가?"

브레이의 말에 지크펠은 재빨리 꼬리를 내렸다. 그도 아는 것이다. 임무를 수행하는 도중에는 절대 사적인 감정을 앞세워서는 안 된다는 것을.

"그, 그게 아니라 아무리 생각해 봐도 배신자들 역시 이놈의 오크들에게 잡아먹힌 것 같다는 생각이 들어서 말이지……."

지크펠의 말에 다른 대원들 역시 공감이 간다는 듯 고개를 끄덕였다. 마법사까지 끼어 있는 해밀턴 팀이 전멸할 정도라면 배신자들 역시 오크들에게 죽었다고 보는 게 당연했으니 말이다.

앤트러스의 시선이 이번에는 레인저인 카렙에게로 향했다. 숲 속에서 일어나는 일이라면 전문가인 그에게 묻는 것이 최선이었으니까.

"카렙, 자네는 오크 떼가 배신자들을 쫓아가는 중이라고 했어. 그렇지 않나?"

"맞습니다, 대장님."

"이곳에서 해밀턴 팀을 전멸시킨 것도 바로 그 오크들이고. 맞지?"

"예. 흔적으로 봤을 때는 그렇습니다."

"그렇다면 오크들이 배신자들을 처치하고 되돌아오는 길이었겠나? 아니면 추적을 포기하고 되돌아오는 길이었겠나?"

자신의 대답 여하에 따라 특무대원 전체의 향방이 정해질 것 같기에 카렙은 신중하게 대답했다.

"좀 이해하기 힘든 행동 몇 가지가 있긴 합니다만, 발자국과 흔적들은 오크가 분명합니다. 그리고 영상 속의 그것들이 흐릿하기는 해도 아무리 봐도 오크들이었습니다. 뭐, 평범한 오크들보다는 덩치가 약간 큰 것 같기는 했지만……. 그렇지 않습니까?"

앤트러스가 공감한다는 듯 고개를 끄덕거리자 카렙은 계속 말을 이어 나갔다.

"제가 알기로는 오크는 한 번 정한 사냥감을 그리 쉽게 포기하는 몬스터가 아닙니다. 분명 배반자들을 먹어 치웠거나, 아니면 붙잡아 되돌아오는 길이었을 테죠. 해밀턴 팀도 당했을 정도의 오크들인데, 배반자 둘쯤이야 뻔하지 않겠습니까."

"흠, 그렇다면 이 오크들을 뒤쫓아 가 봐야겠군."

앤트러스의 결정에 지크펠이 곧바로 찬성하며 나섰다.

"그게 좋겠습니다. 오크 소굴을 뒤져 보면 혹시 배신자들이 사용했던 물품들이 있을지도 모르니까요."

앤트러스가 오크 소굴을 먼저 토벌하기로 마음을 굳힌 것은, 일단 가까웠기 때문이다. 카렙은 배신자들과의 거리가 최소한 사흘 이상 벌어져 있다고 했었다. 전속력으로 쫓아가도 따라 잡으려면 3~4일은 걸린다는 얘기다.

만약 뒤쫓아 갔는데 오크들에게 잡아먹힌 것이 맞다면 배신자들의 죽음을 확인시켜 줄 만한 증거품을 확보하기 위해 다시 이곳으로 되돌아와야 했다. 그럴 바에는 차라리 오크 동굴부터 뒤지는 게 훨씬 효율적인 것은 당연한 사실. 만약 그자들이 죽었다는 증거를 동굴에서 찾아내지 못하면 그때 다시 추적을 시작하면 된다.

그리고 무엇보다 그가 이런 결정을 내리게 된 데에는 원로원파가 개입되어 일이 복잡하게 흐르기 전에 최대한 빨리 임무를 완수하고 돌아가는 게 좋겠다는 생각이 들어서였다.

"지크펠."

"옛."

"본부에 연락부터 넣어라. 현 상황을 설명한 뒤 배신자들의 유품을 찾기 위해 오크 소굴을 토벌할 거라고 말이야."

지크펠은 앤트러스의 명령에 살짝 난감하다는 듯한 표정으로 조언했다.

"본부에 알리지 않는 게 좋지 않겠습니까? 배신자들을 추적할 생각은 하지 않고, 사사로운 복수나 한답시고 시간을 낭비하고 있다는 오해를 살 우려가 있습니다."

그건 사실이었다. 사람들이 생각하는 오크는 그리 대단한 몬스터가 아니었으니까. 사실, 방금 전에 지크펠이 보여줬던 영상이 아니었다면 그 또한 해밀턴 팀이 오크 따위에게 당했다는 것을 절대 믿지 않았으리라.

"그건 자네 말이 맞는 것 같군. 만에 하나 오크 소굴에 놈들의 유품이 없다면 아주 곤란해지겠지. 그럼 빨리 움직이도록 하자. 오크 소탕을 해지기 전에 끝내려면 서둘러야 해."

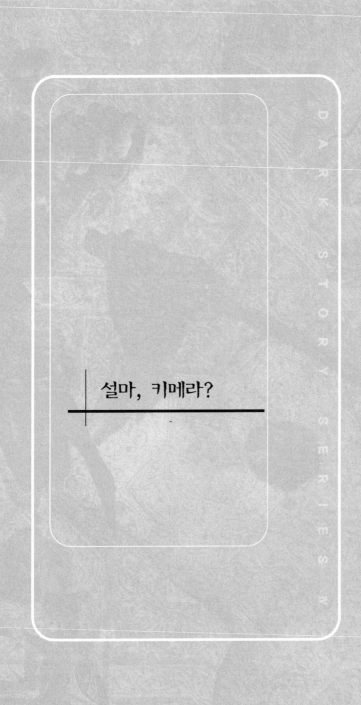

설마, 키메라?

34

배신의 시대

오크의 소굴인 점을 감안한다면 오크 발자국이 없어도 너무 없었다. 동굴 밖에 오크 발자국들이 거의 없었던 것은 며칠 전에 쏟아졌던 폭우에 씻겨 버린 거라 생각할 수도 있겠지만, 동굴 내부에까지 발자국이 거의 없다는 건 말이 되지 않았다. 게다가 이상한 건 그것뿐만이 아니었다.

"이상하네. 오크가 이렇게까지 자신들의 흔적을 지운 이유가 뭘까?"

"혹시 비어 있는 동굴인지 알고 보금자리로 삼으려고 들어온 동물들을 잡아먹으려는 것인지도 모르죠."

후미에서 천천히 따라오던 마법사 지크펠은 신관의 말에 어이가 없다는 듯 반문했다.

"설마 오크들의 지능이 우리 인간과 비슷하다고 착각하고 있는 건 아니겠지? 뭐, 백번 양보해서 어쩌다 똘똘한 놈이 태어날 수도 있어. 하지만 그래 봐야 오크 소굴에서 얼마나 지독한 악취가 풍기는데 그걸 속일 수……."

여기까지 말하던 지크펠은 주위를 둘러보며 빠르게 코를 킁킁거렸다.

"어? 그리고 보니 여기서는 오크 냄새가 하나도 안 나는데? 원래 오크가 서식하는 동굴 근처에만 가도 악취가 코를 찌르는데 말이야."

지크펠의 의문에 앞서 가던 카렙이 곧바로 대답했다.

"지금 바람이 밖에서 동굴 안쪽으로 불어 들어가고 있습니다. 그래도 이렇게까지 오크 냄새가 나지 않는 건 아무래도 이상하긴 합니다."

카렙은 레인저인 만큼, 바람의 방향 같은 것에 아주 민감했던 것이다. 이때, 동굴 안쪽에서 갑자기 귀를 찢는 듯한 호각(號角) 소리가 울려 퍼졌다.

삐이이익!

거의 반사적으로 칼을 뽑아들며 소리가 나는 곳으로 달려 들어가는 두 사람, 앤트러스와 브레이였다. 지크펠은 마법으로 만든 광구(光球)를 앞쪽으로 움직여 그들의 시야를 밝혀 줬다. 환한 빛을 뿜어내는 광구가 동굴 안쪽으로 움직이자 오크 두 마리가 그들의 시야에 들어왔다. 호각을 요란스레 불어대던 오크들은 사람이 접근해 오자 호각 불기를 멈추고 무기를 꼬나들었다. 아주 잘 제련된 창이었다.

"저런 창을 어디서 구한 거지?"

"모험가들을 해치우고 얻은 것인지도 모르죠."

지크펠은 고개를 갸웃하며 중얼거렸다.

"그렇다고 보기에는 상태가 너무 좋은 거 같은데……."

"사람들을 붙잡아 놓고 노예로 부리고 있는 게 분명합니다."

뒤에서 화력지원을 해 줘야 할 지크펠이 신관과 한가롭게 대화를 나누고 있을 때, 앞서 달려간 두 사람과 오크들과의 접전이 시작됐다. 브레이의 경우 암살조 조장이기에 그만한 실력을 갖추고 있을 거라고 사람들이 어느 정도 예상하고 있었지만, 앤트러스가 보여준 놀라운 칼놀림은 지켜보는 이들을 압도했다.

 발검과 동시에 오크의 오른팔을 잘라 버린 것으로 만족하지 않고 반전하여 위에서 아래로 내려오며 왼쪽 어깨에서부터 시작해 오른쪽 허리로 이어지는 깊은 상처를 입혔던 것이다. 팔이 잘리는 순간 오크가 본능적으로 뒤로 물러선 탓에 두 토막을 내는 데는 실패했지만, 즉사라고 판단해도 될 만큼 깊은 상처였다. 그 짧은 순간에 이렇게나 빠르게 오크를 숭덩숭덩 썰어 놨다는 것이 보는 이들에게 놀라움을 금치 못하게 만들었다.

 한 마리는 확실하게 해치웠다고 생각한 앤트러스는 동굴 속에서 다른 오크들이 달려 나오기 전에 브레이가 상대하고 있는 나머지 한 마리도 확실하게 해치워 버리기 위해 옆으로 돌아섰다. 일반적인 오크와 달리 이곳에 서식하고 있는 오크들은 덩치만 큰 게 아니라 무기를 다루는 솜씨도 뛰어났다. 물론 그래 봐야 브레이와 맞상대가 가능할 정도로 실력이 좋다는 건 아니었지만. 브레이는 여유롭게 오크를 밀어붙이고 있는 중이었다.

 앤트러스는 시간을 끌 것 없이 뒤쪽에서 칼을 날려 단숨에 오크의 목을 날려 버렸다. 그런데 그때 옆쪽에서 카렙의 다급한 외침이 들려왔다!

 "뒷쪽을 조심하십쇼!"

앤트러스는 반사적으로 재빨리 옆으로 피한 후, 자신의 뒤쪽을 살펴봤다. 놀랍게도 그곳에는 방금 전에 자신이 처치했다고 생각했던 오크가 상반신에서 피를 줄줄 흘리면서도 창을 들고 서 있는 게 아닌가. 그놈이 앤트러스를 향해 창을 찌르는 것을 본 카렙이 경고성을 발한 것이다.

"어떻게 저럴 수가?"

치명적인 상처를 입혔는데도 불구하고 살아 있다는 게 놀라웠다. 하지만 그의 놀라움은 거기에서 그치지 않았다. 깊게 베인 상반신에서 줄줄 흐르던 피의 양이 급속도로 줄어들고 있는 게 보였기 때문이다. 물론 몸속의 피가 다 빠져나가게 되면 더 이상 나올 게 없으니 피의 양이 줄어드는 것은 당연한 사실. 하지만 앤트러스가 깜짝 놀란 건 그런 이유 때문이 아니었다. 지금까지 트롤과도 몇 번이나 싸워봤던 앤트러스다. 몸속의 혈액이 모자라서 피가 그치는 것과 상처가 급속도로 아물며 흘러내리던 피가 지혈이 되는 것과의 차이를 이미 알고 있었던 것이다.

"트롤?"

앤트러스는 그제야 어지럽게 얽혀 있던 모든 상황들이 한 마디로 귀결되는 것을 느꼈다. 오크의 형태를 하고 있으면서 트롤의 재생력을 지니고 있고, 또 잘 손질된 창뿐만이 아니라 제대로 된 창술까지도 익히고 있다. 그렇기에 해밀턴 팀이 당할 수밖에 없었으리라. 이런 경우 떠오르는 단 하나의 이름, 그것은 바로 키메라였다!

뒤에서 지켜보고 있던 지크펠의 머릿속에도 똑같은 생각이 떠오른 모양이다. 그는 믿을 수 없다는 듯한 표정으로 중얼거렸다.

"설마…, 키메라?"

앤트러스는 복잡한 상념을 억누르고 일단 자신에게 덮쳐오는 오크의 창을 피하며 가볍게 목을 잘랐다. 트롤과도 같은 재생력을 지닌 키메라라면 목을 잘라야 완벽하게 죽일 수 있었으니까. 브레이는 질린 얼굴로 쓰러져 있는 오크들의 시체를 발로 툭툭 차며 정말로 죽었는지 확인한 뒤에야 앤트러스를 향해 물었다.

"이게 키메라라고요?"

"어, 어쩌면 저 동굴 안쪽에 고대의 던전이 숨겨져 있을지도 모릅니다."

브레이의 질문에 대답한 것은 앤트러스가 아닌 마법사 지크 펠이었다. 그의 얼굴은 어느샌가 흥분으로 붉게 달아올라 있었고, 당장 동굴 속으로 달려 들어갈 기세였다. 그런 그를 앤트러스가 제지했다.

"던전이 아닐세. 고대의 던전이라면 키메라들이 가지고 있는 창이 저렇게 반짝거리는 새것일 수가 없지."

그제서야 흥분이 가라앉았는지 고개를 끄덕이던 지크펠의 안색이 뭘 생각했는지 삽시간에 허옇게 질려 버렸다. 그런 지크펠의 얼굴을 바라보며 앤트러스는 침중한 음성으로 계속 말을 이었다.

"던전을 지키는 키메라는 무슨 일이 있더라도 던전을 벗어나지 않아. 만들 때 그렇게 세뇌를 시켜놓으니 말이야. 그런데 이것들은 동굴에서 나와 맥스 팀을 추적하기까지 했어. 그 와중에 해밀턴 팀까지 학살하고 말이지."

"던전이 아니라면 이곳은 대체 뭐하는 곳이라는 말입니까?"

지크펠은 신관의 질문에 대답하지 않고, 앤트러스를 향해 황급히 말했다.

"빨리 이곳을 벗어나는 게 좋겠습니다. 만약 저 안에 던전이 아닌 비밀연구소가 있는 게 맞다면 저희들을 가만히 놔둘 리가 없을 테니까요."

앤트러스는 고개를 끄덕인 뒤 대원들을 향해 명령했다.

"내 생각도 그렇다네. 자, 빨리 여기를 벗어나자! 서둘러!"

*　　　*　　　*

삐이이익! 삐익!

귀를 찢는 듯한 호각음에 마를린은 깜짝 놀라지 않을 수 없었다. 놀랍게도 또다시 침입자가 침투해 들어온 것이다. 그녀는 아직 자신의 가마를 들고 되돌아오던 키메라들과 감찰부의 선발대가 충돌했었다는 것을 모르고 있었다. 교활하기 짝이 없는 키메라들이 푸짐한 한 끼 식사를 한 후, 그 사실을 그녀에게 보고하지 않았기 때문이다.

다행히도 대비는 되어 있었다. 얼마 전에 침입자가 들어오기 전까지만 해도, 설마 이런 외진 곳에 위치한 연구소에 침입해 들어올 자가 있을 거라고는 그 누구도 예상하지 못했다. 간혹

식인식물이 슬그머니 들어왔다가 키메라 오크들에게 죽임을 당하거나 쫓겨났을 뿐, 사람은 연구소 근처에 얼씬도 하지 않았으니까.

세브롱 요새에서 출발한 용기사들도 연구소 근처로는 아예 접근조차 하지 않았다. 왜냐하면, 산세가 험한 오지 중의 오지를 택해 연구소를 비밀리에 건설해 놓은 것이었으니까. 하지만 침입자가 침투할 수도 있다는 게 확인된 후, 연구소의 경비는 비약적으로 강화되었다.

지금의 호각음이 그렇다. 예전에는 키메라 한 마리가 입구를 지키고 있었지만, 지금은 2마리로 증강되었다. 그리고 그들에게는 성능이 좋은 호각까지 주어졌다. 침입자를 발견하면 곧바로 경고성을 발할 수 있도록.

호각 소리를 듣자마자 마를린은 휴식을 취하고 있던 여분의 키메라 오크들을 몽땅 다 이끌고 현장으로 달려갔다. 하지만 그녀가 현장에 도착했을 때 침입자는 이미 도망친 후였다. 제3통로를 지키고 있던 키메라 오크 둘은 이미 싸늘한 시체가 되어 있었다. 그리고 그녀보다 앞서 현장에 도착한 키메라 여섯 마리가 사체들을 중심으로 빙 둘러앉아서 막 뜯어먹으려고 하고 있던 참이었다.

"잠깐! 너희들 거기서 뭐 하는 거야?"

마를린의 접근을 안 키메라들이 그녀의 눈치를 살피며 슬금슬금 뒤로 물러섰다. 그제야 그녀의 시야에 들어오는 두 마리 오크의 사체. 마를린은 오크의 사체들을 보자마자 깜짝 놀라지 않을 수 없었다.

깨끗하게 절단된 상흔!

더군다나 어깨부터 시작해 허리까지 뼈 채로 단숨에 벤 자국은 마를린의 몸에 소름이 끼치게 만들었다. 놀라운 실력자가 들어왔다 간 것이다. 그리고 동굴 입구 쪽에 찍혀 있는 여러 명의 발자국들. 이번 침입자의 숫자는 저번보다 두세 명이 더 많은 듯했다.

마를린은 지체하지 않고 대지의 기억을 읽어 내는 주문을 외우기 시작했다. 일단 적의 정체를 정확히 파악하는 게 우선돼야 함을 느꼈기 때문이다. 앤트러스 특무대의 마법사인 지크펠은 대지의 기억을 읽기 위해 장시간 주문을 외우며 마나를 컨트롤해야 했지만, 마를린은 그걸 단시간 내에 해냈다.

대지의 기억을 읽어 들이기 위해 설정한 면적이 지크펠이 할 때의 1/10도 채 되지 않았다는 게 가장 큰 원인이기도 했지만, 기본적으로 그 둘의 실력 차가 워낙 큰 탓이었다. 지금 마를린이 이런 오지에서 돌대가리 키메라들을 데리고 경비를 서고 있긴 하지만, 사실 그녀는 이런 일에 쓰기에는 아까운 재원(才媛)이었다. 엄청난 경쟁을 뚫고 원로원 직속의 연구소에 채용되었다는 사실 하나만으로도 보통의 실력을 가지고는 불가능했기 때문이다.

"마법사?"

키메라들을 향해 검을 뽑아들고 달려드는 두 사람. 그리고 그 뒤에서 한 명이 화살을 날릴 준비를 하는 게 보였고, 또 다른 두

명은 제일 뒤쪽에 처져 있었다. 그런데 문제는 검을 들고 달려드는 두 사람의 앞쪽에서 환하게 빛나고 있는 구체였다. 자연적인 발화가 아닌 인공적인 빛을 뿌리는 구체, 바로 마법이었다.

"이런 젠장! 이러고 있을 때가 아니잖아."

침입자에 마법사가 끼어 있다면 절대로 시간 여유를 줘서는 안 된다. 마법통신으로 이곳에서 발견한 것을 누군가에게 보고할 수도 있고, 마법을 이용하여 어딘가로 공간 이동해 버릴 수도 있는 것이다. 지금까지 여유롭던 마를린의 안색이 이 사실을 깨닫자 다급하게 바뀌었다.

"침입자를 찾아라! 빨리!"

그녀의 명령이 떨어지자마자 키메라 오크들은 괴성을 질러대며 밖으로 쏟아져 나갔다. 마를린은 오크들을 따라 쫓아가면서 품속에 손을 넣어 수정구를 꺼냈다. 수정구는 그녀와 긴밀하게 협조하며 작전을 펼쳐야 하는 내부 경비대장 롤프와 직통으로 연결시켜 주는 마법도구였다.

「무슨 일인가?」

느긋한 어조로 묻는 롤프에게 마를린은 황급히 대답했다.

"제3통로로 또다시 침입자가 들어왔어요."

롤프는 심드렁한 어조로 투덜거리듯 말했다.

「그 정도는 자네 혼자서도 충분히 처리할 수 있지 않나? 그나저나 요즘 왜 이리 침입자들이 많아진 거야?」

"그렇게 쉽게 말할 사안이 아니에요. 이번에는 마법사까지 끼어 있단 말이에요."

마법사가 있다는 말에 롤프의 표정이 순식간에 심각하게 바뀌었다.

「침입자들이 어디까지 들어왔나? 설마 연구소 내부까지 들어왔다 건 아니겠지?」

"그렇지는 않아요. 제3통로 입구 쪽만 기웃거리다 도망친 것 같으니까요. 그런데 입구에 보초로 세워 둔 키메라 두 마리를 깔끔하게 처치한 걸 보면 꽤나 실력이 있는 것 같아요."

연구소 내부까지 들어오지는 않은 것 같다는 말에 롤프의 안색이 스르륵 풀린다.

「그건 다행이군. 어찌 되었든 이곳에서 키메라를 발견한 것을 외부에 떠들지 못하도록 철저히 막아야 해」

"그래서 말인데, 1호와 2호의 사용을 허락해 주세요."

1호는 놀로 제작된 키메라로 모델 번호 CE001을 뜻하는 것이었고, 2호는 코볼트로 제작된 키메라로 CE002를 말하는 것이다. 둘 다 소형 몬스터를 기반으로 제작했기에 저렴한 가격에 대량생산이 가능하다는 장점이 있었지만, 치명적인 문제점 또한 지니고 있었다.

오크를 베이스로 제작한 키메라들에 비해 지능이 형편없이 떨어졌기에 간단한 명령 몇 가지 정도밖에 내릴 수가 없는데다가, 자기 절제력은 오크보다도 훨씬 더 떨어졌다. 즉, 피만 보면 정신을 못 차리는 놈들인 것이다.

당연히 경비 임무에는 도저히 써먹을 수가 없었고, 그렇다고 비싼 돈을 들여 제작한 그것들을 그냥 폐기해 버릴 수도 없는 노릇이었다. 그래서 혹시 필요할 때가 생기지 않을까 하는 생각에 한쪽 구석에 처박아 두고 있던 참이었다.

「좋아. 사용하도록 하게」

마를린이 요청한 CE001과 CE002의 숫자는 각기 200마리와 100마리였다. 승낙을 얻은 마를린은 옆에 대기하고 있던 키메라 오크에게 명령했다.

"너는 지금 가서 당장 1호와 2호들을 이끌고 나한테로 와. 알겠냐? 내 말 이해하겠어?"

"취익"

짧은 다리 탓에 뒤뚱거리며 동굴 속으로 달려 들어가는 키메라 오크의 뒷모습을 바라보면서도 그녀는 도통 믿음이 가지를 않았다. 제어술식의 도움으로 사람의 말을 어느 정도 알아듣긴 했지만, 원활한 의사소통까지 되는 건 아니었다. 이 경우, 저놈이 자신의 명령을 제대로 못 알아들었으면 큰일인 것이다.

어쨌거나 마를린 역시 이러고 있을 때가 아니었다. 저놈이 제시간에 맞춰 지원부대를 끌고 오던 그렇지 않건 그건 운명에 맡겨야 했다. 놈을 믿지 못하겠다고 그녀 자신이 직접 달려갈 수는 없는 노릇이었으니까. 침입자들을 쫓아간 키메라 오크들이 지닌 능력을 100% 발휘하기 위해서는 자신이 직접 지휘해야만 했다.

'잘 데리고 올 거야.'

솟구쳐 오르는 불신감을 애써 달래며 마를린은 자신의 몸에 근력증가와 속도증가의 보조마법부터 걸었다. 침입자들을 찾아내 끝장내기 위해서……

＊　　＊　　＊

다급히 동굴 밖으로 나간 후에도 앤트러스의 달리는 속도는
전혀 줄어들지 않았다. 모두들 헐레벌떡 그의 뒤를 쫓아 죽어라
달려갔다.

"이봐, 내가 곰곰이 생각해 봤는데 말일세."

"헉헉…, 마…, 말씀하십쇼."

앤트러스의 뒤를 쫓아가는 지크펠은 지금 숨이 턱까지 차서
죽을 지경이었다. 근력증가 마법을 자신에게 걸긴 했지만, 그렇
다고 지치지 않는 건 아니다. 자신의 기본적인 체력은 마법을
걸건 말건 변함이 없었으니까. 즉, 단거리라면 어떨지 몰라도
이렇듯 장거리 달리기가 되면 마법사의 허약한 체력이 버티지
를 못하는 것이다.

"이런 산골짜기에 저런 엄청난 키메라를 만들 만한 연구소를
건설할 수 있는 단체가 뭐가 있을까? 뭐, 생각해 보나마나겠지.
원로원 말고 그 어떤 단체가 저런 능력을 가지고 있겠나? 그런
데 내가 이해할 수 없는 것은 왜 저런 훌륭한 성과를 내고도 가
만히 있었던 걸까?"

웬만한 상처는 즉시 회복해 버리는 막강한 재생력! 그것만 해
도 놀라운데, 강인한 근력에 민첩성, 그리고 죽기 살기로 달려
드는 흉포함까지……. 비록 자신의 국왕파와는 시시때때로 대
립각을 세우곤 하지만 원로원 역시 마법왕국 알카사스를 지탱

하고 있는 커다란 축이었다. 나라에 엄청난 전력이 될 수 있는 이런 특급 정보를 모든 정보를 총괄한다고 해도 과언이 아닌 감찰부에서 아직 모른다는 게 말이 되지 않는 것이다.

앤트러스의 질문에 연신 숨을 헐떡거리면서도 지크펠은 망설임 없이 곧바로 대답했다.

"모르죠. 어쩌면 저런 흉악한 놈들을 몰래 대량으로 생산해 우리 뒤통수를 치려고 했는지도 말입니다."

지크펠의 말에 앤트러스는 순간 온몸에 소름이 쫙 돋는 걸 느꼈다. 그렇다. 권력이란 그만큼 인간의 본성을 뒤바꿀 수 있을 정도로 강력한 욕망의 원천이다. 지금껏 권력에 눈이 어두워 나라를 배신한 놈들을 한두 명 본 게 아니다. 원로원 역시 다를 게 없다. 그런 마음이 없다면 이런 놀라운 성과를 거두고도 감찰부조차 알지 못하도록 철저하게 숨겼을 리가 없는 것이다. 저런 엄청난 능력의 키메라들을 대량으로 생산할 수만 있다면 지금껏 균형을 이뤄오던 권력의 추가 단숨에 원로원 쪽으로 기울 가능성이 크다고 봐야 할 것이다.

거기까지 생각이 미치자 앤트러스는 갑자기 걸음을 멈췄다. 그를 따라 달려가던 대원들은 앤트러스를 따라 걸음을 멈췄다. 그 잠시의 틈을 이용해 체력이 약한 사람들은 헐떡거리며 연신 거친 숨을 몰아쉬었다. 심지어 주저앉는 사람까지 있을 정도다.

"아무리 생각해도 상황이 너무 안 좋아. 일단 공간이동을 할 수 있게 빨리 마법진을 그리게. 분명 추격자들이 따라붙을 테니 말이야."

"예? 그건……."

머뭇거리는 지크펠에게 앤트러스는 의아하다는 듯 물었다.

"왜, 무슨 문제라도 있나?"

지크펠은 얼굴을 살짝 붉히더니 고개를 푹 숙이며 말했다.

"대지의 기억을 읽는 대마법을 쓴 지 얼마 지나지도 않았습니다. 그리고 도중에 간단한 보조마법도 몇 가지 썼고 말입니다. 이렇게 보여도 지금 저는 정신적으로 아주 피곤한 상탭니다. 저 혼자라면 몰라도, 이렇게 많은 사람들을 공간이동 시키는 건 솔직히…, 자신 없습니다."

"짧은 거리라도 상관없네. 우리의 흔적만 차단하면 그걸로 족하니까."

"죄송합니다."

어지간하면 상관의 요청을 들어주고 싶었지만, 공간이동 마법이라면 얘기가 틀리다. 작은 실수 하나만이라도 떼몰살을 당할 수 있었으니까. 물론 강압적으로 공간이동을 시킨다면 자신은 빠지고 할 것이다. 그만큼 체력적으로나 정신적으로 지친 지금 쓰기에는 위험한 마법이 공간이동 마법이었다.

앤트러스는 할 수 없다는 듯 고개를 저으며 입을 열었다.

"어쩔 수 없지. 공간이동이 가능할 때가 되면 내게 말하도록. 그때까지는 최대한 빠르게 이곳을 벗어나도록 한다."

"알겠습니다. 그나저나…, 면목없습니다."

"뭘. 오크들이라고 만만하게 보고 그냥 쳐들어간 내 잘못이 크지. 어쨌거나 만일을 대비해 현 상황을 본부에 보고해 두도록 하게."

"알겠습니다."

지크펠은 품속에서 수정구를 꺼내 숯가루를 뿌렸다. 통신마법으로 본부에 현 상황을 보고하려는 것이다. 그런데 이때, 카렙이 손가락으로 방금 전 자신들이 빠져나왔던 동굴 쪽을 가리키며 외쳤다.

"대장님, 저것 보십쇼!"

황급히 시선을 돌린 앤트러스는 동굴 안에서 수십 마리에 달하는 키메라 오크들이 괴성을 질러대며 달려오고 있는 것을 볼수 있었다.

"이런 젠장!"

잠시 고심하던 앤트러스는 곧 결단을 내렸다는 듯 지크펠에게 물었다.

"자네 혼자라면, 이곳에 남아서 통신을 끝낸 다음에 탈출할수 있겠나?"

현 상황이 그만큼 위급하다고 판단한 것이다. 만약 자신들이 잘못되더라도 키메라에 대한 정보만큼은 반드시 본부에 알려야했다. 지크펠은 주문을 외우고 있는 중이었기에 그저 고개를 끄덕이는 것으로 대답을 대신했다.

"그럼 부탁하네. 우리 걱정은 하지 말고 통신만 끝나면 곧바로 탈출하도록 하게. 그럼 우리는 먼저 가 보겠네."

카렙이 그런 지크펠을 걱정스럽다는 듯 바라보며 브레이에게 속삭였다.

"차라리 통신이 끝날 때까지 보호하고 있다가 함께 탈출하는 게 좋지 않겠습니까?"

"쯧, 네 걱정이나 해. 마법사는 도망치려고 마음먹으면 그 누구보다도 빠르게 도망칠 수 있는 족속이니까. 그것보다 우리가 문제군. 저 망할 오크 새끼들 내달리는 속도를 보니 얼마 지나지 않아 따라 잡히겠어."

앤트러스와 대원들은 지크펠을 놔둔 채 죽어라 도망치기 시작했다. 지크펠에 대한 미안함은 빠른 속도로 희석되어 사라졌다. 다른 생각을 할 수도 없을 만큼 숨이 턱 끝까지 차오르기 시작했으니까.

가신히 통신마법이 완성되었다. 주변 상황이 위나에 급박하게 돌아가다 보니 신경이 분산되어 하마터면 주문이 실패할 뻔한 상황. 평소보다 조금 시간이 걸리긴 했지만, 그래도 주문이 성공한 게 어디겠는가.

주문이 성공했다고 해서 곧바로 상대가 수정구에 비치는 건 아니다. 상대가 받아 줘야 하는 것이다. 그 몇 초의 시간이 그렇게 길게 느껴질 수가 없었다. 지크펠은 수정구와 동굴 쪽을 번갈아 바라보며 초조하게 중얼거렸다.

"이런 씨팔! 빨리 좀 받아라. 허억! 이런 젠장!"

이때, 지크펠의 두 눈이 경악으로 인해 휘둥그레졌다. 동굴 속을 빠져나오자마자 곧바로 날아오르는 여자 마법사의 모습이 보였기 때문이다.

실수였다. 키메라 오크들이 워낙 흉흉하게 쫓아오다 보니, 원로원 소속 마법사들이 이렇듯 빠르게 대응할 거라고는 생각조차 하지 못했다. 게다가 비행마법을 저렇게 빠른 속도로 실행하는 것만 봐도 자신보다 훨씬 높은 수준의 마법사일 게 뻔하다. 지크펠의 얼굴에 짙은 절망감이 어렸다.

아무것도 보이지 않던 수정구가 희미한 빛을 내뿜는 듯하더니 그 빛이 사라지는 순간, 수정구 속에 검은 제복을 입은 늙은 마법사의 모습이 그려졌다. 그는 지크펠이 자기 쪽을 보지도 않고 어딘가 다른 데를 보고 있는 것을 의아하게 생각하며 물었다.

「어? 자네는 지크펠이로군. 그래, 무슨 일인가?」

그제야 통신이 연결된 걸 알고 곧바로 수정구에 얼굴을 들이밀고 보고를 시작하는 지크펠. 비록 비행마법을 쓰며 날아오른 마법사가 마음에 걸리긴 했지만 설혹 이곳에서 죽는다 하더라도 맡은 임무만큼은 완수해야만 했기 때문이다.

"긴급 보고입니다. 현 상황은……."

바로 그 순간 퍽! 하는 소리와 함께 흙먼지가 피어올랐다. 통신마법진이 깨진 건 물론이고 그 중심축에 있던 수정구조차 튕겨 날아가 버렸다. 보고를 시작하던 지크펠은 멍한 표정으로 통신마법진이 있던 곳을 바라봤다. 이렇게 정확하게 통신마법진부터 날려 버리다니! 다시 한 번 상대 마법사와의 수준차를 실감하게 되는 순간이었다.

상대는 일격에 통신마법진은 물론이고, 지크펠조차도 가루로 만들어 버릴 수 있을 정도의 실력자였다. 만약 허접한 마법사였다면 이런 큰 주문을 외우려면 상당한 시간이 필요했을 테고, 그동안 지크펠은 중요한 정보를 어느 정도는 상부에 보고할 수 있었을 것이다.

"최악이로군……."

자신을 향해 쏜살같이 다가오고 있는 여마법사의 악귀와도 같은 모습을 보며 지크펠의 얼굴에 절망이 피어오른다.

*　　*　　*

해밀턴 팀은 어처구니없을 만큼 허무하게 키메라 오크들에게 짓밟혀 버렸지만, 앤트러스와 대원들은 그렇지 않았다. 오크들이 비정상적일 정도로 재생력이 좋은 키메라라는 것을 미리 파악한 상태였기에 방심을 하지 않았기 때문이다.

"한 놈 한 놈 확실하게 모가지를 날려라. 그렇지 않으면 되살아난다."

대원들 모두 잘 알고 있긴 했지만, 실제 행동으로 옮기는 것은 쉬운 일이 아니었다. 키메라 오크들 역시 본능적으로 자신의 약점이 어딘지 잘 알고 있었기에 목에 대한 방어에 만전을 기하고 있었기 때문이다.

하지만 아무리 그렇다고 해도 오크만 뒤쫓아 왔다면 그리 큰 피해 없이 도주할 수 있었을지도 모른다. 그들은 그만한 실력의 소유자들이었으니까. 하지만 오크들의 뒤를 쫓아 모습을 드러낸 놀과 코볼트 떼는 대원들을 절망으로 몰아넣었다.

특히 그들에게 절망을 안겨 준 것은 코볼트 떼였다. 생긴 것은 놀과 그리 다르지 않았지만, 놀과 달리 입에 독샘이 발달하지 않은 것은 그럴 필요성을 못 느꼈기 때문일 것이다. 덩치가 놀의 두 배쯤 큰 만큼 훨씬 더 막강한 공격력을 지니고 있었고, 놈들의 송곳니는 가죽갑옷쯤은 쉽게 꿰뚫어 버릴 만큼 날카로웠으니까.

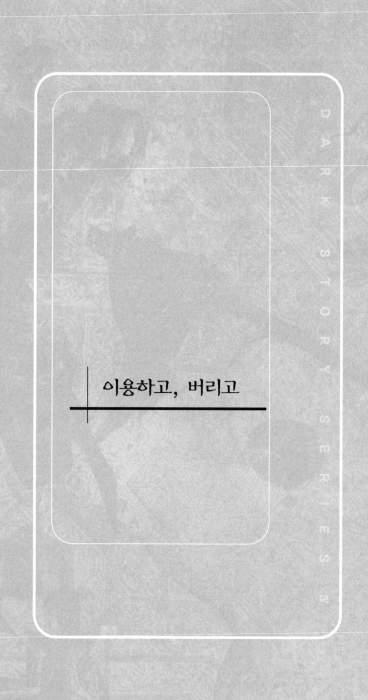

이용하고, 버리고

34

배신의 시대

"이야~, 당신들을 만나지 못했다면 큰일 날 뻔했습니다. 길은 잃어버렸지…, 먹을 건 하나도 없지……."

짐짓 너스레를 떨고 있는 월터. 그러면서도 한편으로는 상대방의 정체를 파악하기 위해 은밀하게 눈빛을 번뜩이고 있는 중이다. 아무리 생각해도 이런 깊은 산골짜기에서 우연히 만났다고 생각하기에는 실력들이 너무 좋았다.

그리고 식량을 얻어먹는 와중에 이들이 꽤나 오랜 시간 산속에 들어와 있다는 것도 알게 됐다. 그들이 지니고 있는 건 말라비틀어지고 냄새나는 건조 식량뿐이었으니까.

'트레저 헌터(Treasure hunter)들인가? 아니면 밀수꾼?'

자신들의 정체에 대해 저렇게까지 연막을 치는 것으로 보아 그것 외에는 딱히 떠오르는 게 없었다. 무엇보다 월터의 마음에 걸리는 게 한 가지 있었다. 그건 라이라는 소년에 대한 의문이었다.

대장이라 불린 중년 사내와 샘은 라이가 지니고 있는 진면목을 모르고 있는 것 같았지만, 월터는 느끼고 있었다. 은근히 흘러나오고 있는 마나의 기운을……. 그리고 그 기운이 월터를 혼란스럽게 만들고 있었다.

아카데미의 상급반 수련생 정도의 수준밖에 안 되는 기운이 긴 했지만, 문제는 수련생이라고 하기에는 기운의 크기가 너무 일정하다는 데 있었다. 훨씬 더 강한 기운을 최대한 억제하고 있을 때에나 저런 현상이 발생한다는 것을 월터는 경험으로 잘 알고 있었다. 하지만 그렇다고 보기에는 소년의 나이가 너무 어리지 않은가.

의뭉을 떨며 일행의 정체에 대해 고심을 하던 월터의 상념은 더 이상 이어지지 못했다. 뭔가 음습한 기운이 엄청난 속도로 접근해 오는 것을 느꼈던 것이다. 월터가 홱 고개를 돌려 어딘가를 뚫어져라 바라봤음에도 불구하고, 다른 사람들은 그가 왜 그런지 몰라 고개만 갸웃하며 서 있을 뿐이다.

"갑자기 왜 그렇게 긴장한 표정을 짓는 거요?"

미심쩍은 듯 숲을 노려보고 있던 월터가 다급히 대답했다. 급속도로 접근해 오는 수십이 넘는 기척들. 몬스터라고 치부하기에는 그 기운의 형태가 너무 이질적이었기 때문이다.

"저쪽에 뭔가가……."

이때, 저 멀리 울창한 수풀을 헤치며 공포에 질린 사내 한 명이 헐레벌떡 달려 나오는 게 보였다. 여기저기 찢어진데다가 풀 잎이나 흙이 잔뜩 묻은 옷은 엉망이었다. 게다가 험한 수풀을 헤치면서도 앞에 신경을 집중하지 못하고 뒤를 힐끔거리던 탓에 나뒹굴기까지 하고 있었다. 사내에게 저렇게까지 공포를 안겨 준 게 도대체 뭘까?

순간, 대장과 샘, 그리고 라이의 얼굴에 긴장감이 떠오른다. 키메라 오크 떼가 떠올랐기 때문이다. 하지만 그들은 애써 내색하지 않았다. 키메라 오크가 그리 흔한 것도 아니고, 또 어쩌면 말이 씨가 될지도 모른다는 생각에서다.

곧이어 또 다른 사내가 한 명 더 수풀을 뚫고 달려 나왔고, 그 뒤를 쫓아 시커먼 형체 하나가 숲에서 튀어나왔다. 그리고 두세 마리가 더 튀어나와 가장 뒤처져 달리고 있던 사내를 향해 달려들었다.

바짝 긴장한 채 숲 쪽을 바라보던 샘이 안도의 한숨을 내쉬듯 중얼거렸다.

"휴우~, 난 또 뭐라고. 코볼트잖아."

코볼트는 놀과 비슷하게 생긴 유인원형 몬스터다. 놀에 비해 덩치가 좀 더 크긴 했지만 위험성 면에서는 그리 큰 차이가 없었다. 물론 비무장 상태인 민간인에게는 큰 위협을 안겨줄 수도 있겠지만, 잘 훈련을 받은 병사나 갑주를 단단하게 챙겨 입은 모험가들에게는 그리 큰 위협을 줄 수 없는 몬스터다.

몬스터가 코볼트임을 확인한 대장이 고개를 갸웃하며 중얼거렸다.

"이상하네. 왜 도망치고 있는 거지?"

코볼트 서너 마리에게 쫓기는 사내들은 멀리서 봐도 꽤나 단단하게 무장을 갖추고 있었기 때문이다. 그런 대장의 의문에 샘이 비웃음이 가득한 얼굴로 대꾸했다.

"떼거리한테 공격받으면 어쩔 수 없는 거 아니겠습니까. 대비도 안 하고 야영하고 있다가 습격당한 거겠죠. 아니면 저런 놈들조차 처리 못 할 정도로 허접한 놈들이거나."

"흠, 그럴지도……."

이때, 숲 속에서 코볼트 몇 마리가 더 달려 나왔다. 녀석들은 맹렬한 속도로 달려가 뒤처져 있던 사내를 덮쳐 버렸다. 사내는 무시무시한 이빨을 드러내고 덮쳐드는 코볼트의 목을 붙잡아 뒤로 밀어내려 했지만, 안타깝게도 코볼트는 그 한 마리만이 아니었다. 다른 녀석들이 양옆에서 달려들며 마구 씹어댔다. 잘 다듬어 놓은 가죽갑옷을 입고 있긴 했지만, 삽시간에 걸레쪽이 되어 버렸고 시뻘건 핏물이 솟구쳤다.

이때, 또 다른 한 명이 숲 속에서 달려 나오더니 쓰러진 사내의 몸을 게걸스럽게 물어뜯고 있던 코볼트들을 향해 칼을 휘둘렀다. 그 사내는 먼저 튀어나온 두 사내에 비해 월등한 실력을 지니고 있는 듯했다. 단 한 번의 칼질에 코볼트 세 마리의 목이 베어져 땅바닥에 나뒹굴었다.

그 사내가 쓰러진 동료를 일으켜 부축하려 할 때, 숲 속에서 코볼트 수십 마리가 더 달려 나왔다. 마치 시체를 노리는 까마귀들처럼 사내들을 덮치는 코볼트들로 인해 그 일대가 시커멓게 변해 버렸다. 마지막으로 달려 나온 사내의 실력이 놀랍기는 했지만, 안타깝게도 동료를 죽음에서 구해 낼 수는 없었다. 그가 몇 마리의 코볼트를 베고 있는 동안, 그의 동료는 뒤쪽으로 돌아 공격해 온 코볼트들에 의해 피범벅이 되어 쓰러져 버린 것이다.

그 모습을 빤히 보고 있으면서도 누구 하나 도와주자는 말을 꺼내지 않았다. 저런 유인원형 몬스터들은 군집을 이뤄 살아간다. 아무리 약한 몬스터라도 수십, 수백 마리가 달려들면 당할 도리가 없다.

지금 보이는 코볼트가 20여 마리도 채 되지 않았지만, 저 숲 속에 얼마나 더 있는지 알 수가 없는 상황. 사내들에게는 안됐지만, 코볼트들이 저들을 공격한다고 정신이 팔려 있는 동안에 안전한 곳을 찾아 도망치는 게 현명한 선택이었다.

"대장, 아직 몇 마리 되지 않을 때 구해 주는 게 좋지 않을까요? 우리가 힘을 합한다면 충분히 저들을 구할 수 있잖아요?"

무시무시한 대장의 검술 실력을 잘 알기에 할 수 있는 말이었다. 하지만 이런 라이의 말에 샘의 얼굴이 왈칵 일그러졌다.

"헛소리하지 마! 그보다 빨리 이 자리를 벗어나는 게 좋을 거 같습니다."

어지간한 위급 상황에서도 표정 변화가 거의 없던 샘의 얼굴이 일그러진 것을 본 대장이 고개를 갸웃하며 물었다.

"왜 그래? 겨우 코볼트 몇십 마리 정도 가지고……."

"코볼트가 아닙니다."

생각지도 못했던 말에 대장은 눈을 살짝 가늘게 뜨며 코볼트 떼를 바라봤다.

"아무리 봐도 코볼트가 맞는데……?"

"빌어먹을…, 저건 놀입니다."

코볼트와 놀이 비슷하게 생긴 건 사실이었지만, 그 둘을 헷갈려하는 사람은 아무도 없었다. 왜냐하면, 놀은 코볼트의 반 토막이라고 할 정도로 체구가 작았기 때문이다. 때문에 잘 훈련된 병사라면 놀 서너 마리는 혼자서도 충분히 상대할 정도로 약한 몬스터였다.

"놀이라고? 저렇게 덩치가 커다란 놀이 어디 있어?"

아무리 숲과 몬스터의 습성을 꿰고 있다는 레인저인 샘의 말이었지만 대장은 도저히 믿을 수가 없었다. 여우와 늑대만큼이나 코볼트와 놀의 차이는 컸다.

"얼마 전에 우리도 경험했지 않습니까? 덩치가 트롤에 필적할 정도로 컸던, 그 빌어먹을 오크들 말입니다."

샘의 말에 대장은 경악했다.

"허걱! 그렇다면 설마 저것들도 키메라라는 말이야?"

"예, 틀림없습니다."

"젠장, 이러고 있을 때가 아니군. 빨리 이 자리를 벗어나자."

대장 일행이 당황한 표정으로 몬스터와 반대 방향으로 재빨리 도망치는 것을 보면서도 월터는 그들을 따라가지 않았다. 그는 그들과는 차원이 다른 무예의 소유자였으니까.

오히려 월터는 강한 호기심을 느꼈다.

"저게 놀이라고? 게다가 키메라?"

코볼트만 한 덩치를 지닌 놀이라니……. 마법을 잘 알지 못하는 월터였지만 저 몬스터가 정말로 놀이라면 지금까지 알고 있던 상식의 근본이 뒤집어진다고 봐야 했다. 키메라 제작이라는 게 각 생명체의 가장 우월한 부분만을 잘라내어 짜깁기한 후, 마법을 통해 생명을 부여하는 것이라고 그는 알고 있었다.

즉, 코끼리의 몸통에 사자의 머리통을 가져다 붙이는 것은 가능할지 몰라도, 사자를 코끼리만 하게 덩치를 불리는 것은 근본적으로 불가능했다. 하지만 지금 눈앞에 있는 키메라들은 그것이 가능할 수도 있다는 것을 말해 주고 있었다. 물론 자신에게 들리지 않도록 쑥덕거리던 사내들의 말이 맞다는 전제하에서.

"흐흐흣, 이 근처에 외지인이 들어오기만 해도 알카사스 놈들이 경기를 일으킨 이유가 바로 저것 때문이었군."

그러고 보니 얼마 전에 자신 하나를 잡겠다고 대규모의 병력이 동원되어, 기습공격을 가해 오지 않았던가. 방심하고 있던 월터로서는 아닌 밤중에 홍두깨인 황당스런 사건이었지만, 왜 자신이 그런 일을 당했던 것인지 이제야 비로소 이해가 되었다.

즉, 외지인에 대해 철통 같은 경계망이 펼쳐져 있는 곳에 그가 발을 집어넣은 것이다. 게다가 아무리 여행자처럼 꾸미긴 했지만 별다른 일도 없이 여관에서 며칠 동안 빈둥거리며 놀기까지 했으니, 충분히 첩자라는 오해를 살 수 있는 상황이다.

물론 첩자는 맞긴 했다. 이곳이 아닌, 사막에 대한 정보 수집 임무를 지닌 첩자이긴 했지만. 어찌 되었건 일단 저들을 구하는 게 우선이다. 저들이 코린트의 정보부 소속 병사이거나, 아니라고 해도 상관이 없다. 증거와 증인이 있어야 정보로서의 가치가 있는 것이니까. 게다가 검을 휘두르는 모습을 보니 절대 평범한 모험가들은 아니다.

마음을 먹은 월터는 도주하고 있는 사내들을 향해 큰소리로 외쳤다.

“이봐! 이쪽이야. 이쪽으로 오라고!”

놀에게 쫓겨 필사적으로 도망치던 사내들은 월터의 목소리를 듣자마자 방향을 바꿔 그를 향해 미친 듯 달려왔다. 그리고 그 소리는 황급히 도망치고 있던 대장 일행에게까지 들렸다.

“저런 미친 새끼! 그렇게 죽고 싶으면 혼자 죽을 것이지, 왜 저런 쓰잘데기 없는 짓거리를 해!”

투덜거리는 샘을 향해 대장이 신경질적으로 소리쳤다.

“닥치고 전방이나 신경 써! 저놈들이 키메라들을 막아 주는 동안 우리는 이곳에서 최대한 멀리 벗어나야 한다. 그게 우리들이 살 길이야.”

말은 그렇게 하면서도 대장은 뒤쪽으로 시선을 돌렸다. 상황을 정확히 알아야 그것에 맞게 적절한 대처를 할 수 있을 테니 말이다. 그리고 그는 볼 수 있었다. 100여 마리가 넘는 유인원형 몬스터들이 숲 속에서 새까맣게 달려 나오고 있는 것을.

‘제기랄! 당최 편하게 넘어가는 날이 단 하루도 없군. 키메라에 쫓기질 않나, 저런 미친놈을 만나질 않나. 이러다 코린트로 무사히 넘어갈 수 있을지나 모르겠군.’

대장은 사람들을 구한답시고 소리를 지른 월터를 원망했지만, 사실 이 모든 사단을 만든 원흉은 그 자신이었다. 그가 비밀 연구소를 들쑤셔 놓지 않았다면 이런 사달이 벌어졌을 리 없었으니까.

* * *

"이런 젠장! 어떻게 된 게 죽여도 죽여도 끝이 없어!"

키메라들의 속도는 엄청나게 빨랐다. 여기까지 도망쳐 오는 동안 적어도 100마리는 넘게 죽였다고 생각했는데, 어째 숫자가 전혀 줄어든 것 같지가 않았다. 아니, 오히려 더욱 늘어나고 있는 중이다.

"아무리 키메라들이라고는 하지만, 충분히 벗어날 수 있을 거라 생각했었는데……."

입맛이 썼다. 새까맣게 모여들고 있는 광기 어린 키메라들! 이런 상황이라면 부하를 구하는 건 고사하고, 자신의 목숨마저도 위태로울 지경이다.

그런데 이때, 그의 시야에 온몸이 피로 흠뻑 젖은 몬스터 한 마리가 들어왔다. 코볼트도 그렇고, 놀 역시 마찬가지다. 그 생김생김이 비슷해 어느 놈이 어느 놈인지 구분을 하기 힘들다. 그런데 굉장히 낯이 익다. 가슴을 가로질러 길게 벤 상처 자국까지. 분명 자신이 죽인 놈이다. 어쩌면 이번이 처음이 아닐지도 모른다. 그전에도 이런 녀석들을 숱하게 봤었지만, 워낙에 정신이 없는 상황이었기에 그냥 넘어갔었던 것이리라.

하지만 이번에는 달랐다. 그놈을 보는 순간, 앤트러스의 뇌리에 번쩍하고 떠오르는 게 있었다. 기이할 정도로 재생능력이 좋았던 오크들. 그렇다면 저 피에 흠뻑 젖은 채 무서운 속도로 달려들고 있는 저놈 역시 나에게 두 토막이 났다가 되살아난 것이 아닐까?

순간 앤트러스는 온몸에 소름이 쫘악 끼쳤다. 만약 그렇다면 자신의 실력이 아무리 뛰어나다고 해도, 여기서 절대 살아서 돌아갈 수가 없다.

'어쩔 수 없군. 나라도 살아야겠어. 하지만 너희들의 복수는 반드시 해 주마. 이 빌어먹을 원로원 놈들. 두고 보자!'

부하를 버릴 수밖에 없는 자신의 처지가 한심하게 느껴졌지만 어쩔 수가 없었다. 고작 부하 한 명을 구하겠다고 자신까지 죽을 수는 없는 노릇이 아닌가.

결단을 내린 앤트러스는 부하를 보호하는 것을 포기하고 키메라들이 적은 방향을 향해 힘으로 뚫고 나가려고 했다. 하지만 그는 곧이어 자신의 결단이 너무 늦었다는 것을 깨달아야 했다. 주위를 둘러싼 키메라들의 숫자가 너무 많았던 것이다.

더군다나 숲 속에서 코볼트로 보이는 키메라보다 더욱 큰 원숭이형 키메라들이 떼거리로 달려 나오는 모습이 보였다. 아마도 저놈들이 이곳에 도착하는 순간, 자신의 목숨도 끝장이 나리라.

살기를 포기했지만, 억울하다는 생각은 들지 않았다. 이 일로 인해 원로원파는 회복하기 힘들 정도의 타격을 받게 될 테니까. 그저 원로원파의 일그러진 얼굴들을 자신의 눈으로 볼 수 없다는 게 원통할 뿐이다.

하지만 그는 몰랐다. 이곳에서 일어난 일이 제대로 보고되지 못했다는 사실을.

그런데 그때였다. 절망 속에서 힘겹게 검을 휘두르고 있던 앤트러스의 귓가로 뜻밖의 목소리가 들려온 것은.

"이봐! 이쪽이야. 이쪽으로 오라고!"

앤트러스의 부하 역시 그 목소리를 들었는지 기를 쓰고 그쪽으로 달려가려 했다. 하지만 주위를 둘러싼 키메라들이 그를 가만히 두지 않았다. 목소리를 듣고 흠칫하는 그 짧은 순간, 빈틈을 파고든 키메라 한 마리가 부하의 목덜미를 물고 늘어진 것이다.

"으아악!"

우둑, 우두두둑.

뼈가 부러지는 섬뜩한 소리와 함께 순식간에 부하는 형체를 알아보기 힘들 정도로 갈가리 찢겨 버렸다. 그리고 찢어낸 살점들을 들고 아귀아귀 뜯어먹기 시작하는 키메라들!

위쪽에서 그들을 불렀던 사람도 그 장면을 본 모양이다. 상황이 위급하다고 생각했는지 갑자기 밑으로 달려 내려오기 시작했다. 그런데 놀랍게도 그 뒤를 따르는 사람이 더 이상 아무도 없었다. 결국, 그들을 구해 주겠다고 달려오는 사람이 단 한 명뿐이라는 사실! 힘겹게 검을 휘둘러 키메라들을 베고 있던 앤트러스의 얼굴에 짙은 절망감이 떠올랐다.

"빌어먹을, 국경수비대 병력이 온 줄 알았더니 그저 미친놈이었잖아!"

어디를 가도 꿇리지 않을 정도의 실력을 지닌 자신도 목숨을 포기해야 할 판인데 간덩이가 부은 미친놈 하나가 더 추가된다고 뭐가 달라지겠는가. 그저 시체 한 구가 더해질 뿐이다. 하지만 곧이어 앤트러스는 자신의 생각이 틀렸음을 두 눈으로 볼 수 있었다.

사내의 몸이 잔상을 보일 정도로 쭈욱 늘어나더니 엄청난 속도로 산 밑으로 달려 내려왔다. 그리고 갈가리 찢긴 부하의 시체를 게걸스럽게 뜯어먹고 있던 키메라들을 스쳐 지나갔다.

파파팟!

"키에에엑!"

그가 언제 검을 뽑아들었는지 볼 수도 없었다. 감찰부 내에서 검술이라면 한가락 한다고 자부하던 앤트러스조차도 그저 처절한 비명소리와 함께 피를 뿌리며 목이 잘려나가 나뒹구는 키메라들을 봤을 뿐이다.

시내는 거기에서 멈추지 않고 무시무시한 속도로 달려 내려왔다. 그 와중에 그의 근처에 있던 키메라들은 모두 다 마치 괴상한 마법에라도 걸린 듯 피를 뿌리며 나뒹굴었다. 앤트러스는 자신을 향해 달려드는 키메라들에게 칼을 휘두르는 것조차 잠시 잊을 정도로 큰 충격을 받았다. 저게 과연 사람이 익힐 수 있는 검술의 경지일까? 근위대에서조차도 저런 놀라운 신위를 보여주는 그래듀에이트는 본적이 없었다.

그 순간, 사내의 몸쪽에서 뭔가 퍼런 빛줄기들이 자신을 향해 날아오는 게 보였다. 워낙에 빠른 데다가 마치 꿈인 듯, 환상인 듯하여 미처 그가 반응할 엄두조차 못 내고 있을 때였다. 갑자기 축축한 뭔가가 그의 몸을 뒤덮었고, 피비린내가 확 풍겨 왔다. 그를 향해 달려들던 키메라들이 산산조각이 났던 것이다.

"괜찮소?"

"……."

얼이 빠져서 제대로 대답도 못 하고 서 있는 앤트러스를 이리저리 둘러본 사내. 다친 데가 없다는 것을 확인한 사내는 앤트러스의 대답을 기다리지 않고 다짜고짜 옆에 끼고는 산 위로 내달리기 시작했다. 그러자 수많은 키메라들 또한 그들을 뒤쫓기 시작했다. 사내가 놀라운 속도로 내달리고 있긴 했지만, 그는 건장한 장정 한 명을 옆구리에 끼고 있는 상태. 앤트러스가 놀랄 정도로 내달리는 사내의 속도가 빠르긴 했어도, 그들을 뒤쫓고 있는 키메라들과의 거리는 조금씩 조금씩 좁혀지고 있었다.

월터가 사내들 중 한 명을 구출해 오는 것을 뭐라 할 수는 없는 노릇이다. 하지만 그가 자신들의 뒤를 쫓아오고 있는 걸 본 대장 일행은 기절초풍하지 않을 수 없었다. 월터의 뒤로 수백에 달하는 키메라들이 괴성을 질러대며 새까맣게 따라 오고 있었기 때문이다.

"이런 빌어먹을! 야, 이 새꺄. 죽고 싶으면 다른 데 가서 죽어! 왜 그것들을 몰고 이쪽으로 오는 건데?"

하지만 월터는 말없이 내달렸고, 대장 일행과의 거리는 순식간에 좁혀지기 시작했다. 대장 일행이 죽을힘을 다해 헐레벌떡 달리고 있었음에도 불구하고……. 얼마 지나지 않아 대장 일행은 저 망할 월터 새끼가 자신들을 추월해서 앞으로 달려가 버리는 걸 기가 막히는 심정으로 지켜볼 수밖에 없었다.

"헉헉헉! 이런 빌어먹을!"

대장은 자신도 모르게 뒤를 힐끗 바라봤다. 그리고 볼 수 있었다. 새까맣게 몰려오고 있는 키메라들을! 살기로 시뻘겋게 달아오른 광기 어린 눈동자. 괴성을 질러대고 있는 입에서는 거품처럼 침이 질질 흘러내리고 있다.

"허걱!"

절망적인 상황! 키메라들이 달려오는 속도가 그들이 내달리는 속도보다 월등한 만큼, 벗어날 방법은 전무했다.

"망할 놈! 우리하고 무슨 원수가 졌다고!"

"헉헉, 어떻게 합니까? 대장!"

셋 중에서 가장 체력이 떨어지는 게 샘이다. 그의 안색을 보니 더 이상 달렸다가는 키메라들과 싸울 수도 없을 것 같았다. 그렇다고 이대로 싸운다는 것은 자살행위나 마찬가지. 대장은 이번에도 라이를 미끼로 던져 주기로 마음먹었다. 사실 그것 외에 다른 방법도 없었으니까.

"라이! 어쩔 수 없다. 맞서 싸우자. 네가 앞에서 버텨라. 우리가 뒤에서 받쳐 주마."

전에도 그렇게 해서 무시무시했던 키메라 오크들의 포위망을 돌파했었다. 싸우던 도중에 정신을 잃었는지, 그 과정은 전혀 기억도 나지 않았지만 말이다. 어쨌거나 그게 무슨 상관이 있겠는가. 그렇게 해서 살아남았던 기억이 있는 이상, 이번에도 그게 통하기를 기대하고 대장의 지시를 따르는 수밖에. 이번에도 대장이 자신을 보호해 줄 거라 굳게 믿은 라이는 망설임 없이 대답했다.

"알겠습니다!"

대장의 명령에 라이는 도끼를 뽑아 쥐며 뒤로 돌아섰다. 하지만 그는 몰랐다. 대장과 샘이 자신을 보호하기 위해 뒤를 받쳐 주는 것이 아니라, 더욱 속도를 내서 내달리고 있다는 사실을.

＊　　　＊　　　＊

월터는 키메라들의 끈질긴 추격을 뿌리치고 도망치는 동안 단 한 번도 뒤를 돌아보지 않았다. 우연히 만나 잠시 동행했던 모험가들이 키메라들에 의해 어떻게 되었는지 확인 정도는 할 법도 했지만 그렇게 하지 않았다.

키메라들로부터 탈출하기 위해 잠시 동안이지만 길벗을 했던 자들까지 미끼로 던져줬을 만큼 급박한 상황이었기에, 뒤쪽을 살펴볼 만큼 마음의 여유 따위가 있을 리 만무했다. 그리고 그들이 처절하게 싸우다가 죽는 모습을 감상하고 있을 만큼 그는 변태가 아니었으니까.

더군다나 짙게 숲이 우거져 있는 곳이라 빽빽이 자리 잡은 나무들로 인해 마음먹고 보려 하지 않는 이상 뒤쪽에서 무슨 일이 벌어지고 있는지 보기도 힘들었다. 그런 이유로 만약 봤다면 정말 놀라운 광경을 볼 수 있었음에도 그는 볼 수 없었다.

얼마나 달렸을까? 월터는 충분히 안정권에 들어갔다고 판단되자 키메라들에게서 구출해 온 사내를 땅바닥에 내려놨다. 울창한 숲 속을 미친 듯 달린 월터에게 안겨 있었던 탓인지 중년 사내는 완전히 얼이 빠져 있었다. 잠시 시간이 지난 후 그가 정신을 차리자 월터가 물었다.

"방금 전의 그 키메라들은 뭐요?"

앤트러스는 정신이 없는 와중에도 짐짓 어리둥절한 표정을 지으며 의뭉을 떨었다.

"그게 무슨 소리요? 키메라라니? 설마 그 흉악한 몬스터들이 키메라란 말이요?"

월터의 표정이 싸늘하게 굳는다.

"우리 쓸데없는 대화로 시간 낭비하지 맙시다. 귀하의 소속을 밝히시오. 그게 가장 선행되어야 할 확인 작업인 듯하니까."

앤트러스는 잠시 망설였다. 눈앞에 있는 사내가 적인가, 아니면 아군인가? 만약 국왕파에 속한 기사라면 좋겠지만, 그렇다고 자신의 신분을 그대로 밝힐 수도 없었다. 감찰부에서 이곳에 파견한 특임대는 자신들뿐이었고, 자신들은 어둠 속에서 은밀하게 살아가야 할 존재들이었으니까.

앤트러스는 짐짓 한숨을 내쉬며 말했다.

"우리는 콘돌 기사단 제32정찰조 소속 기사들이오. 이 일대에 뭔가 이상한 일이 벌어지고 있다는 제보가 들어와 그것을 알아보라는 상부의 지시를 받았소."

콘돌 기사단이라는 말에 월터의 눈빛이 싸늘하게 변했다.

"이런 이런…, 나는 본국의 정보부원들인 줄 알고 구출했던 거였는데……. 뭐 그렇지 않다고 해도 별 상관은 없지. 어쨌거나 내가 알고 싶은 것만 알아내면 되니까."

본국의 정보부 운운하는 걸 듣자마자 앤트러스는 직감했다. 저자는 국왕파도 원로원파도 아닌 타국의 첩자라는 것을. 순간, 상대가 보여줬던 그 놀랍던 무예와 자신이 알고 있던 타국의 무예들이 그의 머릿속으로 빠르게 교차되며 사라져 갔다.

"혹시…, 코린트에서 오셨소?"

월터는 피식 웃으며 되물었다.

"나에 대해 모르는 편이 귀하가 살아남을 확률이 높을 거라는 생각은 해 보지 않으셨소?"

그 말이 옳았다. 상대의 정체를 알게 되는 순간, 저자는 자신을 죽일 수밖에 없을 테니까. 증거를 남기지 않기 위해서라도……

한참 동안 고심하던 앤트러스가 겨우 입을 열었다. 어쨌거나 살아남아 이곳에서 일어난 일을 상부에 보고해야만 했다. 그리고 이런 곳에서 개죽음당하고 싶지도 않았고.

"뭘…, 알고 싶으시오?"

월터는 꽤 오랜 시간 앤트러스를 닦달하며 심문해 봤지만, 수확은 그다지 많지 않았다. 그럴 수밖에 없는 게 앤트러스도 알고 있는 게 거의 없었기 때문이다. 단지 키메라를 만든 곳이 원로원 소속 비밀연구소인 것 같다는 것과 콘돌 기사단 기사임에도 이런 고성능 키메라가 생산되고 있다는 걸 전혀 모르고 있었다는 정도.

앤트러스가 자신의 진짜 신분은 철저히 숨기면서도 키메라에 대한 사실 만큼은 솔직히 말을 해 줬기에 월터는 그의 말을 의심조차 하지 않았다. 그리고 키메라에 대한 이런 엄청난 정보를 왕실에 단 한 마디도 보고하지 않은 걸 보면, 원로원에서 뭔가 좋지 않은 꿍꿍이를 숨기고 있는 것 같다는 추측성 말에는 고개까지 끄덕였다. 알카사스에서 왕실과 원로원 간의 반목은 이미 공공연한 일이었기에, 그의 말이 사실일 가능성이 높다고 본 것이다.

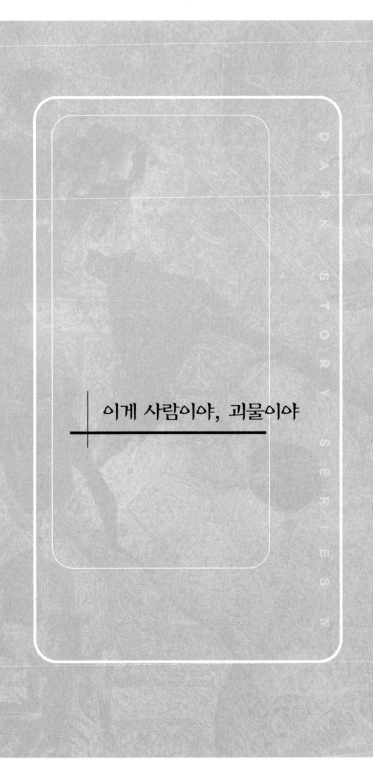

이게 사람이야, 괴물이야

34

배신의 시대

월터가 대장 일행을 추월하여 그들의 시야에서 벗어날 즈음, 키메라들의 뒤를 쫓아 또 한 명이 그들을 향해 맹렬히 추격해 오고 있었다. 그녀는 바로 마를린이었다. 마를린은 대장 일행과 자신의 키메라 병력과의 전투를 보고 경악감을 감추지 못하고 있었다. 아니, 정확히 말하면 라이 혼자서 벌이는 잔혹한 학살 장면이었다.

그녀는 자신의 눈을 도저히 믿을 수가 없었다. 눈앞에서 벌어지고 있는 처참한 살육. 그녀의 기대와 달리 살육을 당하고 있는 대상은 바로 키메라들이었다.

그녀가 나머지 키메라 오크들을 거느리고 현장에 도착했을 때 주위는 피로 붉게 물들어 있었고, 여기저기에 잘게 찢겨 나뒹굴고 있는 수많은 사체 덩어리들. 피에 흠뻑 젖은 살 쪼가리와 너덜너덜한 가죽에 붙어있는 머리통으로 인해 그게 놀과 코볼트 키메라의 사체라는 것을 겨우 알아볼 수 있을 정도였다.

어떻게 저럴 수가 있을까? 과연 저게 가능이나 한 것일까?

그녀는 자신이 부리는 저 키메라들이 얼마나 강인한 몬스터인지 너무나도 잘 알고 있었다. 저 키메라들이 지니고 있는 생명력과 재생력은 이 세상에서는 존재할 수 없는, 어쩌면 존재해서는 안 될 정도로 막강한 것이었다. 그런데도…….

광기에 차 붉게 물든 눈빛으로 키메라들을 공격하는 한 괴인의 손에 자신의 키메라들이 갈가리 찢겨 나가고 있었던 것이다.

"키에에엑!"

괴인의 손이 한 번 휘둘러질 때마다 키메라의 머리통이 마치 두부처럼 박살이 났고, 사방으로 허연 뇌수와 핏물이 어지러이 흩뿌려졌다. 분명 어지간한 검으로는 흠집조차 내기 힘든 질긴 가죽일 텐데 괴인의 손이 한 번 스쳐 지나가면 금세 너덜너덜한 걸레처럼 변해 버렸다. 게다가 키메라들이 괴인의 손에 잡히기라도 하면 부드러운 빵을 뜯어내듯 쫘악, 쫙 찢겨 나갔다.

그렇다. 괴인은 무기조차 쓰지 않고 있었다. 놀랍게도 저 강인한 키메라들을 맨손으로 찢어 죽이고 있었던 것이다. 이건 일방적인 학살이라고 해도 무방할 정도였다. 압도적인 위용!

만약 정상적인 생명체였다면 이런 허무하리만큼 잔혹한 죽임에 공포에 질려 곧바로 도망쳐 버렸겠지만 정신제어를 받는 키메라들은 그렇지가 않았다. 수많은 동료들의 죽음을 직접 목격했음에도 피 냄새에 미쳐 적을 향해 저돌적으로 달려들고 있었다. 마치 죽기 위해 불 속으로 달려드는 부나방처럼…….

"뷰 마나 포스!"

혼란스런 정신을 간신히 수습해서 주문을 발동시키자 괴인의 몸과 그 주변을 흐르고 있는 마나의 흐름이 그녀의 눈에 보였다. 선명한 마나의 궤적들. 괴인의 단전에서 흘러나온 세찬 마나의 물결은 그의 몸을 휘돌아 양손으로 이어지고 있었다.

'서쪽 대륙에서 넘어온 그래듀에이트인가?'

서쪽 대륙에서 맨손 공격술을 단련해 그래듀에이트의 경지에 오르는 무예가들이 있다는 얘기를 들어본 적은 있었지만, 눈으로 직접 보는 것은 처음이다. 마나가 응축된 손은 마치 날카로운 병기라도 되는 것처럼 손에 잡히는 모든 키메라들을 찢어발기고 있었다.

하지만 놀라운 것은 그것만이 아니었다. 마나의 보호를 받는 그의 전신은 두터운 강철 갑주보다도 더한 방어력을 자랑했다. 그를 공격하고 있는 키메라들이 워낙 많다 보니, 그들 중 일부는 괴인의 몸에 이빨을 박아 넣는 데 성공하기도 했다. 걸레쪽이 되어 너덜거리는 옷 틈 사이로 괴인의 속살이 드러났다. 하지만 놀랍게도 괴인의 피부에는 작게 긁힌 흔적조차 없었다.

'과연, 이래서 그래듀에이트를 상대할 때는 단 한 치의 여유도 줘서는 안 된다고 했구나. 이래서는 어지간한 마법 따위 써 봐야 내 위치만 노출시킬 뿐이야.'

혼자서 저런 괴물을 상대한다는 것은 자살행위나 다름없다. 연구소장도 이런 상황을 보게 된다면 자신이 왜 도망칠 수밖에 없었는지 이해해 주리라.

'그런데 과연 소장님이 내 변명을 받아들여 줄까?'

그게 가장 큰 문제였다. 연구소 안까지 들어온 것 같지는 않았지만, 그 위치가 발각되어 침입자가 발생했다. 연구소 입구의 방비와 경계를 맡고 있는 건 바로 그녀였고, 침입자들을 찾아 제대로 처리조차 하지 못했다. 아니, 처리는커녕 이런 상황이라면 자신이 데리고 있던 키메라 오크들뿐만 아니라 놀과 코볼트 키메라들까지 몽땅 잃어버릴 판이다.

물론 괴인의 엄청난 괴력 때문에 어쩔 수 없다는 변명거리는 있겠지만 과연 연구소장이 그걸 인정해 주느냐가 문제인 것이다. 조직의 기강 확립을 위해 그 책임을 물어 목을 벨 게 뻔하다. 자신이 엄청난 뒷배가 있는 것도 아니고, 연구소 내에서 손꼽히는 인재도 아니었으니 말이다.

이런 상황에서 연구소장이 자신에게 다시 한 번 더 기회를 줄까? 그럴 가능성은 아예 없다고 봐야 했다. 어찌 되었건 살아남으려면 자신의 과오를 뒤덮을 수 있을 정도의 공적을 세워야만 했다. 그 공적의 열쇠를 저 무지막지한 괴인이 가지고 있음을 영리한 마를린은 본능적으로 느꼈다. 일단 저자의 정체를 캐고, 충분한 가치가 있다고 판단되면 그 정보를 가지고 연구소장과 협상을 벌이는 것만이 살길이다.

결국, 괴인은 자신을 향해 적의를 드러낸 모든 키메라들을 찢어발겨 버리고야 말았다. 무슨 생각인지 모르겠지만, 괴인은 한동안 멍청히 제 자리에 서 있기만 했다. 지루해진 마를린이 하품을 할 때쯤 되어서야 괴인은 천천히 걸음을 옮기기 시작했다. 마를린은 그런 그의 뒤를 몰래 뒤쫓았다.

괴인은 멍한 표정으로 수풀을 헤치며 앞으로 앞으로 하염없이 걸어가기만 했다. 그리고 그의 뒤를 쫓는 마를린은 죽을 지경이었다. 마법사들은 체력이 썩 좋지 못한데다가 그녀는 가녀린 여자의 몸이 아닌가. 그리고 괴인은 무슨 생각에선지 길도 없는 험한 숲 속으로 계속 발길을 옮겼다.

헐떡거리며 쫓아가던 그녀는 더 이상 참지 못하고 마법을 사용했다. 체력과 근력을 높여 주는 보조마법이었다. 하지만 그녀는 모르고 있었다. 그것이 괴인의 무의식 저 안쪽에 자리 잡고 있는 자기보호 기능을 건드렸다는 것을. 그와 동시에 괴인은 전속력으로 내달리기 시작했다. 보다 안전한 곳을 찾아서.

"이런 망할! 왜 갑자기 달리기 시작하는 거야?"

마를린이 속도를 내어 뒤쫓자 괴인은 더욱더 빠르게 내달렸다. 체력과 근력을 높여 주는 보조마법까지 사용했음에도 더 이상 쫓아가기 힘들다는 것을 깨달은 마를린은 비행마법까지 동원하지 않을 수 없었다. 이런 고차원적인 마법까지 사용하면 괴인이 자신의 존재를 눈치채게 될 것을 그녀도 잘 알고 있었지만 선택의 여지가 없었다. 이대로라면 놓치게 될 게 뻔했으니까.

"에이비에이션!"

비행을 시작하면 괴인의 뒤를 충분히 따라잡을 수 있을 거라고 그녀는 생각했지만 그건 그녀의 착각이었다. 놀랍게도 괴인은 더욱더 속도를 내기 시작했다. 나뭇가지들을 발판삼아 수십 미터 씩 도약을 해대는 데에는 마를린도 기가 질릴 지경이었다. 하지만 그녀는 포기할 수가 없었다. 자신의 목숨이 걸려 있었으니까.

얼마나 내달렸는지 모른다. 처음에는 일직선으로 앞만 보고 달려가던 괴인이 이리저리 방향을 비틀어댔고, 심지어는 절벽 밑으로 뛰어내리거나 뛰어오르는 놀라운 재주까지 부려댔다. 인간이 육체를 단련하면 저런 것까지 가능하다는 것을 그녀는 이번에 처음 알았다. 하지만 그녀는 모르고 있었다. 저 괴인이 저렇게까지 극단적인 움직임을 보이고 있는 게 자신을 떨쳐내기 위해서라는 것을.

그런데 이때 그녀도 예상치 못한 일이 벌어졌다. 저 멀리에서 괴인에 준할 정도의 강력한 마나 덩어리들이 움직이고 있는 걸 포착한 것이다. 숲 속에서 놀라운 속도로 움직이고 있는 괴인을 공중에서 추적해야 하다 보니 뷰 마나 포스를 계속 전개하고 있어야만 했던 덕분이다.

'기사들?'

방향으로 미루어 봤을 때, 세브롱 요새에 주둔 중인 기사단 분견대일 것이다. 마를린은 저들에게 도움을 청할까 하는 생각을 했지만, 곧이어 마음을 바꿨다. 저자를 잡기 위해서 밝혀야 할 자신의 신분이나 그 이유를 뭐라 해야 할 것인가?

사실대로 말하면, 자신의 구명줄이 되어 줄 공로를 기사단 분견대가 꿀꺽해 버릴 우려가 있다. 이곳으로 좌천되어 온 분견대장이 중앙으로 돌아가기 위해서 뭔가 공로를 세울 거리가 없나 눈에 불을 켜고 있다는 걸 그녀도 약간은 알고 있는 사실이었으니까.

어지간하면 이런 식의 모험은 절대 하지 않을 마를린이었지만 지금은 어쩔 수 없었다. 그녀의 목숨이 달려 있었으므로. 마를린은 재빨리 자신은 물론이고 괴인에게도 대 탐지마법을 걸었다. 다행히도 공격마법이 아니라서 그런지 괴인은 마를린의 마법에 저항하지 않고 그냥 받아들였다. 그 덕분에 그 둘은 월터를 찾아 맹렬한 속도로 북서쪽으로 이동 중이었던 기사들에게 들키지 않고 동남쪽으로 파고들어 갈 수가 있었다.

기진맥진한 마를린이 더 이상은 못 쫓아가겠다고 생각하며 추격을 포기하려 할 무렵이었다. 괴인의 속도가 갑자기 느려지기 시작하더니 풀썩 쓰러지는 게 아닌가. 그 모습에 마를린은 고개를 갸웃하지 않을 수 없었다. 그녀가 아는 한, 괴인은 단 하나의 상처도 입지 않았다. 벌거벗은 괴인의 몸을 붉게 물들이고 있는 저 시뻘건 핏자국들은 전부 키메라들을 죽이면서 뒤집어쓴 것이었으니까.

이때, 마를린의 머릿속을 번쩍 스쳐 지나가는 게 있었다. 마를린은 피식 웃으며 이죽거렸다.

"제법 잔머리를 굴리는군. 저런 얄팍한 수법에 넘어가서 내가 가까이 다가올 거라고 생각한 모양이지?"

이런 경우, 경험이 풍부한 전투마법사들은 충분하게 거리를 벌려 놓은 상태에서 장거리 공격마법으로 괴인을 제압하려 했을 것이다. 하지만 마를린은 그럴 엄두조차 내지 못했다. 비행마법을 장기간 사용한 탓에 마나가 간당간당하기도 했고, 자신을 잡기 위해 잔꾀를 부리고 있다는 착각까지 하고 있었기 때문이다.

이런 결론을 내게 된 건 마를린이 실전 경험이 거의 없는 연구형 마법사라는 점도 있었지만, 가장 큰 이유는 방금 전에 키메라들을 상대로 그렇게 잔혹한 학살을 자행한 상대에 대한 두려움 때문이었다. 그랬기에 그녀는 애써 이런저런 이유를 들어 괴인을 그냥 지켜보는 것으로 마음을 먹은 것이다.

괴인이 더 이상 움직이지 않자, 마를린은 일단 적당한 곳에 자리를 잡고 휴식을 취하기로 했다. 괴인이 갑자기 일어나 기습을 가하더라도 안전하게 도주할 수 있을 만큼 멀리 떨어진 장소에서. 그리고는 자세히 괴인을 관찰하기 시작했다.

'흐음, 가만히 보니까 겉모습이 생각보다 많이 어리게 생겼잖아? 그런데 어떻게 그런 무지막지한 실력을 가지고 있을 수 있지? 게다가 그 잔혹한 손속을 생각해 보면 절대 평범한 놈은 아닌데.'

사내의 몸 이곳저곳을 예리한 눈빛으로 살펴보던 마를린의 두 뺨이 어느 순간 발그레 물들었다. 걸치고 있던 옷이 키메라들에 의해 갈기갈기 찢겨 벌거숭이가 된 사내의 하복부가 적나라하게 보인 것이다.

당황한 마를린은 황급히 고개를 돌리며 짐짓 딴청을 피웠다.

"그건, 그렇고…, 여기는 어디지?"

사내가 산속을 이리저리 내달렸고, 자신은 무작정 그 뒤를 따라오기만 했기에 여기가 어딘지 감도 잡히지 않았다. 하지만 그녀는 별로 걱정하지 않았다. 마나만 충분하다면 비행마법으로 자신이 있는 위치를 알고 연구소로 돌아가는 건 쉬웠으니까.

무엇보다 사내와 충분한 거리를 두고 있어서인지 서서히 긴장감이 풀리는 게 느껴졌다. 이 정도 거리라면 아무리 최악의 상황이 닥쳐온다 해도 자신의 실력으로 충분히 도망칠 수 있을 테니까.

꼬르르륵~.

긴장이 풀리자 그동안 느끼지 못했던 허기가 급격하게 밀려온다. 그녀는 뭐 먹을 만한 게 없는지 품속을 뒤져 봤지만, 아무것도 없다는 걸 이미 알고 있었다. 급하게 침입자를 잡기 위해 뛰쳐나오다 보니 챙겨 온 게 전혀 없었던 것이다.

"배고파……."

목도 마르고, 배도 고프고……. 하지만 이 자리를 뜰 수는 없었다. 저자가 언제 슬그머니 일어나서 종적을 감출지 알 수가 없었기 때문이다.

악연의 시작

34

배신의 시대

정신이 든 라이는 화들짝 놀라 일어섰다. 몸으로부터 전해지는 감각이 너무나도 이상했던 탓이다. 바람에 흔들리는 풀들이 자신의 몸을 간질이고 있는 것 같은 낯선 느낌.

"이…, 이게 뭐야?"

왜 내가 발가벗고 있지? 그리고 온몸에 묻어 있는 이 검붉은 것들은 또 뭐야?

손은 물론이고 자신의 몸까지 이리저리 살펴봤다. 하지만 아무리 살펴본다고 해도 없는 옷이 갑자기 생겨날 리가 없었고, 몸에 묻어 있는 시뻘건 핏자국과 살점들이 사라질 리도 만무하다.

킁킁~.

온몸을 뒤덮고 있는 비릿한 혈향 안에는 몬스터 특유의 악취가 짙게 섞여 있었다.

"맞아!"

그제서야 자신을 향해 달려들던 시커먼 몬스터 떼가 떠올랐다. 광기에 번뜩이는 시뻘건 눈동자. 그리고 침을 질질 흘리는 주둥이 속에서 새하얗게 번쩍거리던 날카로운 송곳니들. 어떻게 그 몬스터들 속에서 살아나와 이곳에 쓰러져 있는 것인지 이해가 되지 않았다.

가만히 기억을 더듬어 보던 라이의 얼굴이 갑자기 급격히 일그러졌다.

"이런 젠장! 결국 난 미끼가 되어 버려진 건가?"

대장의 명령에 따라 도끼를 들고 몬스터들을 막아섰을 때, 두려움에 잠깐 뒤를 돌아봤었다. 뒤를 받쳐 주겠다던 대장과 샘을 보며 기운을 내기 위해서였다. 그런 라이의 두 눈에 들어온 것은 열심히 도망가고 있는 두 사람의 뒷모습이었다.

순간 라이의 머릿속에서 뭔가 툭 끊어지는 게 느껴졌다. 그것은 짙은 절망감과 인간에 대한 실망감이었다. 대장이 웃으며 부드러운 말로 자신을 대해 주긴 했지만 눈치 빠른 라이가 모를 리가 없었다. 자신을 동료로서가 아닌, 뭔가 이용하기 위해 어르고 뺨을 치고 있다는 것을. 그래도 대장만큼은 믿고 싶었다.

집을 떠난 뒤로 오크에게 붙잡혔을 때도, 그리고 겨우 구출을 당해 도시로 들어갔다가 노예로 팔렸을 때도 인간의 존엄성에 대한 생각만큼은 변하지 않았다. 그건 기사였던 아버지에게 오랜 시간 배워 왔던 교육의 힘이었다. 하지만 노예 검투사가 되었다가 다시 용병단으로 팔려갔을 때는 그 생각이 많이 흔들렸었다.

거짓된 혓바닥으로 타인을 농락해 자신의 이득을 취하기보다는 약자를 보호하며 정의롭게 살아야 한다는 게 뼛속까지 기사였던 아버지로부터 받은 교육이었다. 하지만 그렇게 살기 위해 아무리 발버둥을 쳐도 자신은 항상 이용만 당해 왔고, 결국은 쓰레기처럼 버림을 받아왔다.

이번에도 마찬가지였다. 부드러운 미소로 라이를 다독거려 주던 대장은 목숨이 위태로워지자 주저하지 않고 자신을 버리고 도망쳤다. 뒤를 받쳐 주겠다며 자신을 몬스터들을 막는 미끼로 던져 놓고 말이다.

대장의 얼굴이 떠오르자 또다시 느껴지는 짙은 배신감에 라이의 표정이 순식간에 일그러졌다.

"언젠가 다시 보게 된다면 네놈의 목을 댕강 잘라 줄 테다. 이 빌어먹을 새끼!"

라이는 이제부터는 두 번 다시 어리숙하게 살지 않으리라 굳게 다짐했다. 받은 대로 돌려주리라. 아니, 할 수만 있다면 남이 자신을 이용하기 전에 자신이 먼저 뒤통수를 치더라도 다시는 이런 개 같은 꼴을 당하지 않으리라. 라이는 다짐하고 또 다짐했다.

이를 으드득 갈며 나약했던 지난날들을 반성하던 라이는 일단 자신이 당면한 상황에 대해 어떻게 해야 할지 고민을 하기 시작했다. 무엇보다 자신이 왜 지금 발가벗고 있는지 이해할 수가 없었다. 게다가 옷은 물론이고, 무기와 식량을 넣어 둔 짐 보따리까지…, 아무것도 없었다.

가만히 기억을 더듬어 보니 이런 적이 몇 번 있긴 했다. 위기에 처할 때마다 정신을 잃은 것 같았고, 눈을 떠보면 알 수 없는 곳이었다. 아무리 생각해 봐도 그 이상은 알 수 없었다. 왜 자신이 정신을 잃는 것인지, 정신을 잃었을 때 뭘 했는지.

생각에 잠겨있던 라이는 서늘한 바람에 몸이 차가워지자 언뜻 정신을 차렸다. 그러고 보니 지금은 정신을 잃었을 때 자신이 뭘 했는지 고민하고 있을 때가 아니다. 문제는 지금 그가 가지고 있는 게 아무것도 없다는 사실!

옷은 물론이고, 식량이 들어있던 짐 보따리까지……. 허리에 차고 있던 물통에 생각이 미치자 갑자기 목이 급격하게 타들어 가기 시작했다. 점차 시간이 흐를수록 그의 머릿속은 비관적인 생각으로 조금씩 채워지기 시작했다. 식량도 옷도 아무것도 없는 상황에서 여기가 어딘지 전혀 모르겠고, 뱃가죽은 등가죽에 붙을 정도고, 목구멍은 물을 달라고 아우성이니 말이다.

'어떻게 보면 자유를 되찾았다고 좋아해야 할 수도 있는 상황이잖아. 현 상황이 암울하긴 해도 살아남을 수만 있다면 이보다 더 좋은 결과가 어디 있어? 그래, 그렇게 생각하자. 이보다 어려웠던 적이 어디 한두 번이었냐. 최소한 오크 굴에 갇혔을 때보다는 낫잖아. 빌어먹을! 아직 힘이 남아 있을 때 살길을 찾아보자.'

마음을 다잡은 라이는 힘을 내어 몸을 일으켰다. 자유를 되찾았지만, 터벅터벅 내딛는 그의 발걸음은 기운이 하나도 없었다.

라이로서는 다행히도 3시간 정도밖에 걷지 않았는데, 산속에서 흘러내려 오는 것이라고 믿기 힘들 정도로 수량이 많은 하천을 발견할 수 있었다. 허겁지겁 달려가 배가 터지도록 벌컥벌컥

들이켰다. 얼음처럼 차가운 물을 갑자기 잔뜩 마신 탓에 뒷골이 아파 왔지만, 그의 입에서는 만족스러운 한숨이 새어 나왔다. 물이라도 잔뜩 마시고 나니 살 만했던 것이다.

배가 어느 정도 채워지자 라이는 물속으로 조심조심 걸어 들어갔다. 엄청난 한기에 몸이 부들부들 떨려 왔지만, 어쩔 수가 없었다. 온몸에 묻은 피와 땀, 그리고 코를 찌를 것만 같은 악취……. 이 찝찝한 느낌으로부터 해방되려면 씻는 것 외에는 다른 방법이 없었기 때문이다.

비록 물뿐이긴 했지만, 뱃속이 든든해지니 비관적이었던 생각은 어디론가 사라지고 희망이 솟아오르기 시작했다. 하천을 따라 아래로 내려가다 보면 작은 개척마을이라도 발견할 수 있을 거라는 생각이 들었다. 무작정 산길을 헤매는 것에 비한다면 살 수 있는 가능성이 커지는 셈이다.

희망을 품고 라이는 하천을 따라 걸어 내려가기 시작했다. 열심히 걸음을 옮기고 있자니 찬물로 인해 젖었던 몸도 점차 말라갔고, 싸늘하게 식었던 몸이 조금씩 따뜻해졌다. 누군가 사람을 만나 약간의 도움이라도 얻을 수 있다면, 이 암울한 지옥에서 벗어나 생명을 건질 수 있으리라.

운 좋게도 그의 바램은 상상 이상으로 빨리 이루어졌다. 해가 지기도 전에, 그는 숲 저 멀리 높게 솟아올라 있는 작은 망루를 하나 발견했던 것이다. 경계를 서고 있는 병사의 모습도 어렴풋이 보였다.

"살았다!"

이 절대적인 행운에 한 가지 아쉬운 점이 있다면, 마을이 하천 건너편에 있다는 사실. 얼음처럼 차가운 물에 또다시 들어가야만 한다는 생각에 벌써부터 온몸이 부르르 떨리는 라이였다. 온몸에 덕지덕지 묻어 있던 피와 땀을 씻어 낸답시고 이미 한차례 들어가 봤기에 물속이 얼마나 차가운지 그의 몸이 기억하고 있었던 것이다.

'상류로 올라가면 하천의 폭이 좁은 데가 있지 않을까?'

하지만 어느 세월에 상류로 올라가 하천 폭이 좁은 데를 찾는다는 말인가. 그러기에는 라이는 너무나 지쳐 있었고, 굶주려 있었다. 마을이 있으니 어쩌면 하천을 건널 수 있는 다리나 배가 있을 수도 있다. 자신의 짐작이 틀려 도저히 방법이 없으면 헤엄쳐서 건너갈 생각으로 라이는 하천을 따라 부지런히 내려갔다.

얼마 내려가지 않아 라이는 자신의 선택이 탁월했음을 느끼며 환호성을 내질렀다. 하천을 가로지르는 작은 다리가 하나 건설되어 있는 게 보였던 것이다.

다리가 점차 가까워지자 라이는 과연 저 다리를 통해 건너편으로 건너갈 수 있을지 걱정이 되기 시작했다. 다리가 너무나도 허접스러웠기 때문이다. 통나무를 이용하여 대충 얼기설기 얽은 뼈대. 그 위에 통나무를 반 토막 내어 납작한 부분이 위쪽으로 가도록 쭉 연결해 놨다. 게다가 폭은 사람 한 명이 겨우 지나갈 수 있는 정도밖에 되지 않는 빈약한 다리였다.

'이것도 다리라고 만들어 놨나……?'

이때, 라이는 두 눈이 휘둥그레진 상태로 자신을 멍하니 바라보고 있는 사람이 하나 있다는 것을 깨달았다. 온 신경을 다리에 집중하고 있다 보니 그 사람의 존재를 눈치채지 못하고 있었던 것이다.

적갈색 머리카락을 길게 늘어뜨린 상당히 매혹적인 미녀였다. 그녀는 어이가 없다는 표정으로 자신을 이리저리 훑어보고 있었지만 라이는 전혀 신경조차 쓰지 않았다. 왜냐하면 사람을 만났다는 것 그 자체가 너무나도 반가웠으니까. 이 순간만큼은 자신이 지금 홀딱 벗고 있다는 것조차도 인식하지 못하고 있었다.

"반갑습니다. 이런 곳에서 사람을 만날 수 있을 거라고는 상상도 못 했습니다."

라이가 반가운 마음에 가까이 다가서자 여인은 후다닥 한 발자국 뒤로 물러서며 망토 자락을 옆으로 확 젖혔다. 그러자 허리에 차고 있는 60cm 정도 길이의 단검(Shot sword)이 보였다. 언제든지 단검을 뽑아 공격하겠다는 무언의 경고인 셈이다. 망토 안에는 상당히 공을 들여 만든 것처럼 보이는 멋진 가죽갑옷을 입고 있다. 그녀는 싸늘한 음성으로 소리쳤다.

"넌 뭐냐? 왜 홀딱 벗고 다니는 거지?"

순간, 라이는 쥐구멍이라도 있으면 찾아 들어가고 싶었다. 그제서야 자신이 지금 홀딱 벗고 있다는 데 생각이 미쳤으니까. 너무나도 쪽팔렸다. 하천을 따라 내려올 때 대충 나뭇잎이라도 따서 아랫도리를 가릴 걸 하는 후회가 치밀어 올랐지만, 이미 이런 꼴을 보인 거 어쩔 수 없는 노릇이다. 게다가 지금 이 근처에는 저 여자 혼자뿐이었으니까. 라이는 슬그머니 한 손으로 아랫도리를 가리며 여인을 향해 질문을 던졌다.

"재수가 없다 보니 산적을 만나 몽땅 털렸습니다. 혹시, 이 근처에 마을이 있습니까?"

"강을 건너 저쪽으로 20분 정도 걸어가면 마을이 있긴 하지. 물론 대낮에 홀딱 벗고 다니는 너같이 수상쩍은 인간을 받아들여 줄 것인지는 알 수가 없지만 말이야."

비비 꼬인 말투. 눈살을 찌푸리며 퉁명스럽게 대꾸하는 여인의 모습에 지금 자신을 비웃고 있다는 것을 금방 눈치챌 수 있었다. 순간 반가움에 살가운 표정을 짓던 라이의 얼굴이 싸늘하게 바뀌었다.

"그건 네가 판단할 일은 아닌 것 같은데?"

"뭐라고? 이게 죽으려고 환장을 했나? 너같이 허접한 놈들은 내 말 한마디면 당장 목이 잘린 시체가 되어 어디 깊은 산 속에 묻어 버릴 수도 있어!"

표독스런 말투에 라이가 잠시 대꾸를 하지 못하고 가만히 있자 여자가 또다시 소리쳤다.

"아이, 짜증나. 가죽 좀 저렴한 가격에 사겠다고 이리로 왔다가 저런 미친놈을 만나게 될 줄이야."

신경질적으로 몸을 흔들며 소리치던 그녀는 갑자기 비릿한 미소를 지으며 라이를 째려봤다.

"아니아니, 그냥 죽이는 것보다 내 기분을 상하게 한 죄로 잡아서 노예로 팔아 버릴까?"

일부러 거칠게 말해 라이의 기를 죽이려는 의도였겠지만, 오히려 노예라는 단어에 라이의 두 눈에 짙은 살기를 불러일으키고 말았다.

"뭐라고? 날 노예로 팔아? 이런 망할 년이!"

대장의 배신 이후 다시는 나약하게 살지 않겠다고 굳게 다짐을 하긴 했지만 지닌 성격이 쉽게 바뀌는 건 아니다. 그랬기에 여인의 조롱하는 듯한 말투에도 성질이 나긴 했어도 애써 화를 참고 있었다. 게다가 상대는 눈에 띨 만큼 아름다운 여인이 아니던가. 미녀를 보호하는 건 기사의 로망이요, 사명과도 같았다. 하지만 그런 세뇌와도 같은 생각이 뒤흔들릴 만큼 노예라는 단어가 주는 충격이 컸다.

노예로 잡혀 겪어야 했던 처참했던 지난날들이 떠오르자 라이의 가슴 깊은 곳에 숨겨져 있던 흉폭성이 대가리를 꿈틀거리며 기어 나왔다.

"네년의 그 잔망스런 주둥아리를 쫙 찢어주마. 이 망할 년!"

살심을 품은 라이가 여인을 향해 달려들었다. 여인은 라이가 자신의 멱살을 틀어쥐는 그 순간까지도 설마 맨 몸뿐인 상대가 선제공격을 가해올 것이라고는 상상도 하지 못했던 듯했다.

"뭐하는 짓…, 꺅!"

여인이 허리에 차고 있던 단검을 채 뽑기도 전에 라이가 다리를 걸면서 뒤로 밀어 버렸다.

쿵.

뒤로 나자빠진 여인은 넘어질 때 머리가 어딘가에 부딪혔는지 잠시 꿈틀거리는 듯하더니 축 늘어져 버렸다.

"한주먹거리도 안되는 게 왜 사람 성질을 자꾸 건드려. 그나 저나 이걸 어떻게 하지?"

기절한 여인을 쳐다보던 라이는 자신을 조롱했다는 이유 하나만으로 여인을 죽이긴 싫었고, 그렇다고 치밀어 오른 화를 참기도 힘들었다. 그만큼 노예라는 말은 라이에게 있어서는 역린과도 같은 단어였던 것이다.

잠시 눈살을 찌푸리며 여인을 쳐다보던 라이는 현재 자신이 벌거벗고 있다는 사실에 생각이 미쳤다. 여인이 두른 후드가 달린 두툼한 망토가 눈에 들어왔던 것이다. 어차피 이대로 발가벗은 채 마을로 들어갈 수는 없는 노릇이었고, 이 정도로 여인을 용서하고 그냥 가기에는 끓어오르는 분노가 너무 컸다. 그렇다면 자신의 화가 풀릴 정도의 적당한 대가가 있으면 괜찮지 않을까 하는 생각이 들었던 것이다.

라이는 일단 여인이 두른 망토를 벗겨 몸에 걸쳐 보았다. 약간 작긴 했지만 망토의 특성상 벌거벗은 몸을 가리기에는 충분했다. 그런 라이의 눈에 여인의 허리춤에 걸려있는 작은 돈주머니가 들어왔다. 어차피 고향으로 돌아가기 위해서는 돈이 필요할 터다. 잠시 망설이던 라이였지만 마음을 독하게 먹고 돈주머니를 끌러 손에 쥐었다. 하나를 빼앗나 둘을 빼앗나 어차피 빼앗은 건 마찬가지 아니겠는가. 결국, 여기서 살아남기 위해서는 어쨌거나 한 번은 거쳐야 할 과정인 셈이다.

처음이 힘들지 두 번째부터는 순조로웠다. 돈주머니까지 손에 든 라이의 두 눈이 여인의 온몸을 샅샅이 훑기 시작했다. 늘씬한 체형에 여자치고는 키가 무척이나 컸다. 가만히 보니 옷이나 가죽갑옷도 잘하면 입을 수 있을 듯했다. 꽉 끼는 옷이었다면 라이가 뺏어 입을 엄두조차 내지 못했겠지만, 다행히도 활동적인 걸 좋아해서인지 품이 넉넉하게 입고 있었다.

"꽉 끼긴 하지만 뭐, 못 입을 정도는 아니네."

가슴 부위는 유방 덕분인지 품이 넓어 꽉 끼긴 해도 그럭저럭 입을 만했는데, 옆구리 부분은 도저히 들어가지를 않았다. 그래서 옆구리 부분을 단검으로 쭉 찢어버린 후 입었다. 여자 옷을 입는 게 쪽팔리는 노릇이긴 했지만, 그래도 벌거벗고 다니는 것보다는 백배 낫지 않겠는가.

그리고 갑옷의 경우는 각 가죽 판을 연결하는 가죽끈 부분을 느슨하게 풀어주는 것으로 간신히 해결했다. 모양은 좀 웃길지 몰라도 망토를 둘러 가리면 아무도 눈치채지 못하리라.

문제는 가죽 바지였다. 그가 입기에는 너무 작았던 것이다. 어쩔 수 없이 꽉 끼는 부분은 단검으로 쭉쭉 찢어 간신히 착용하는 데 성공했다. 엉덩이 부분이 들어갈 수 있기에 악착같이 시도했지, 그게 아니었다면 시도도 하지 않고 포기했을 것이다.

어쨌거나 속옷만 빼고, 가죽갑옷까지 몽땅 다 착용하는 데 성공했다. 무기도 반가웠지만, 제법 두둑한 액수가 채워져 있는 돈주머니가 제일 반가웠다. 가죽을 사러 이 마을로 왔다는 그녀의 말이 사실인 모양이다.

"덕분에 벌거벗고 다니지 않게 되어 좋군. 그건 그렇고 이 년을 어떻게 해야 하나……?"

물론 죽여 버리는 게 가장 깔끔한 뒤처리이긴 했지만 자신에게 조롱의 말 몇 마디 했다고 그러긴 싫었다. 사실, 지금까지 단한 번도 살인이라는 걸 해보지 않은 탓에 살인에 대한 거부감을 지니고 있었던 것이었지만, 라이는 애써 자신에게 변명했다. 자신에게 많은 걸 베풀어준(?) 여자를 굳이 죽일 필요까지는 있겠는가 하고…….

"앞으로 주둥아리를 함부로 놀려서는 안 된다는 걸 이번 기회에 잘 배웠겠지. 네가 내게 준 건 그런 교훈을 준 댓가라고 생각하라고."

널브러져 있는 여인에게서 시선을 뗀 라이는 마을 쪽을 바라보며 생각에 잠겼다. 작은 마을이다. 저 여자가 이 마을에 가죽을 사러 왔다고 하는 걸 보면, 그녀의 옷차림을 기억하고 있는자가 있을지도 모른다. 또, 저 여자가 깨어나면 가장 먼저 뒤질게 저 마을일 것은 뻔한 이치. 차라리 계속 하천을 따라 내려가다 또 다른 마을을 찾는 게 현명하리라.

게다가 여인에게서 뺏은 무기도 있는 만큼, 그걸로 작은 동물이라도 사냥할 수 있으면 식량 걱정도 어느 정도는 해결될 테고.

"마을에서 식량을 좀 구입하고 가는 게 좋긴 하지만, 그러다이 년이 강도를 당했다고 지랄발광을 하면 위험해 지겠지. 에이, 어쩔 수 없지. 안전한 게 최고니까."

마음을 굳힌 라이는 하천을 따라 아래로 내려갔다. 또 다른마을이 나타나길 희망하면서…….

라이가 사라지고 난 뒤 얼마 지나지 않아 기절해 있는 여인 옆에 누군가가 다가왔다. 마를린이었다. 마를린은 속옷만 입어 거의 반나체나 다름없는 상태로 널브러져 있는 여인을 착잡한 시선으로 바라봤다. 세상에 아무리 입고 있는 옷이 없다고 해도 그렇지, 여자 옷을 빼앗아 입을 생각을 하다니. 이런 양아치와 같은 짓으로 미뤄 보아 사내는 절대 제대로 된 교육을 받은 기사는 아닌 것으로 판단되었다.

만약 기사였다면 아무리 힘든 상황일지라도 절대 연약한 여성을 대상으로 이런 짓거리는 하지 않을 테니 말이다. 그나마 한 가지 위안이라면 여자에게 강간당한 흔적이 없다는 것 정도……

'여색은 별로 밝히지 않는 모양이지?'

앞으로도 계속 사내의 뒤를 따라다니며 그 정체를 밝혀야 할 마를린이었기에 내심 안도의 한숨을 내쉬었다. 그녀는 아직까지는 따가운 햇볕에 그대로 노출되어 있는 여인을 마법으로 들어 올려 그늘이 진 쪽으로 옮겨 줬다. 안 그러면 저 여자가 깨어날 때쯤이면 따가운 햇볕에 반쯤 익어 버릴 테니까.

"어쨌거나 지금보다 더 조심해야겠어. 저런 꼴이 되고 싶지는 않으니까."

*　　*　　*

시체라도 된 듯 축 늘어져 있는 앤트러스. 월터에게 끌려가다 기회를 봐서 탈출하려다가 얼마 가지도 못하고 붙잡힌 후, 자살을 시도하다 들켜 이 꼴이 된 것이다. 월터는 앤트러스를 구출한 후, 이런저런 얘기를 나누는 과정에서 감을 잡아 버렸다. 이자는 절대로 기사단 소속 기사가 아니라는 것을.

월터는 기절시킨 앤트러스를 짊어지고 산맥을 타고 넘어 토리아 왕국에 도착했다. 그가 코린트에서 출발하여 알카사스 왕국으로 들어갔던 길을 거꾸로 거슬러 올라간 것이다. 토리아 왕국 비밀 서부 거점에 도착하자마자 그는 일단 본국으로 보고부터 올린 뒤 그동안 쌓인 피로를 풀고 있었다.

보고를 올린 지 채 30분도 되지 않아 본국에서 사람 하나가 급파되어 왔다. 거점과 본국 간에 공간이동 마법진이 설치되어 있는 덕분이었다.

"이쪽입니다, 마법사님."

요원의 안내를 받으며 들어오는 앳된 얼굴의 미모의 여인. 그녀는 어려 보이는 얼굴과는 달리 농염한 몸매를 지니고 있었는데, 육감적인 몸매를 과감하게 드러내는 옷차림을 하고 있는 탓에 그녀를 안내해 들어온 요원의 얼굴은 시뻘겋게 달아올라 있었다. 옆이 길게 트인 치마는 늘씬한 허벅지를 걸음을 옮길 때마다 살짝살짝 드러내고 있었고, 상의는 탐스러운 가슴골 윗부분을 훤히 드러내고 있다. 농염한 몸매와 앳된 얼굴이 섞여 뭔가 퇴폐적인 기운을 물씬 풍기는 여인이었다.

요원은 안내하면서도 은근슬쩍 그녀의 모습을 훔쳐보느라 정신이 없었지만, 그런 미모의 여인을 바라보는 월터의 얼굴은 잔뜩 일그러져 있었다.

"허엇, 서, 선배님이 어떻게 이곳에……?"

미모의 여인은 살짝 토라진 듯 대꾸했다.

"어머~, 표정이 왜 그래? 마치 못 볼 거라도 본 것처럼……. 나 충격받을 거 같아."

"아, 아닙니다, 리카 선배님. 이번 임무가 너무 힘들다 보니 저도 모르게 피곤이 쌓인 모양입니다. 자, 이쪽으로 오시죠."

월터는 긴 의자 위에 축 늘어져 있는 앤트러스를 가리키며 얼른 화제를 돌렸다. 리카라는 여인은 앳된 얼굴과는 달리 기사단 장인 까미유 드 크로데인 공작과 함께 활동했었던 전대의 거물 이었다. 그녀와 얽혀서 좋을 게 하나도 없는 것이다. 게다가 분위기에 휩쓸려 혹여 말실수라도 했다가는 뒷감당도 어렵고…….

"자기 말로는 콘돌 기사단 제32정찰조 소속 기사라고 했지만, 아무래도 기사단 쪽 사람이라기보다는 정보부 쪽 인물이 아닌가 하는 의심이 들어서 말이지요."

"만나자마자 일 얘기부터 시작하는 거야? 자기, 너무 무~드 없다."

"저…, 선배님. 일에 집중해 주십쇼."

내심 치밀어 오르는 짜증을 힘겹게 참으며 월터는 웃는 얼굴을 유지하려 애를 썼다.

보내주려면 상대하기 편한 샤사를 보내 줄 것이지, 뭐 이런 퇴물을……. 월터는 그녀를 이리로 보낸 크로데인 공작을 저주

했다. 물론 마음속으로만.

"흐응~, 아주 잘 생긴 오빠네에~."

리카는 앙증맞은 손놀림으로 앤트러스의 얼굴을 툭툭 치며 깨웠다.

"이봐, 오빠. 일어나 봐, 응?"

"끄으응……."

"어떻게 했기에 얘가 이렇게 정신을 못 차려?"

"어쩌긴 뭘 어쨌겠습니까? 급한 김에 이걸로……."

말을 하며 주먹을 쥐어 보이는 월터를 보며 리카는 한심하다는 듯 중얼거렸다.

"에휴~, 이렇게 힘 조절을 못 해서야. 여자를 다룰 때는 강약 조절을 잘해야 하는 걸 몰라? 이러니 여자가 없지."

"아니, 이놈이 여잡니까? 그리고 이런 놈 잡아왔으면 칭찬을 해주셔야지, 뜬금없이 이러니 여자가 없다니요?"

"오호, 이젠 좀 컸다 이거지? 감히 선배의 말에 토를 달고 말이야."

"아, 그…, 그게 아니라."

월터는 아차 싶어 급히 말을 얼버무리며 은근슬쩍 리카의 시선을 피했다.

"호호, 우리 월터가 내 칭찬을 많이 듣고 싶었나 보네? 이리 와, 내 엉덩이 토닥토닥 해줄게. 아니면 상으로 내 가슴을 만지게 해줄까?"

"아, 아니 괜찮습니다. 그딴 상 절대로 안 받을 겁니다."

"바보, 그냥 준다고 해도 싫데."

'꼭 말을 해도……'

자신도 모르게 얼굴이 시뻘겋게 달아오르는 월터. 사내에게 들었을 때는 썰렁한 농담이겠지만, 이게 저런 예쁜 여자에게 들었을 때는 얘기가 다른 것이다.

잠시 귀여운 입술을 삐죽거리며 투덜거리던 리카는 다시 앤트러스를 깨웠다. 이번에는 방금 전과 달리 어깨를 잡고 과격하게 흔들어서 그런지 앤트러스는 신음성을 흘리며 깨어났다.

"끄으응…, 여, 여기는 어디지?"

"흐응, 오빠, 깨어났구나. 나야, 나 모르겠어?"

바로 그 순간 리카는 앤트러스가 자신을 동료로 생각하게 만드는 마법을 비롯하여 상대를 매료시키는 마법까지 세 가지 마법을 거의 동시에 걸어 버렸다. 한순간에 앤트러스의 얼굴에 마치 헤어진 애인이라도 만난 듯 화색이 떠오르는 것을 보며 월터는 고개를 절레절레 내저었다. 아마도 크로데인 공작이 샤사를 보내지 않고 리카를 보낸 것도 다 그녀가 정신계 마법에 훨씬 정통해 있기 때문이었으리라.

"어? 마리엔, 네가 어떻게 이곳에……?"

"오빠가 보고 싶어서 왔지. 그런데 오빠, 어떻게 된 거야?"

정신계 마법이라고 해도 만능은 아니다. 상대가 분위기에 젖어 술술 불도록 만들어야지, 의심을 하게 만들면 안 되는 것이다. 그런 의미에서 대화를 매끄럽게 이끌어가며 필요한 부분을 캐묻는 리카의 화술은 정말이지 놀라운 수준이었다.

대화를 통해 월터가 잡아온 사내의 이름이 '케빈 콜린스'가 아니라 앤트러스 에이크 후작이라는 것과 알카사스 왕실 직속 감찰부의 상당한 고위직에 있는 인물이라는 것을 알아냈다.

　"흐응~, 뜻밖의 거물을 잡아왔네~. 단장님이 무척 좋아하시겠어."

　리카는 무척 좋아했지만, 그 옆에서 대화를 엿듣고 있던 월터는 안타까움을 금치 못하고 있었다. 설마하니 그때 뭔가 찝찝하다는 이유 하나만으로 키메라들을 이끌고 가서 없애 버린 그자들도 감찰부 소속일 줄이야. 더군다나 그들은 감찰부를 배신하고 국외로 탈출하고 있던 중이라고 하지 않는가. 그야말로 포섭하기에 딱 좋은 최고의 인재들이었다. 정신계 마법을 통한 세뇌라는 위험천만한 모험을 할 필요도 없는…….

　'쩝, 아깝게 됐네. 이럴 줄 알았으면 도망치게 그냥 놔둘걸.'

　"여기서 계속 심문하는 건 힘들겠고, 본부로 데려가 제대로 된 취조를 하는 게 좋을 것 같아. 그런데 월터는 어떻게 할 거야? 이 누나하고 함께 돌아갈 거야?"

　"아뇨, 말씀은 고맙습니다만 할 일이 있어서요."

　"그래? 아깝게 됐네. 그럼 나는 이만 가 볼게."

　앤트러스의 눈 앞쪽으로 손바닥을 쓱 움직이며 뭐라고 나지막하게 주문을 중얼거리는 리카. 곧이어 앤트러스의 몸이 축 늘어진다. 잠들어 버린 것이다.

　가녀린 몸매에도 불구하고 리카는 앤트러스를 번쩍 들어 어깨에 들쳐 멨다.

"이런 힘든 일을 내가 직접 해야 하다니잉……. 월터, 정말 나 혼자 돌아가야 돼?"

마법을 쓰면 커다란 트롤조차도 번쩍번쩍 드는 여인이라는 것을 잘 알고 있는 월터였기에 그런 투정에 넘어갈 리가 없다.

"죄송합니다, 선배님. 저는 급히 할 일이 있어서요. 꼭 제 도움이 필요하시다면, 단장님께 직접 허가를 구해……."

"흥, 됐어. 나 혼자 할께."

리카는 토라진 듯 콧방귀를 뀌며 방 밖으로 나가 버렸다.

"이런 젠장! 엄청 늙은 할망구라는 걸 내가 뻔히 알고 있는데 귀여운 척은."

월터는 방금 전까지 앤트러스가 늘어져 있었던 긴 의자에 털썩 주저앉으며 중얼거렸다.

"그건 그렇고, 이제 어떻게 한다?"

국경지대 경비가 강화되었던 건 배신자들 때문이었고, 자신이 거기에 재수 없게 걸려 그 고생을 했다는 것을 앤트러스를 통해 알 수 있었다. 배신자들은 물론이고 그들의 뒤를 쫓던 앤트러스 일행까지 몽땅 없어져 버렸으니, 강화되었던 경비는 조만간 풀릴 것이다.

"일단은 한동안 좀 쉬면서 앞으로 어떻게 하면 좋을지 단장의 지시를 기다리는 게 좋겠어. 한두 명 증원을 받을 수 있으면 더욱 좋고."

*　　　*　　　*

토리아 왕국의 지부들에 건설되어 있는 공간이동 마법진 덕분에, 리카는 앤트러스라는 거물을 동반했음에도 불구하고 갔을 때와 마찬가지로 순식간에 제2근위대의 본거지 '붉은 궁전'으로 돌아올 수 있었다. 붉은 궁전은 말이 궁전이지, 붉은 벽돌로 지어진 약간 커다란 저택 정도의 수준이었다. 그런데도 이 저택을 모두가 궁전이라고 부르는 것은 이곳의 주인이 까미유드 크로데인 공작이었기 때문이다.

"전하, 월터가 커다란 공을 세웠사옵니다. 그가 잡아온 인물은 앤트러스 에이크 후작으로 놀랍게도 알카사스 왕실 직속 감찰부의 핵심 인물들 중 하나였사옵니다."

평소 후배들에게는 음탕스런 농담도 즐기고, 뜬금없는 육탄공격을 가해 상대가 당황하는 것을 보며 즐기던 리카였지만, 크로데인 공작 앞에서는 얌전한 숙녀처럼 조신하게 처신했다.

그런 리카의 보고에 크로데인 공작은 반색했다.

"오, 그것참 잘 됐군. 그는 지금 어디에 있지?"

"정보부로 이송시켰사옵니다. 아무래도 그들이 그 방면의 전문가들이니까요."

"그건 그렇지."

"그런데 전하. 잠깐 심문하던 도중에 꽤나 재미있는 사실들을 알아냈사옵니다."

"그게 뭔가?"

"왕실과 원로원 간의 대립이 더욱 격화되고 있는 것 같았사옵니다. 원로원이 이번에 특별한 키메라를 대량 생산하는 데 성공한 모양이온데, 그 사실을 철저히 숨기고 있는 걸 보면 아마도 왕실을 치는 데 쓰려고 하는 것 같사옵니다."

리카의 말에 크로데인 공작은 피식 웃으며 말했다.

"제아무리 키메라 따위를 잘 만든다 해도 어디 기사만 하겠느냐. 누군가를 기습한다면 기사단을 동원하는 게 낫지, 키메라 따위야 아무리 강력하다 해도 다 헛거야."

"그건 전하의 말씀이 옳사옵니다만, 서로가 백중지세인 상황이라면 세력의 균형추를 기울게 할 수도 있지 않겠사옵니까."

"그건…, 그렇겠지."

"어쨌건, 앤트러스의 말로는 원로원 쪽에서 뭔가를 준비하고 있다고 하옵니다. 그러니 이 기회를 우리가 충분히 이용할 수 있지 않을까 하는 생각에……."

제2근위대는 제1근위대와 달리 황실 경호를 목적으로 조직된 곳이 아니라 해외 공작을 위해 조직된 단체다. 리카의 말대로라면 어쩌면 조만간 제2근위대에 출동 명령이 떨어질지도 모른다. 마도왕국을 뒤흔들 수 있는 절호의 기회라면, 그걸 놓칠 리가 없었으니까.

"나도 그렇게 생각하고 있다. 상대가 상대인 만큼, 어쩌면 우리 제2근위대 전체가 필요할 지도……."

지금 궁에 남아있는 오너는 자신과 부단장인 오스카뿐이다. 나머지는 모두 임무를 수행하러 해외에 나가 있는 상황이었다. 지금 대원들 모두 불러들이는 게 나을까?

잠시 고심하던 크로데인 공작은 뭔가 떠올랐다는 듯 리카에게 물었다.

"월터는 어떻게 한다고 하더냐?"

"다시금 준비를 갖춰 알카사스로 들어갈 거라고 했사옵니다."

"그렇겠지. 그 녀석은 포기할 줄 모르는 놈이니까."

딴 녀석들이라면 몰라도 월터는 그대로 임무를 수행하게 놔두는 게 나을 듯도 싶었다. 필요하다면 합류하기 좋은 위치에 있었으니까.

"어쨌거나 수고했다. 이만 돌아가서 쉬어도 좋다."

"예, 전하."

고개를 숙인 뒤 방 밖으로 나가는 리카는 긴장이 풀렸는지 자신도 모르게 커다란 엉덩이를 살랑살랑 흔들며 걸어가고 있었다. 어지간한 사내라면 그녀의 뒷모습에 빠져 정신없이 바라보겠지만, 크로데인 공작은 달랐다. 그의 마음속은 다른 데 가 있었던 것이다.

"알카사스라……."

크로데인 공작은 콧방귀를 뀌며 중얼거렸다.

"한번 제대로 맛을 보여줄 때가 되긴 했지."

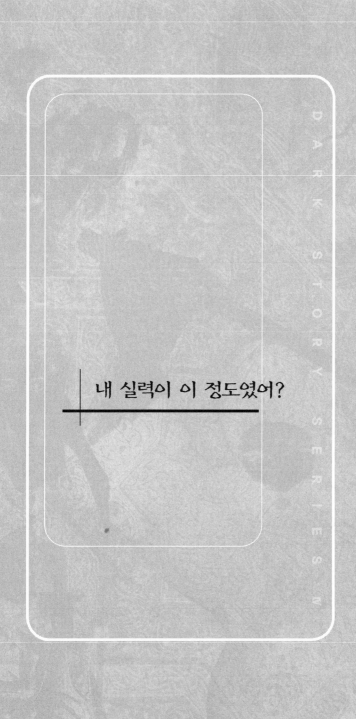

내 실력이 이 정도였어?

34

배신의 시대

5일 후, 하천을 따라 내려가던 라이는 다란툼 영지의 가장 북쪽에 위치한 요새도시 델카에 도착할 수 있었다. 요새도시답게 주 병력이 상주하는 내성(內城)은 아주 튼튼하게 건설되어 있었고, 경비 또한 삼엄했다. 하지만 주민들이 거주하는 마을을 감싸고 있는 외성(外城)은 내성에 비해 높이도 낮았고, 경비 또한 그리 철저하지 않았다. 외성의 높이는 겨우 4미터 정도. 이 정도라면 경비병들의 눈만 조심한다면 침투하기 그리 어려운 것도 아니다.

외성을 몰래 넘어들어온 라이는 인적을 피해 냄새나는 하수도가 흘러 지나가는 다리 밑 으슥한 곳에 자리를 잡고 하루 종일 곯아떨어졌다. 여관 같은 데서 잠자기에 충분한 돈이 있긴 했지만, 불심검문 같은 데 걸릴지도 모른다는 우려 탓에 노숙을 택한 것이다.

다음날 오후 늦게서야 깨어난 라이는 주변을 살피기 좋은 노점식당을 찾아갔다. 음식을 허겁지겁 먹으면서도 주변 경계를 게을리하지 않았던 것은, 혹여 경비병들이 그의 주변으로 올 것을 염려한 탓이다. 하지만 하루 정도 이리저리 돌아다니며 느낀 건, 우려한 것과 달리 마을 내부를 순찰하러 다니는 경비병들이 거의 없다는 것이었다. 그제서야 그는 팽팽하게 당겨져 있던 마음을 조금씩 풀어놓을 수 있었다.

델카는 다란툼 영지 북쪽의 관문도시답게 마을의 규모가 꽤 컸고, 사람들은 활기차게 움직이고 있었다. 산맥에 위치한 만큼, 독특한 물건들을 취급하는 상점들이 많았다. 상점에 진열되어 있는 상품들 중 라이의 눈길을 끈 것은 각종 몬스터로부터 뽑아낸 부산물들이었다. 특이한 생김새의 가죽, 그중 어떤 것은 너무나 두껍고 딱딱해 과연 칼이 들어가기나 할까 생각될 정도였다. 그리고 다양한 형태와 크기의 뼈, 이빨, 발톱 등등.

주민들의 상당수가 사냥을 주업, 혹은 부업으로 하고 있는 만큼 활이나 창 따위로 무장하고 있는 사람들이 넘쳐났다. 대장간에서 취급하는 것도 농기구보다는 각종 사냥 도구나 무기들이 더 많았다. 색다른 모양의 화살촉이라든지 쇠뇌, 투척용 창…….

이곳을 벗어나 고향으로 가기 위해서는 위조 신분증이 필요하다는 사실에 어떻게 구해야 할지 고민하다 무작정 거리로 나선 라이는 원래 목적과 달리 구경하는 재미에 정신이 팔려 이리저리 거리를 헤매고 있었다. 그런 탓에 웬 사내놈들이 어느 순간 자신을 빙 둘러싸기까지 전혀 눈치조차 채지 못했다.

"이봐, 형씨. 괜시리 칼침 맞지 말고, 저쪽으로 함께 가지?"

여기저기를 기웃거리며 구경하던 라이에게 웬 사내 하나가 비릿한 조소를 띤 어조로 말을 걸어오기 전까지는 말이다. 순간, 라이의 눈은 험상궂게 생긴 사내의 얼굴과 허리께를 빠르게 훑었다. 사내가 입고 있는 낡아빠진 망토 한 귀퉁이가 위로 삐죽 솟아올라 있었다.

그 속에 날카로운 대거(Dagger)가 숨겨져 있을 건 뻔한 사실. 라이는 재빨리 자신의 주위를 빙 둘러봤고, 사내와 한 패거리인 듯한 놈들을 찾아낼 수 있었다. 사내의 패거리를 찾는 건 그다지 어려운 게 아니었다. 짐짓 딴청을 피우고 있긴 했지만 자신을 둘러싸고 적의를 드러내고 있는 눈빛과 냄새나는 허름한 복색만 봐도 뻔했으니까.

단검을 뽑아들고 대항을 해 볼까 생각도 해봤지만 그 전에 사내의 대거가 먼저 자신의 배를 쑤실 게 뻔했다. 그렇다고 재빨리 움직여 사내와의 거리를 어느 정도 벌린 후에 단검을 빼는 것도 힘들었다. 녀석의 패거리들이 어느새 자신의 주위를 빙 둘러싸고 있었기 때문이다.

이때, 뒤편에 있던 놈들 중 하나가 라이의 허리춤에 꼽혀있던 숏 소드를 검집 채로 가져가 버렸다. 게다가 주변에 사람들이 북적거리는 것을 이용해 능청스럽게도 라이에게 바짝 붙어 또다른 무기는 없는지 몸을 더듬기까지 한다. 그런데도 라이는 반항하지 않고, 가만히 있었다. 가급적이면 협조적인 자세로……

겉으로 내색하지는 않았지만 라이는 지금 바짝 긴장하고 있었다. 그는 지금껏 사람을 상대로 목숨을 걸고 싸워 본 적이 없다. 그가 지닌 실전 경험은 전부 몬스터를 대상으로 한 것이다. 그리고 그와 함께했던 사람들은 모두들 라이보다 한 수쯤 위인 노련한 사람들뿐이었고.

라이는 자신의 실력이 어느 정도인지, 또 주위를 둘러싸고 있는 녀석들의 실력이 어떤지 전혀 가늠할 수 없었기에 긴장감을 넘어 두려움까지 느끼고 있었다. 특히나 그의 뒤통수를 치고 달아난 대장이 남겨 준 강렬한 기억은 아무리 세월이 흐른다 해도 지워지지 않을 것이다.

처음 봤을 때 인상이 만만해 보인다는 그 이유만으로 언제든 대가리를 도끼로 찍어 버릴 수 있을 거라는 자신감에 차 있던 적도 있지 않은가. 만약 그때 생각대로 행동에 옮겼더라면 지금쯤 저 산맥 어딘가에서 시체로 썩어가고 있을 게 뻔했다. 그만큼 대장의 실력은 뛰어났었다.

그런데 지금 자신을 둘러싸고 있는 녀석들은 몸 여기저기에 흉터가 나 있는 험상궂은 얼굴들이다. 폭력에 단련된 노련한 표정과 떡 벌어진 어깨. 라이를 포위하고 있는 다섯 명 중 라이보다 덩치가 작은, 아니 덩치가 비슷한 사람조차 단 한 명도 없다. 특히 앞에서 칼침을 놓을 듯 이죽거리며 협박을 하고 있는 사내는 라이보다 머리통 하나 정도는 더 커 보였고, 어깨너비도 한 배 반은 더 넓어 보였다. 라이로서는 자신도 모르게 움츠러들 수밖에 없는 상황이다.

"새꺄, 저쪽으로 가. 어허~, 동작 봐라. 빨리 안 가?"

사내는 고갯짓으로 인적이 드문 골목 안쪽을 가리켰다. 라이로서는 녀석들이 이끄는 대로 끌려갈 수밖에 없었다. 비록 무기는 뺏겼지만, 지금껏 그가 겪었던 수많은 고난들 덕분인지 공포로 정신줄을 놓을 정도는 아니었다. 게다가 싸가지 없는 여자로부터 뺏은 가죽갑옷까지 입고 있지 않은가.

라이는 끌려가면서도 빠르게 머리를 굴려 현 상황을 타개하기 위한 방안을 찾기 위해 고심하기 시작했다.

'이제 어떻게 해야 하지? 왜 저놈들이 나를 끌고 가려는 거지? 내가 이 마을에 들어온 건 어젯밤이었는데, 저것들이 나를 어떻게 알고……?'

현재 라이가 두르고 있는 망토는 여성용이라 화려한 문양이 수놓아져 있는 탓에 눈에 확 띄는데다가, 한눈에 고가의 제품이라는 것을 알아볼 수 있을 정도로 재질이 고급스러웠다. 이걸 본 녀석들이 자신이 돈 많은 집안의 자식인 줄 알고 덮친 것이리라. 그것 외에는 달리 생각할 만한 다른 이유가 없었다.

물론 품속 깊은 곳에 숨겨 둔 돈주머니 안에 꽤나 많은 돈이 들어 있는 게 사실이긴 했다. 하지만 그걸 녀석들에게 건네준다고 해서 그냥 순순히 놓아줄까? 설혹 무사히 놔준다고 해도 돈주머니를 건네줄 수는 없었다. 자신도 고향으로 돌아가려면 돈이 꼭 필요했으니까.

이제 결단을 내려야만 했다. 녀석들의 소굴로 끌려들어 간 후에는 너무 늦어 버린다.

인적 없는 골목 안으로 들어와 녀석들이 방심을 했는지 포위망이 느슨해지자, 라이는 순간적으로 앞서 가는 녀석을 밀치고 앞으로 튀어 나갔다. 마음 같아서는 이대로 계속 도망치고 싶었지만, 혹시 놈들이 뒤에서 단검이라도 던진다면 목숨을 내놔야 했다. 라이는 재빨리 뒤로 돌아서서 방어 자세를 잡았다.

아는 것이 많은 게 오히려 발목을 잡고 있다고 해야 할까?

라이가 맨손 격투술을 배워 본 적이 없긴 했지만, 그렇다고 해서 기초가 아예 없는 건 아니다. 검술 대련을 하는 와중에 방패로 상대를 밀거나 가격하기도 했고, 기회만 있으면 팔꿈치로 치거나 무릎, 혹은 발로 차기도 한다. 특히 격투술에 익숙한 사람들 중에는 코끝이 뾰족한 판금장화를 착용하는 것은 물론이고, 갑옷의 팔꿈치나 무릎에까지 스파이크를 달기도 했다. 그런 것에 한 번이라도 찍히면 목숨이 날아가는 것이다.

아는 게 많은 만큼, 적이 공격해 올 가능성이 있는 다양한 경로들을 다 예측하고, 그에 대한 대비를 하려고 하다 보니 라이로서는 머릿속이 터져나갈 것만 같았다. 그나마 좁은 골목길이라는 지형은 라이의 입장에서는 상당히 좋은 장소였다. 세 사람 정도가 겨우 어깨동무를 하고 걸어갈 수 있을 정도로 좁은 골목! 그 탓에 상대는 숫자가 다섯이나 됨에도 불구하고 라이를 포위하지 못하고 있었다.

1대1, 잘해야 1대2 정도만이 가능한 상황이다. 그런데도 불구하고 사내들은 전혀 당황한 기색이 아니었다. 그런 상대방의 여유가 라이를 더욱 긴장시키고 있었다. 방금 전에 라이의 몸을 더듬어 비무장이라는 것을 확인했던 털북숭이 사내놈이 음흉스런 미소를 지으며 앞으로 나섰다. 그리고는 허리에 차고 있던 단검을 뽑아 라이에게 겨누며 이죽거리는 어조로 위협했다.

"애새끼, 정말 사람 귀찮게 만드네. 그냥 순순히 끌려가지, 감히 반항을 해? 사지 중 한두 군데를 잘라 병신이 되면 두 번 다시 도망갈 엄두조차 내지 못하겠지. 이리와, 새꺄! 크흐흐흣……."

살기 어린 털북숭이 사내의 표정에 소름이 쫙 끼쳤다. 오늘 여기서 자칫 죽을지도 모른다는 생각이 들자 라이의 긴장감에 후들거리던 손발이 차츰 진정되기 시작했다. 만약 죽게 된다면 절대 그냥 죽지는 않겠다는 독기가 치솟은 것이다.

그런데 곧이어 라이는 어이가 없는 장면을 목격했다. 털북숭이 사내가 공격을 한답시고 단검을 휘둘렀는데, 동작이 쓸데없이 너무 컸을뿐더러 전혀 위협적이지 않았기 때문이다.

라이의 경험이 일천해서 그렇지, 뒷골목을 배회하는 깡패들의 수준이라고 해 봤자 뻔한 것이다. 5급 용병패를 지급받았을 정도의 실력을 인정받은 라이가 봤을 때, 웬만한 깡패들의 실력이라고 해 봐야 어린애 수준 정도밖에 되지 않았던 것이다.

"허, 이 새끼 봐라. 감히 어르신의 검을 피해? 적당히 손만 봐주려 했지만, 아무래도 안 되겠다. 넌 오늘 죽었어!"

털북숭이 사내는 자신의 공격을 라이가 쉽게 피하자 더욱 화가 치밀어 오르는지 얼굴이 붉게 변해 미친 듯이 단검을 휘두르며 달려들었다.

'어? 뭐야. 혹시 나를 방심시키려고 일부러 실력이 없는 척하는 건가?

한동안은 털북숭이 사내의 공격을 피하기만 하며 지켜봤지만 얼마 지나지 않아 라이는 확신할 수 있었다. 털북숭이 사내의 실제 실력이 저것밖에 되지 않는다는 것을.

기가 막혔다. 저런 놈들을 상대로 방금 전까지 자신이 바짝 쫄았다는 것에.

골목길이라는 지형적인 페널티로 인해 잘해 봐야 1대 2 정도밖에는 덤벼들 수 없는 상황! 녀석들은 도망칠 수 없게 라이를 골목길로 몰아넣었다고 생각하겠지만, 저런 허접한 실력들이라면 이런 좁은 골목길이야말로 라이에게 압도적으로 유리한 상황인 것이다.

"개뿔도 안 되는 실력으로 감히 나를 병신을 만들겠다고 협박을 해!"

라이는 일부러 틈을 보여 털북숭이 사내의 공격을 유도한 뒤 단검을 잡고 있는 사내의 손을 붙잡아 앞으로 확 끌어당겼다.

"어, 얼라! 이게 무슨……."

당혹감에 얼떨떨한 표정으로 자신을 바라보는 녀석의 눈을 보며, 라이는 털북숭이 사내의 관자놀이를 주먹으로 세차게 가격했다.

퍽!

그 한 방에 털북숭이 사내는 철푸덕 쓰러지더니 다시 일어서지 못했다. 동료가 단 한 방에 뻗어 버리는 것을 보고 뒤에서 재미있다는 듯 지켜보고 있던 사내들의 표정이 흠칫 굳는다. 그제서야 깨달은 것이다. 어리숙해 보이지만 절대 만만치 않은 상대라는 것을.

"어쭈, 제법 한가락 한다는 거야? 아니면 운이 좋아 한방 제대로 들어간 건지도 모르지.”

“시끄럿! 놈이 도망가지 못하게 계속 공격해. 설사 실력이 있는 놈이라고 해 봐야 쪽수로 밀어 버리면 돼!”

하지만 마음과는 달리 골목길이 좁은 탓에 제대로 된 포위망을 형성할 수가 없었다. 게다가 아직 어려 보이는 라이의 얼굴 때문인지 사내들은 큰 긴장감 없이 주저하지 않고 검을 휘두르며 달려들었다.

횡, 횡.

악다구니를 쓰며 검을 휘두르긴 했지만 전혀 위협적이지 않은 사내들의 공격을 피해 라이의 주먹이 차례로 꽂혀 들기 시작했다.

퍽, 퍽퍽!

순식간에 세 명의 사내가 라이에게 맞아 땅바닥에 나뒹굴었고, 골목길 밖으로 고개만 빼꼼 내민 채 망을 보고 있던 사내 하나만 남았다.

“너도 덤비려면 이리와.”

이제 느긋한 표정을 넘어서서 사내들을 때려잡는데 재미까지 붙인 라이가 까딱까딱 손짓까지 했지만, 핼쑥하게 질린 사내는 뒤도 돌아보지 않고 내빼 버렸다.

“덩치는 제일 큰놈이 겁은 많아서…….”

이번 접전에서 제일 놀란 것은 아마 라이일 것이다. 자신이 이렇게 강하다는 것을 지금 처음 알았던 것이다. 어쨌거나 한 놈은 도망쳤고, 넷이 남아 있다. 모두 기절해 있긴 했지만…….

라이는 놈들을 깨워 심문을 하기에 앞서 녀석들이 떨어뜨려 놓은 자신의 단검부터 주워 허리에 찼다. 기절한 녀석들 중 하나를 깨우려던 라이는 생각을 바꿔 일단 녀석들의 장화를 뒤져 대거를 뽑아들었다. 장화 속에 숨기기 좋도록 칼날받이를 아주 납작하게 만들어 놓은 기형적인 형태다.

위협용 소품이 갖춰지자, 라이는 기절해 있는 놈들 중 하나를 깨웠다.

"이봐, 일어나. 일어나라고!"

흔드는 정도로는 사내가 정신을 차리지 못하자 이번에는 세차게 뺨을 후려쳤다.

짝짝!

이윽고 놈이 정신을 차렸다. 그런데 그는 벌겋게 달아오른 뺨을 부여잡긴 했지만 아직 제정신이 아닌지 멍한 표정이다.

"이, 이게 무슨……?"

"이봐, 한 가지만 좀 물어보자."

그제서야 제정신을 차린 깡패 녀석은 자신의 목에 시퍼런 대거의 끝이 왔다 갔다 하자 얼굴이 새하얗게 질렸다.

"허억!!"

"뭐 좀 물어보자고. 내 말이 무슨 말인지 못 알아듣겠어?"

"뭐, 뭘 물어보겠다는 거냐?"

"혹시 너희 조직에서 위조 신분증 같은 거 취급 하냐?"

사내는 라이가 뜬금없이 이런 질문을 하는 의도를 알 수 없었기에 일단 부정부터 하고 봤다.

"그, 그런 걸 할 리가 없잖아. 우린 그저 어리숙한 놈들을 골라 푼돈이나 뺏는 그런 놈들이라고."

"혹시 위조 신분증 같은 거 취급하는 조직이나 사람, 알고 있는 거 있어?"

"……."

사내가 눈치만 보고 대답을 하지 않자 라이는 대거를 녀석의 코앞에 들이대며 으르렁거렸다.

"죽고 싶으면 지금처럼 눈치만 보며 아무 말도 하지 않아도 좋아. 어차피 너 말고도 얘기해 줄 놈은 여기에 셋이나 더 있으니까."

순간 녀석의 눈동자가 데구루루 구르더니 아직 기절해 자빠져 있는 동료들을 바라보고는 흠칫해서 라이 쪽으로 재빨리 돌아왔다.

"빨리 말 안 해?"

그러자 녀석이 황급히 대답했다.

"우, 우리들 같은 좀도둑이 그딴 걸 취급하긴 힘들지. '샐러맨더(Salamander)' 파라면 취급하고 있을지도 몰라."

샐러맨더 파는 이 마을에서 가장 강력한 폭력조직이었다. 나름 시장 바닥에서 험하게 굴러먹던 사내였기에 라이의 협박에 순순히 대답하기보다는 경쟁 조직에 라이의 관심을 슬쩍 떠넘긴 것이다. 하지만 라이는 그걸 알 수가 없었다.

"샐러맨더 파 녀석들은 어디에 있는데?"

"우, 우리 같은 쫄짜들이 뭘 알겠는가. 한 번 생각을 해 보게.

이쪽 바닥의 일이란 게 면상을 제대로 까고 점포를 차려 놓고 장사를 하는 것도 아닌데 말이야……."

"흠, 그럼 혹시 놈들인지 알아볼 수 있는 표식 같은 거라도 없어? 아니면 잘 다니는 곳이라든지."

잠시 어떻게 대답을 해야 할지 궁리하던 녀석이 문득 생각이 났다는 듯 손바닥을 탁 치며 소리쳤다.

"그래, 문신! 놈들은 문신을 하고 있어. 조직 이름처럼 손목에 붉은 도마뱀 문신을 새겨 놓고 있지."

"붉은 도마뱀 문신이라고?"

"그, 그래. 아마 이 정도 크기의 도마뱀 문신이야."

사내가 손가락을 벌려 문신의 크기를 알려주자 라이는 고개를 끄덕이며 대거를 검집에 집어넣었다. 그런 라이의 행동에 이제는 죽지 않을 거라 생각했는지 사내는 활짝 웃으며 만면에 웃음을 지었다.

"알려줘서 고맙다."

"뭘……."

대답을 채 하기도 전에 라이의 주먹이 녀석의 관자놀이를 향해 냅다 내리꽂혔다.

퍽!

사내를 다시 기절시킨 후, 라이는 천천히 몸을 일으키며 환히 웃었다. 저렇게 덩치가 크고 험악한 인상의 사내들을 상대로 일방적으로 두들겨 팰 수 있을 줄이야. 그것도 비무장인 상태로. 라이는 그동안 못 미더웠던 자신의 실력에 어느 정도는 자신감을 되찾을 수 있었다. 지금까지 워낙에 쟁쟁한 놈들만 가까이 있다 보니 한없이 위축되어 있었던 것이다.

"좋았어. 이제 샐러맨더 문신을 하고 있는 놈만 찾아내면 되는 거로군."

고향으로 돌아갈 수 있는 가능성이 점점 높아지고 있었다. 라이의 얼굴에는 오랜만에 미소가 어리기 시작했다.

*   *   *

"저…, 저놈이야."

손가락 끝으로 라이를 가리킨 것은 몇 시간 전에 라이에게서 도망친 바로 그 덩치 좋은 사내였다. 하지만 그가 라이를 가리키기도 전에 상대는 이미 라이를 향해 표독스런 시선을 날리며 째려보고 있었다.

그럴 수밖에 없으리라. 상인을 통하지 않고 사냥꾼에게서 고급 가죽을 저렴한 가격에 구입하겠다는 생각으로 일행과 잠시 떨어져 있던 자신을 기절시킨 뒤 옷을 빼앗아 간 천하의 개망나니 같은 놈을 어찌 잊을 수 있겠는가. 게다가 현재 라이가 입고 있는 옷은 며칠 전까지만 해도 그녀가 애지중지하며 아껴 입고 있었던 바로 그 옷이었다.

"손가락질하지 마. 이미 찾았으니까."

황급히 손을 내리는 사내를 향해 늘씬한 미녀는 이를 으드득 갈아붙이며 중얼거렸다.

"안 그래도 요 며칠 동안 얼마나 분하고 열이 받는지, 잠도 제대로 자질 못했다. 잘 만났다, 이 천하의 불한당 같은 놈."

"생긴 건 저렇게 어리숙해 보여도 굉장한 실력을 가지고 있는 놈이야. 한순간에 내가 데리고 있던 애들 넷을 때려눕혔다니깐. 루산나, 그러니 일단 두목님께 말해서……."

그러자 라이를 씹어 먹을 듯 노려보고 있던 루산나가 신경질적인 말투로 쏘아붙였다.

"입 다물고 가만히 있어. 내가 해치울 테니까. 겁이 난다면 넌 여기서 지켜보고만 있으라고."

말을 마친 그녀는 북적거리는 인파를 헤치며 라이를 향해 조금씩 접근해 가기 시작했다. 서로 간의 거리가 지척으로 좁혀졌을 때, 그녀는 품속에 손을 넣어 자신의 비장의 무기를 꺼내 들었다. 그건 코르크 따개처럼 T자형으로 생긴 작은 송곳이었다.

엄지손가락 굵기의 손잡이는 꽉 쥐고 힘을 주기에 적합했고, 중지와 약지 사이로 빠져나와 있는 뾰족한 강철침은 가죽갑옷쯤은 손쉽게 꿰뚫고 들어간다. 판금 갑옷으로 온몸을 감싸고 있다면 모를까, 가죽갑옷이나 사슬갑옷을 착용한 상대를 기습하는데 있어서는 비수나 단검보다도 훨씬 효용성이 좋았다. 게다가 강철침 끝에는 치명적인 독약까지 발려 있으니 일단 찔리기만 하면 끝인 것이다.

라이의 등 뒤로 다가서는 순간 루산나는 송곳으로 상대의 겨드랑이 아래쪽, 옆구리 부분을 푹 찔렀다. 그녀가 노린 곳은 가죽갑옷의 앞판과 뒤판이 가죽끈으로 연결되는 부위였다. 상대가 자신의 체구에 맞지도 않는 갑옷을 억지로 껴입으려면 그 틈이 훨씬 더 넓게 벌어져 있을 건 뻔한 이치. 두목이 선물한 아끼던 갑옷에는 아무런 흠집도 남기지 않고 놈을 없애버릴 수 있는 최고의 포인트였던 것이다.

폐에 구멍이 뚫리면 흉강(胸腔)으로 공기가 새 나간다. 호흡을 하기 위해 폐가 공기를 잔뜩 머금으려면 팽창할 만한 공간이 있어야만 했다. 그런데 그 공간이 폐에서 빠져나간 공기로 채워진 탓에 폐가 팽창하지 못하게 된다면 무슨 일이 벌어질까? 비명도 제대로 지르지 못한 채 질식사하게 된다는 게 정답이었다.

그런데 이때 루산나가 전혀 예상하지 못한 사태가 벌어졌다. 어떻게 눈치를 챘는지 그 순간 상대가 번개처럼 뒤로 몸을 돌리며 송곳을 쥔 그녀의 손을 턱 하고 잡아 왔던 것이다. 순간, 루산나의 얼굴이 두려움에 창백하게 질렸다.

"이, 이거 놔!"

뒤에서 느껴지는 섬뜩한 느낌. 살기를 감지한 것이었지만, 지금껏 살기를 느껴 본 적이 없었던 라이는 잠시 혼란에 빠졌다. 왜 이런 이상한 기분이 드는 걸까? 주변은 시장을 보러 나온 사람들이 한가롭게 상인들과 얘기를 나누고 있었다. 전혀 위험하지 않은 곳이다. 그런데 왜? 그냥 무시하고 걸어갈까 하는 생각이 들었지만, 계속 뒤통수가 간질거리는 듯한 느낌을 참지 못한 라이가 고개를 뒤로 돌려 힐끗 쳐다보는 순간이었다.

그 순간 볼 수 있었다. 자신을 향해 뭔가를 들고 찌르려고 하는 긴 머리카락을 늘어뜨린 웬 미녀의 모습을.

라이는 한순간에 벌어진 이 상황에 그저 어리둥절할 뿐이었다. 뭔가를 찌르려는 여자를 본 순간 어느새 몸이 움직여 여자의 손을 붙잡고 있는 게 아닌가. 뭘 어떻게 해야겠다고 전혀 의식조차 하지 못했는데 말이다.

'내 몸놀림이 이렇게 재빨랐던가? 나도 모르게 몸이 제멋대로 움직인 듯한 기분까지 들 정도니.'

"이거 놔!"

새하얗게 질린 표정으로 몸부림을 치는 여자의 손에서 라이는 일단 그녀가 쥐고 있던 무기부터 빼앗았다. 상당히 특이한 형태의 무기였다. 길쭉한 송곳처럼 생긴 이런 걸로 사람을 찌른다고 죽겠나 싶을 정도다. 하지만 뾰족한 강철침 끝 부분이 퍼렇게 물들어 있는 걸로 봐서 어쩌면 독이 발라져 있는지도 모른다고 생각했다.

라이가 무기를 뺏고, 또 그걸 살펴보느라 잠시 신경이 분산되어 있는 틈을 노려 여자는 붙잡혀 있던 손을 뿌리치고 도망치기 시작했다. 라이는 일단 무기부터 다른 사람들이 줍지 못하게 근처 지붕 위쪽으로 던져 버렸다. 독이 발라져 있을지도 모를 흉기를 품속에 넣고 다니는 건 너무 위험했기 때문이다.

'누군데 날 다짜고짜 저런 송곳으로 공격하려 했던 거지?'

어디선가 본 적이 있는 듯 낯이 꽤 익숙하다는 느낌이 들긴 했지만, 라이는 곧바로 그 느낌을 무시했다. 난생처음 와본 이 마을에 자신이 아는 여자가 있을 턱이 없었으니까. 그것도 저렇듯 눈에 확 띄는 미녀가.

이때, 그의 뇌리에 몇 시간 전에 자신을 털어먹으려고 달려들던 깡패들의 모습이 떠올랐다. 돈푼 꽤나 있는 집의 자식으로 오해했는지 골목길로 몰아가지 않았던가. 그리고 이어진 난투. 처음에 무기까지 빼앗겨 맨손이었던 라이는 검까지 들고 설쳐 대는 녀석들을 아주 손쉽게 때려잡았다. 그것도 네 놈이나.

'아까 그 깡패들과 연관된 여자인가?'

무슨 이유인지는 모르겠지만, 마을 안에서 다짜고짜 자신을 살해하려고 하는 여자를 만난 것이다. 짚이는 거라고는 얼마 전에 깡패 넷을 박살 낸 것 외에는 없다. 어젯밤에 몰래 성벽을 넘어들어온 이래 그와 충돌을 일으킨 건 그들밖에 없었으니까.

어찌 되었든 그냥 넘기기에는 화가 치밀어 올랐다. 자신이 뭘 잘못했기에 독이 발린 것 같은 송곳으로 몰래 찌르려 한단 말인가. 게다가 아주 날카로웠던 강철침으로 미뤄 봤을 때 만약 찔렸다면 절대 가벼운 상처로 끝나지 않았을 것이다. 받은 대로 돌려주겠다고 결심한 것도 바로 얼마 전이다. 이를 으드득 갈아붙인 라이는 여자를 붙잡아 그 대가를 치르게 해 주겠다는 마음으로 그녀의 뒤를 쫓아 달려가기 시작했다.

루산나는 마을에서 흔히 볼 수 있는 여염집 아가씨처럼 단출하게 차려입고 있었다. 그에 비해 그녀의 뒤를 쫓고 있는 라이는 발이 제대로 들어가지도 않을 정도로 꽉 끼는 가죽바지, 묵직한 가죽갑옷, 더군다나 그 위에 두툼한 망토까지 걸치고 있는 상황이다.

어릴 때부터 뒷골목에서 성장한 루산나였기에 탄탄한 근육질의 몸매를 지닌 데다, 주변 골목길의 지리까지 훤하게 꿰뚫고 있었다. 더군다나 자신의 등 뒤로 미친 듯 뒤쫓는 사내까지 있다 보니 자신이 이렇게 빠르게 달릴 수가 있었을까 의심이 들 정도로 놀라운 속도로 재빠르게 도망치고 있었다. 하지만…….

"거기 안 서! 이 망할 년아!"

"헉헉!!"

심장이 튀어나올 정도로 죽어라 도망치고는 있었지만, 저 흉악한 놈은 절대 포기하지 않고 자신을 쫓아올 것만 같았다. 아무 원한 관계도 없었는데 처음 본 자신을 때려눕히고 옷을 벗겨 간 게 바로 저놈이다. 그런데 이번에는 자신이 공격하려는 걸 놈이 눈치채고 무기까지 빼앗기지 않는가.

만약 붙잡힌다면 어떤 꼴을 당하게 될지 모를 일이다. 어쩌면 몇 대 맞고 끝나는 게 아니라 목이 잘린 시체가 될지도……. 그런 생각에 공포에 질린 그녀는 빠르게 주위를 둘러보며 자신을 도와줄 만한 사람을 찾아봤지만 아무도 없었다.

자신을 이리로 데리고 온 한스 녀석은 벌써 눈치를 채고 튄 모양이다. 덩치는 곰만 한 게 겁은 왜 그렇게도 많은지. 이 위기만 벗어나게 되면 절대 가만두지 않을 것이다. 그나저나 한스 녀석이 두목에게 이 상황을 전해 준다면 정말 좋을 텐데.

몇 분간 전력으로 벌어진 추격전은 뒤를 쫓던 라이가 루산나의 머리카락을 낚아채면서 끝이 났다. 바람 따라 눈앞에서 나부끼고 있는 긴 적갈색 머리카락은 커다란 유혹이었고, 그걸 마다할 라이가 아니었던 것이다.

"꺄악!!"

"이게, 서라고 하면 설 것이지!"

머리털이 몽땅 뽑힐 것 같은 고통도 고통이었지만, 이젠 죽었구나 하는 생각에 공포에 질려 숨을 헐떡거리며 털썩 주저앉아버리는 루산나. 그러면서 그녀는 자신에게 날아올 주먹에 대비해 온몸을 최대한 웅크리며 사내의 눈치를 살폈다. 하지만 사내는 주먹질부터 하는 게 아닌, 자신을 어떻게 할지 고민하는 눈치였다.

눈치를 살피던 루산나는 자신과 그렇게 격렬한 추격전을 벌였음에도 사내가 땀방울은 고사하고, 숨소리조차 흐트러지지 않고 있다는 것에 깜짝 놀랐다. 자신이 입고 있었던 가죽갑옷은 모험가들이 입는 실전용으로 제작된 것이기에 그 무게가 상당했다. 그런 갑옷을 입고 몇 분간 전력질주를 했음에도 전혀 호흡이 거칠어지지 않을 수 있다니, 그제서야 루산나는 자신이 건드려서는 안 될 사람을 건드렸다는 걸 깨달을 수 있었다.

"이 망할 년, 다짜고짜 흉기를 휘두른 주제에 뭘 잘했다고 째려봐!"

받은 대로 돌려주겠다며 마음을 먹긴 했지만 겁에 질린 여자를 때리기도 그렇고, 그냥 없던 일로 하자니 조금 전에 봤던 흉기가 떠올라 화를 참기 힘들었다. 자연히 라이의 얼굴이 일그러질 수밖에 없었다.

그와 동시에 정제되지 않은 흉폭한 살기가 온몸에서 뿜어져 나오기 시작했다. 전쟁터에서 구르고 키메라 오크들과의 치열했던 전투를 벌이며 생긴 거친 살기는 조직생활을 한다지만 여자인 루산나로서는 견디기 힘들 만큼 극심한 공포를 안겨 주기에 충분했다.

두려움에 질린 루산나는 부들부들 떨면서도 힘겹게 입을 놀렸다. 이대로 있다가는 죽을 것만 같았기에 어떻게든 이 상황에서 벗어나려는 발버둥이었다.

"나, 나를 해치면 우리 두목이 가만있지 않을 거예요. 나는 그 이름도 무시무시한 블랙울프(Black Wolf) 파의 조직원이란 말이에요. 살아서 이 마을을 떠나고 싶다면 나를 그냥 놔주는 게 신상에 좋을 거예요."

사실, 루산나는 블랙울프 파에 속해 있지 않았다. 하지만 이 마을 뒷골목의 태반을 지배하고 있는 거대 조직이 블랙울프 파였기에 그렇게 둘러댄 것이다. 혹시라도 사내가 블랙울프 파의 악명을 안다면 자신에게 손을 대지 않을 거라는 생각에서 말이다. 하지만 루산나는 몰랐다. 급하게 돌린 얄팍한 잔머리 때문에 자신의 발목이 잡히게 될 줄은.

위조 신분증을 만들기 위해 조직을 찾고 있었던 라이로서는 뜻밖의 아주 반가운 소리였다.

"호오, 그거 아주 좋은 일이군. 이봐, 네가 소속된 조직이라는 곳으로 나를 안내 좀 해 줘야겠어."

"거, 거기는 왜……?"

겁먹으라고 블랙울프 파의 이름을 사칭했는데 상대가 오히려 반갑다는 듯 환히 웃으며 좋아라 하자 루산나는 어안이 벙벙하지 않을 수 없었다.

"귀가 먹었냐? 너희 조직이 있는 곳으로 날 안내하란 말이야. 그곳에 의뢰할 일이 있으니까."

내 밑에서 일해 보는 건 어때?

34

배신의 시대

골목 사이사이를 한참 돌아 안쪽의 으슥한 곳에 위치해 있는 건물의 작은 철문을 가리키며 루산나가 입을 열었다.

"저기가 조직에서 의뢰를 받는 곳이에요."

철문 앞으로 가까이 다가선 루산나는 박자에 맞춰 철문을 통통 두들겼다. 문을 열어 달라는 조직원들 간의 신호인 듯했다.

똑똑…, 똑…, 똑똑…….

곧이어 철문 위쪽에 네모난 작은 구멍이 열리며 두 개의 눈동자가 나타났다. 그곳에서 의심어린 말투의 사내 목소리가 흘러나왔다.

"뒤에 있는 사람은 누구지?"

"물건을 사겠다는 사람이 있어서 데리고 왔어."

잠시 후, 빗장 푸는 소리가 들리더니 커다란 철문의 한쪽 귀퉁이가 끼기긱 거리는 소음과 함께 열렸다. 커다란 짐을 들일 때는 문 전체를 열겠지만, 평상시에는 귀퉁이의 작은 쪽문을 통해 드나드는 모양이다.

"따라와요."

루산나가 앞장서서 철문 안으로 들어갔다. 철문이 워낙 작았기에 여자 치고는 제법 큰 키인 루산나조차도 고개를 살짝 숙이며 들어가야 했다. 그 뒤를 따라 들어가려던 라이는 뭔가 섬뜩한 느낌에 몸이 차갑게 식어 갔다. 그러고 보니 이것과 똑같은 느낌을 얼마 전에도 받은 적이 있었다는 게 뇌리에 떠올랐다. 눈앞의 저 여자가 송곳으로 자신을 몰래 찌르려고 했을 때, 그때 그 느낌이었다.

기분이 찝찝해진 라이는 잠시 망설였다. 안 좋은 느낌이 드는데도 괜히 따라 들어갔다가 위험에 빠질 수도 있다는 생각이 든 것이다.

"뭐해요? 빨리 들어와요."

루산나의 채근하는 목소리가 어둑한 철문 안쪽에서 들려왔다. 라이는 결단을 내려야만 했다. 이대로 마냥 시간만 끌고 있을 수만은 없었으니까. 오크 새끼를 얻으려면 오크 굴속으로 들어가야만 한다. 어차피 위조 신분증을 얻기 위해서는 한 번은 겪어야 할 일이었다.

마음을 굳힌 라이는 철문 안으로 들어갔다. 물론 그냥 들어간 것은 아니다. 손을 뻗으며 상체를 앞쪽으로 빙 돌려 한 바퀴 데구루루 구르며 뛰쳐 들어갔던 것이다.

예감을 믿고 미리 대비한 라이의 행동이 옳았다.

퍼퍽!

"이런 쥐새끼 같은 놈. 눈치가 보통이 아닌데."

뒤쪽에서 짧은 파공성과 함께 바닥을 치는 소리가 요란하게 들려왔다. 그리고 경악에 찬 사나운 외침소리도. 작은 철문을 이런 식으로 빠르게 굴러들어올 거라고는 누구도 예상하지 못한 모양이다.

철문 뒤쪽에 매복하고 있던 자들이 휘두른 몽둥이는 애꿎은 바닥만을 두들긴 듯했다. 하지만 한 가지 라이가 미처 생각하지 못한 게 있었다. 밝은 곳에서 어두운 곳으로 갑자기 들어오다 보니 일순간이기는 했지만, 눈이 미처 적응을 하지 못해 주위가 제대로 보이지가 않았던 것이다. 식은땀이 흐르는 순간이었다.

"이런 젠장……."

위기감을 느낀 라이는 재빨리 몸을 일으켜 방어 자세부터 잡았다. 그 순간, 또다시 예의 그 서늘한 느낌이 느껴졌다. 왼쪽 상단!

라이가 재빨리 한걸음 뒤로 물러서자마자 파공성(破空聲)과 함께 약한 바람이 느껴졌다. 방금 전에 자신이 서있던 곳을 몽둥이가 세차게 훑고 지나간 것이다. 그 순간, 라이는 거의 본능적으로 앞으로 튀어 나갈 뻔했다. 지금껏 받아 온 훈련에 따라 저 정도로 바람이 일 정도로 강하게 몽둥이를 휘둘렀다면, 필히 빈틈이 생길 수밖에 없다는 것을 잘 알고 있었기 때문이다. 하지만 튀어 나가려는 본능을 애써 참으며 라이는 움직이지 않았다. 앞이 제대로 보이지가 않는 상태에서 어설프게 움직였다가는 더 큰 위기에 처할 수도 있었기 때문이다.

드디어 희미하게나마 앞이 보이기 시작했다. 자신의 앞에 서있는 건 몽둥이를 들고 있는 사내 둘. 그리고 복도 안쪽에서 이쪽을 향해 다급히 뛰어오고 있는 발걸음 소리도 들린다. 최소한 세 명은 될 듯했다.

두근두근…….

심장이 터질 듯 뛰었다. 여기서 자칫 한 번만이라도 실수를 했다가는 살아서 나가기 힘들 것이다.

"이봐, 나는 싸우러 온 게 아니……."

하지만 사내들은 라이의 말을 들을 생각이 전혀 없는 듯했다. 그럴 수밖에 없으리라. 자신들이 압도적으로 유리한 상황인데, 무슨 대화가 필요하겠는가? 일단 몽둥이로 제압한 뒤 사지를 꽁꽁 묶어 놓고 대화를 시작하는 게 좋다는 걸 오랜 경험으로 잘 알고 있는데 말이다.

사내들은 라이가 기가 죽어 꼬리를 말았다고 생각해서인지 비릿한 미소를 지으며 천천히 다가왔다. 물론 손에 움켜쥔 몽둥이를 가끔 허공에 휘둘러 위력 시위를 하면서.

그제서야 어둠에 어느 정도 적응이 되었는지, 복도 안쪽에서 달려 나온 세 사람의 얼굴이 희미하게 보이기 시작했다. 그들 중 두 명은 라이가 이미 알고 있는 사람들이었다. 골목길에서 기절해 자빠져 있는 동료들을 놔두고 허둥지둥 도망쳤던 바로 그 덩치가 컸던 놈과 자신을 송곳으로 찌르려고 했던 여자.

순간, 라이는 깨달았다. 자신이 완벽하게 함정에 빠졌다는 것을. 덩치 큰 놈이 이곳에서 대기하고 있다는 말은, 자신을 때려 잡기 위한 만반의 태세가 갖춰져 있다고 봐야 했다.

꿀꺽!

너무 긴장한 나머지 하마터면 허리에 차고 있는 단검부터 뽑아들 뻔했다. 하지만 잠시 고민하던 라이는 단검 손잡이에서 천천히 손을 뗐다. 여기서 피를 보게 되면 저들과의 협상은 영원히 불가능하게 된다. 싸울 때 싸우더라도 일단 대화는 시도해 봐야 할 게 아니겠는가.

라이는 자신을 이곳으로 유인해 온 여인을 째려보며 욕지거리 몇 마디를 내뱉은 후, 사내를 향해 말했다.

"이봐, 할 말이 있다. 내가 이곳에 온 건 싸우자고 온 게 아냐."

그때 라이의 말을 더 이상 듣기 싫다는 듯 앞으로 튀어나온 건 도망쳤었던 덩치가 큰 놈이었다. 전과 달리 이번에는 다섯 명이 한꺼번에 포위하고 공격할 수 있는 아주 유리한 상황. 그때의 치욕을 만회하려는 것인지 덩치 큰 사내는 더욱 험악한 인상으로 소리쳤다.

"시끄러우니 주둥아리 닥쳐. 얘들아, 저 새끼 조져버렷!"

라이는 본능적으로 재빨리 벽 쪽으로 움직여 등을 벽에 붙였다. 일단 등 뒤에 적이 없다는 것만으로도 충분한 안정감이 찾아왔다. 비록 주위를 둘러싼 놈들이 다섯이나 되었지만 자신이 질 거라는 생각은 전혀 들지 않았다.

게다가 눈이 어느 정도 어둠에 적응을 해 앞이 보이기 시작하자 사내들이 그다지 두렵게 느껴지지 않았다. 얼마 전에 골목길에서의 싸움으로 자신의 실력에 자신감이 붙었던 것이다. 그리고 라이의 자신감을 북돋아 준 것에는 사내들의 실력이 워낙 형편없다는 것도 한몫했다.

사실 라이가 몰라서 그렇지, 5급 용병패까지 받은 실력이라면 이런 변방의 깡패 따위 서너 명이야 쉽게 상대할 수 있었다. 더군다나 라이의 경우 어렸을 때부터 기사인 아버지에게서 체계적으로 검술 교육을 받았고, 용병대에서 실전을 겪으며 경험을 쌓았기에 같은 5급 용병패를 가진 용병들과는 그 수준이 다른 것이다. 거기에다가 집을 떠난 후 목숨이 위험할 정도의 상황을 몇 번이고 겪다 보니 그의 실력은 폭발적으로 성장하고 있는 중이었다.

라이는 침착한 눈빛으로 주위를 둘러보다 먼저 문 옆에 서 있던 사내를 향해 몸을 날렸다. 둘 간의 거리가 자신이 예상한 것보다 훨씬 더 빨리, 순간적으로 가까워지자 당황한 사내는 황급히 몽둥이를 휘둘렀다. 하지만 라이는 슬쩍 몸을 옆으로 틀며 몽둥이를 피한 뒤 사내의 턱을 향해 주먹을 날렸다.

퍽!

"크윽!"

단 한 방에 사내가 철푸덕 주저앉아 버렸다. 쓰러진 사내가 떨어뜨린 몽둥이를 집어든 라이의 얼굴에는 조금 전과 달리 여유가 넘쳤다. 이제는 확실히 자신의 실력에 대한 믿음이 갔던 것이다. 그러자 덩치 큰 사내의 안색이 새파랗게 질려간다. 골목길에서 부하들이 지금처럼 어, 어 하다 묵사발이 났던 기억이 떠오른 모양이다.

"날 데리고 온 저 여자가 그러더군. 이곳에서 위조 신분증을 구할 수 있다고 말이야. 그렇다면 난 손님인 셈인데, 다짜고짜 몽둥이부터 휘두르면 안 되지."

　이런 상황에서도 너무 여유로운 라이의 모습에 사내들은 기가 죽었는지 뒤로 주춤주춤 물러섰다. 뭔가 믿는 구석이 있기에 포위되어 있음에도 저렇게 여유를 보이는 게 아니겠는가. 사내들은 떨떠름한 표정으로 자기들끼리 눈짓을 통해 뭔가를 얘기하는 듯하더니, 복도 안쪽에서 튀어나온 사내 중 하나가 앞으로 나서며 입을 열었다.

　"손님으로 온 거라면 두목님께 안내해 주겠다."

　"내가 원하는 게 바로 그거야. 이제라도 대화가 통해서 좋군."

　그 말에 덩치 큰 놈이 사내 옆으로 재빨리 다가가 낮은 목소리로 물었다.

　"설마 저놈을 진짜 두목님께로 데리고 가려는 겁니까?"

　그러자 사내는 어깨를 으쓱하며 퉁명스럽게 대꾸했다.

　"손님으로 왔다면 어쩔 수 없잖아. 게다가 우리가 감당할 만한 사람도 아닌 것 같고."

　덩치 큰 놈보다 사내가 조직에서의 신분이 더 높은 모양이다. 사내의 말에 아무 소리 못 하고 조용히 뒤로 물러선 것을 보면 말이다.

　두목에게 안내하겠다며 사내가 라이를 데려간 곳은 복도 깊숙한 곳에 자리 잡은 어느 방 앞이었다. 사내는 문 앞에 서서 조심스럽게 노크를 했다. 그러자 방 안쪽에서 거친 목소리가 흘러나왔다.

"뭐야?"

"접니다, 두목. 손님이 찾아와서요."

"들어와."

방 안에는 사내 두 명이 앉아 있었다. 30대 후반 정도로, 둘의 나이는 거의 비슷해 보였다. 그중 상석(上席)에 앉아있는 사내의 인상이 훨씬 좋아 보였다. 눈매는 다른 사내들처럼 날카롭기 짝이 없었지만, 덥수룩한 구레나룻과 턱수염이 그의 날카로운 인상을 어느 정도 덮어 주고 있었기 때문이다.

두목은 라이를 턱짓으로 가리키며 불쾌하다는 듯한 어조로 사내에게 물었다.

"어떻게 된 일이야?"

누구냐는 질문이 아니라 어떻게 된 일이냐고 물은 건, 예정대로라면 몽둥이에 맞아 기절한 놈을 꽁꽁 묶어서 끌고 와야 했는데 왜 저렇게 멀쩡한 상태냐는 뜻이었다. 고개를 숙여야만 들어올 수 있는 입구의 쪽문. 아주 간단한 함정이었지만, 부하들의 몽둥이를 피한 놈은 지금껏 단 한 명도 없었다.

'설마…, 함정이 있다는 것을 미리 알고 있었나?'

지금껏 꺼림칙한 놈들을 잡을 때만 함정을 발동시켰고, 붙잡은 뒤로는 예외 없이 죽여 땅속 깊숙이 묻어 버렸다. 함정을 뚫고 멀쩡한 모습으로 자신 앞에 얼굴을 들이민 건 저놈이 처음이라는 말이다. 그런데 저놈은 어떻게 함정이 있다는 사실을 알았을까?

아무리 봐도 어려 보이는 게 엄청난 실력의 소유자는 아닌 듯했다. 그렇다면 해답은 단 하나.

조직 내에서 누군가 내통한 자가 있다는 뜻이리라. 과연 어떤 놈이 배신한 것일까? 그럴 만한 놈들이 한둘이 아니니, 도무지 짐작이 잘 안 된다는 것이 문제다.

아니면 조직원들 중 누군가가 술김에 주둥아리를 터는 걸 옆에서 들었을지도 모른다. 어찌 되었든 정보가 새어 나간 건 마찬가지.

두목은 그 문제는 나중에 다시 생각하기로 하고, 일단 현 상황부터 해결하기로 마음먹었다. 아직 어린놈이기에 설혹 실력이 있다고 해 봐야 옆에 앉아 있는 부두목과 녀석을 데리고 온 부하 셋이라면 루산나를 뺀다고 해도 녀석 하나쯤은 충분히 박살을 낼 수 있을 거라 생각했다.

두목이 그렇게 자신할 만했다. 부두목은 꽤나 뛰어난 검술 실력을 지니고 있는 강자였으니까 말이다. 더군다나 그는 자신처럼 뒷골목을 박박 기며 검술을 익힌 게 아니라, 아카데미에서 정식 교육을 받은 인재였다. 물론 임기응변이나 기습은 자신이 훨씬 뛰어났지만, 칼을 가지고 정면 대결을 하는 데 있어서는 부두목이 한 수 위라 할 만했다. 때문에 부두목을 앞에 세워 놓고 자신이 뒤에서 받쳐 준다면 지금껏 무서운 자가 아무도 없을 정도였다.

일단 믿는 게 있으면 마음이 느긋해지는 게 사람의 심리. 그렇기에 라이가 들어오자마자 냅다 단검부터 집어던지는 대신, 찬찬히 상대를 관찰했다. 잠시 라이를 노려보던 두목은 갑자기 피식 웃더니 탁자 아래쪽에 위치해 있던 왼손을 탁자 위로 올려 양손을 깍지 끼며 턱을 괴었다. 부하들에게 지금은 공격할 생각이 없다는 것을 알리는 신호였다.

"그래, 무슨 일로 나를 찾으셨소, 손님?"

"당신이 두목이요?"

사내가 맞다는 듯 살짝 고개를 끄덕이자 라이는 곧바로 질문을 이어 나갔다.

"용건을 밝히기에 앞서, 한 가지 물어볼 것이 있소."

두목은 심드렁한 표정으로 대답했다.

"뭘 물어보겠다는 거요?"

"왜 여자를 보내서 나를 해치려고 한 거요? 아무리 생각해도 내가 당신네 조직과 원한 살 만한 일을 한 적이 없는 것 같은데……."

그 질문에 두목은 고개를 갸웃하지 않을 수 없었다. 저 솜털이 보송보송한 어린놈과 얽힐 만한 일을 한 기억이 전혀 없었으니까. 이때, 그의 눈에 라이가 입고 있는 망토 사이로 화려한 가죽갑옷이 보였다. 그 갑옷은 그가 루산나에게 선물한 것이었다. 그 순간, 두목은 일이 어떻게 된 일인지 깨달았다. 그는 재미있다는 듯 웃음을 터뜨리며 말했다.

"하하핫, 내가 자네를 해칠 이유는 전혀 없지. 하지만 우리 귀염둥이는 그렇지 않다는 게 문제라서 말이야. 헤질렌 마을로 들어가는 다리 근처에서 저 아이를 홀랑 털어간 게 자네 아닌가? 그 정도면 충분히 원한 관계가 성립되었을 거라고 생각되네만."

다리 근처에서 홀랑 털어갔다는 말에 아차 싶었던 라이. 그는 황급히 뒤를 돌아보았다.

맞다. 어쩐지 약간 낯이 익다 싶더니…….

자신을 표독스런 눈빛으로 째려보고 있는 미녀. 그녀의 얼굴을 보니, 그날 다리 앞에서 싸가지 없이 구는 것에 울컥한 그가 성질난 김에 가볍게 맛 좀 보여준다고 했던 게, 그녀가 기절해 버리면서…….

'이런 젠장! 호랑이 굴속에 제발로 걸어 들어왔군. 이 일을 어떻게 하지?'

하지만 실실 웃고 있는 두목의 표정을 보니 아직까지는 기회가 있어 보였기에 라이는 최대한 정중한 어조로 변명부터 했다.

"저 여자에게 들어서 알겠지만 옷을 뺏은 건 어쩔 수가 없었습니다. 나도 산적을 만나 몽땅 털려 버렸기에……."

"정말 어이가 없군. 나도 산적질을 안 해 본 건 아니지만, 여자의 옷까지 홀랑 벗겨서 입는 사람이 있을 줄이야……. 게다가 저렇게 귀여운 여인의 옷을 말이지."

두목은 재미있다는 듯 빙글빙글 웃으며 계속 말을 이었다.

"뭐, 자네도 어지간히 루산나가 마음에 들었나 보군. 그 옷들을 아직까지도 입고 있는 걸 보면 말이야."

라이는 멋쩍은 웃음을 지었지만 더 이상 말을 하지는 않았다. 어설프게 말을 하다 얕잡아 보이기보다는 차라리 말을 하지 않는 게 좋았으니까. 게다가 빼앗은 옷을 당장이라도 돌려달라고 하면 곤란해지는 건 자신이었다.

하지만 이런 바닥에서 잔뼈가 굵은 두목은 라이가 세상 경험이 부족한 초짜라는 사실을 이미 눈치 챘다. 어쩌면 가출한 돈 많은 귀족의 자제일 수도 있다. 분명한 것은 절대 자신의 조직을 노리고 쳐들어 온 놈은 아니라는 사실이다.

그렇기에 두목은 긴장을 풀며 의자에 등을 한껏 기댄 뒤 여유로운 목소리로 물었다.

"그건 그렇다고 치고, 루산나를 협박해서 여기까지 찾아온 이유나 좀 들어 보지."

"신분증을 사고 싶습니다. 국경 통과가 가능한 것으로."

농노의 신분증은 안되고, 최소한 평민 이상의 신분증이 필요하다는 뜻이다. 그것도 범죄 기록이 없는 아주 깨끗한 것으로. 라이의 조건을 듣던 두목의 표정이 더욱 누그러졌다.

"신분증을 구해 주는 건 그리 어려운 일이 아니야. 적절한 비용만 지불할 수 있다면 말이지."

"얼마면 되겠습니까?"

"10골드. 현찰이 없다면 그만한 가치를 지닌 물건으로 계산해도 무방해."

10골드라면 상당한 금액이다. 라이가 용병대에 있을 때의 월급이 1골드였으니, 무려 10개월 치 월급인 것이다. 하지만 그렇다고 해서 못 구할 만큼 큰돈도 아니다. 강도질 몇 번만 성공한다면…….

"물건은 언제까지 준비해 줄 수 있습니까?"

"그게 시간이 좀 필요해. 가급적이면 자네와 용모가 흡사한 놈을 골라 신분증을 훔쳐야 위조하기 편하니까. 이해하겠나?"

잠시 고민하던 라이는 두목의 눈치를 살피며 조심스럽게 말을 꺼냈다.

"대금은 신분증을 받을 때 일시불로 지불해도 되겠죠?"

그러자 두목은 어이가 없다는 표정으로 소리쳤다.

"뭔 소리야? 최소 절반은 선불로 줘야 일을 시작하지. 이런 거래 처음 해? 널 어떻게 믿고 외상 거래를 하냔 말이야!"

퉁명스럽게 말을 하긴 했지만 두목은 내심 라이를 향해 비웃음을 날리고 있었다. 적당한 놈으로 골라서 신분증 하나 훔치는 데 선금이 무슨 필요가 있겠는가. 하지만 자신의 말을 심각하게 듣고 있는 상대를 보니 이젠 확신까지 할 수 있었다. 이놈은 정말로 위조 신분증이 필요한 초짜라는 것을.

"일을 맡기려면 우선 5골드. 돈이 없으면 당장 여기서 나가. 우리가 자선단체도 아니고 말이지."

"선불로 일단 3골드 먼저 주면 안 되⋯⋯."

라이가 품속에서 돈주머니를 꺼내며 말할 때, 뒤에 서 있던 루산나가 그걸 확 낚아챘다. 라이가 자신의 돈주머니로 돈을 지불하려 하자 분노를 이기지 못한 루산나는 다른 손으로 라이의 뺨을 힘껏 후려치려 했다. 하지만 라이가 손목을 잡아채자 루산나는 재빨리 라이의 정강이뼈를 차 버렸다. 딱딱한 가죽 신발 앞부분에 뭘 박아 놨는지 라이는 순간 극심한 고통을 느꼈다.

"큭! 이런 망할 년이!"

라이가 루산나를 향해 손을 쓰기도 전에 두목이 소리쳤다.

"그만! 아무리 화가 난다고 해도 그렇지, 손님께 폭력을 쓰면 안 되지."

두목의 말에 루산나가 투덜거리며 뒤로 물러서자 그녀를 잡으려던 라이는 엉거주춤 서 있을 수밖에 없었다. 그런 라이를 보며 두목이 차갑게 가라앉은 목소리로 말했다.

"이봐, 장난치나? 빼앗긴 우리 조직원의 돈으로 지금 내게 신분증을 만들어 달라고 하는 거야? 큭큭, 이기 우리 조직이 어지간히 우습게 보였나 보군."

그 말이 끝나기 무섭게 방안에 있던 조직원들의 시선이 싸늘하게 식으며 재빠르게 라이가 도망칠 수 없도록 퇴로를 차단했다. 그리고는 언제든 공격을 할 수 있도록 무기를 꺼내 들었다.

"그, 그건 당시 상황이 워낙 다급해 어쩔 수 없는 일이라고 했지 않습니까? 그리고 신분증을 구하고 싶다는 마음이 앞서 그런 거지, 절대 당신네 조직을 우습게 생각해 본 적이 없습니다."

라이는 갑자기 흉흉하게 바뀐 분위기에 당황해 하며 서둘러 변명을 늘어놓았다. 하지만 두목의 표정은 쉽게 풀리지 않았다.

"이쪽 바닥의 생리가 그래. 조직원이 당하면 반드시 몇 배로 그 댓가를 받아 내야 하고, 그러지 못하면 부하들은 떠나가고 조직을 운영하기 힘들어지지. 게다가 어떤 이유로든 한 번이라도 얕보이게 되면 이빨을 들이밀고 잡아먹으려는 놈들 투성인 곳이 바로 여기야."

결국 자신에게 대가를 받아 내겠다는 두목의 말에 라이는 천천히 허리에 차고 있던 검의 손잡이로 손을 옮겼다. 이런 곳에서 허무하게 목숨을 잃고 싶은 생각은 전혀 없었다. 차라리 그럴 바에는 박살 내고 도망치면 된다.

입술을 질끈 깨문 라이는 주위를 둘러보며 짙은 살기를 뿜어내기 시작했다. 지금까지 목숨을 걸고 싸워야 했던 일이 워낙 많았던 탓에 싸움이 벌어지려 하자 자연스럽게 거친 살기가 뿜어져 나온 것이다.

그런 라이의 정제되지 않은 거친 살기에 두목의 안색이 살짝 찌푸려지다 순식간에 다시 부드럽게 바뀌었다. 어리숙한 돈 많은 귀족 자제쯤으로 생각했는데, 살기를 보니 그런 게 아닌 모양이라 판단한 것이다. 닳고 닳은 두목인지라 재빨리 이해득실을 계산한 뒤 라이를 향해 은근한 어조로 제안했다.

"하지만 세상살이 그렇게 빡빡하게 살 수만은 없지 않나. 척 보니 아직 나이도 어린 것 같은데 말이야. 그러니 내가 제안을 하나 하지. 내 밑에서 일하게."

"조직으로…, 들어오라는 겁니까?"

"그래, 그럼 전에 있었던 일쯤이야 조직원이 되기 전의 진통쯤으로 치부할 수 있게 되지. 뭐, 사내들이야 이런 식으로 치고받으며 정을 두텁게 쌓아 가는 게 아닌가."

라이가 떨떠름한 표정으로 대답을 하지 못하고 망설이다 거절하려 했지만 두목의 은근한 목소리가 좀 더 빨랐다.

"게다가 늙어 죽을 때까지 내 밑에서 일하라는 소리는 아니야. 반년…, 그래 반년 정도가 좋겠군. 그 정도면 부하들에게 내 체면도 설 것이고, 그 댓가로 그럴듯한 신분증도 제공해 주지. 물론 일을 잘한다면 여비까지 두둑하게 챙길 수도 있을지도 몰라."

여기까지 말한 두목은 갑자기 탁자 밑에 숨겨 뒀던 단검을 꺼내 탁자에 퍽 꽂아 넣으며 으르렁거렸다.

"이렇게까지 호의를 베풀었는데도 내 제안을 거절한다면 피를 볼 수밖에."

라이는 이렇게 해야 할지 한참 동안을 고민해야 했다. 싸우는 건 두렵지 않았다. 그러다 죽으면 어쩔 수 없는 노릇이었고. 문제는 어찌어찌 이곳에서 도망친다고 해 봐야 국경을 넘어갈 방법이 없다는 사실이다. 일단 다른 조직을 통해 위조 신분증을 구하려 해도 10골드라는 큰돈이 필요한데, 그 돈을 구할 방법이 없었다.

신분증도 없는 상태에서 제대로 된 일자리를 구하는 것도 힘들 것 같았고, 그렇다고 한 번도 해 보지 않은 도둑질이나 강도질을 하기는 싫었다. 물론 급하면 할지도 모르겠지만 장물을 처리하는 루트도 모르고, 그러다 재수 없게 경비대에 잡히면 목이 잘려 망루에 걸리게 될 것이다.

그런데 반년 정도라면, 게다가 집으로 돌아가기 위해서는 여비도 반드시 필요했다. 허구한 날 냇물로 배를 채우며 갈 수는 없었으니까.

잠시 갈등하긴 했지만, 라이로서는 선택의 여지가 없었다.

"잘 부탁하겠습니다. 제 이름은 잭입니다."

대충 둘러댄 이름임에도 누구 하나 의문을 품고 반론을 제기하는 사람은 없었다. 이런 바닥까지 흘러올 정도라면 다들 숨기고 싶은 사연쯤이야 하나 가득일 테니 말이다.

그러자 두목은 마치 라이를 환영한다는 듯 두 팔을 양쪽으로 활짝 벌리며 크게 웃었다.

"핫핫. 잘 생각했어, 잭. 우리 조직에 들어온 걸 환영하지. 일단 지금 쓸 돈이 하나도 없지?"

두목은 서랍 속에서 낡은 가죽주머니 하나를 꺼내 라이에게 던져 주며 말했다.

"우선은 이걸로 용돈이나 해. 나중에 일하는 거 봐서 잘하면 더 주도록 하지. 아, 잭은 잠시 밖에 나가서 대기하고 있도록 해. 너를 숙소로 안내해 줄 사람을 보내줄 테니까 말이야."

"알겠습니다."

라이가 문밖으로 나가자마자 두목의 오른편에 앉아 조용히 상황을 지켜보고 있던 부두목이 입을 열었다.

"정체도 모르는 놈을 부하로 받아들이는 건 너무 위험하잖습니까. 차라리 깔끔하게 죽여 버리는 게 좋지 않을까요?"

"자네도 아까 놈의 살기를 느꼈잖나? 어설프게 잡으려 했다간 오히려 우리가 똥을 밟을 확률이 높아. 그러니 이게 좋아. 나한테 다 생각이 있으니까 내게 맡기게."

두목은 사내를 바라보며 혀를 가볍게 찼다.

"저런 애송이조차 제대로 처리하지 못해 허둥대는 놈들을 부하라고 데리고 있으니, 쯧쯧 내가 생각해도 정말 한심하기 짝이 없군. 루크, 그렇게 생각하지 않나?"

루크라 불린 사내는 두목의 비아냥거림에 얼굴이 붉게 변해 고개를 푹 숙였다.

"네 녀석이 데리고 들어왔으니, 저놈은 네놈이 책임지도록 해."

"예, 두목."

"저놈 데리고 가서 먼저 갈아입을 만한 옷부터 챙겨 줘. 아무리 어쩔 수 없는 상황이었다고는 해도 건장한 사내놈이 여자 옷을 입고 있는 걸 보기는 좀 그렇군."

그때 루산나가 재빨리 끼어들었다.

"내 옷 망가지지 않게 조심해서 챙겨와. 두목님께서 선물해 주신 갑옷에 흠집이 하나라도 났다면 내가 그놈을 찢어 죽여버릴 거야."

"어허, 루산나, 좀 참아라. 네 복수는 내가 알아서 반드시 해줄 테니까."

부드러운 어조로 루산나를 다독거린 후, 두목은 루크에게로 시선을 돌리며 말했다.

"녀석이 우리 조직에 들어왔다는 걸 다른 애들은 모르도록 해라. 그 정도는 할 수 있겠지?"

두목의 뜻밖의 말에 루크는 무슨 말인지 고개를 갸웃거렸지만, 곧이어 자신의 실수를 깨닫고는 얼른 고개를 조아렸다.

"예? 아, 예……."

"한스 녀석의 구역에 있도록 하는 게 좋을 거 같은데…, 어디 잘 알고 있는 데 있냐?"

"부하들이 모르도록 하라고 하셨으니…, 좀 낡긴 했습니다만 '돈벼락'이라는 여관이 괜찮겠습니다. 워낙 구석진 곳에 위치한 탓에 아는 사람들이나 찾아가는 그런 곳이니까요."

"그거 좋군. 그럼 숙소는 그곳으로 해."

"알겠습니다, 두목."

"그럼 나가서 녀석을 그곳에 던져놓고 돌아와. 참, 주의할 건 우리 조직에 대한 얘기는 녀석에게 단 하나도 해선 안 된다는 사실이야. 알겠냐?"

루크는 고개를 숙인 뒤 방 밖으로 나가려다 뭔가 떠올랐다는 듯 황급히 두목을 바라보며 입을 열었다.

"예, 그런데 녀석을 감시할 수 있도록 부하 하나 정도는 붙여 놔야 하지 않을까요? 혹시라도 녀석이 튈 우려도 있는지라……."

"그건 네가 걱정할 필요가 없어. 다시 한 번 더 말하지만 녀석이 우리 조직에 들어왔다는 걸 그 누구도 모르도록 해야 하는 거야."

두목의 의도를 알 수가 없었지만 루크는 그저 명령에 따르겠다는 듯 고개를 끄덕일 수밖에 달리 도리가 없었다.

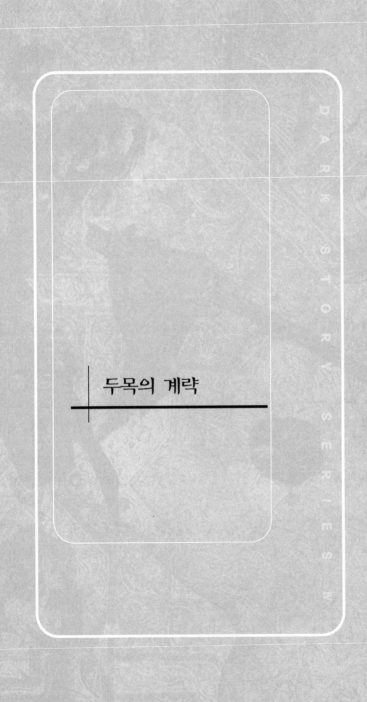

두목의 계략

34

배신의 시대

마를린은 괴한이 자신의 존재를 눈치채지 못하도록 조심에 조심을 거듭하며 미행했다. 괴한은 막강하기 그지없던 키메라 부대를 혼자서 맨손으로 전멸시킨 놀라운 무위를 지닌 존재. 조심하지 않을 수가 없는 것이다.

마를린은 괴한을 은밀히 미행하며 이해하기 힘든 여러 의문점들을 찾아냈다. 처음 괴한을 미행할 때만 해도 그는 자신의 존재를 눈치채고 있음에 틀림없었다. 그렇지 않고서는 자신을 떨쳐내기 위해 그토록 미친 듯 내달렸을 리가 없었으니까.

하지만 갑자기 땅바닥에 벌렁 누웠다가 일어난 후, 모든 게 바뀌었다. 이상하게도 괴한은 자신의 존재를 전혀 모르는 듯 행동하고 있었던 것이다. 도대체 왜 그러는 것일까?

'나를 안심하게 한 후, 기회를 노려 단숨에 죽여 없애려고 하는 건가? 아니면, 뭔가 이용해 먹을 구석이 있어서 이렇게 행동하는 건가? 도통 짐작이 안가네⋯⋯.'

그녀로서는 그렇게 생각할 수밖에 없었다. 괴한이 갑자기 기억상실이라는 병에 걸린 게 아니라면, 자신의 존재를 전혀 모르는 것처럼 이런 식으로 행동할 리가 없는 노릇이니 말이다.

마를린은 한동안 고민해야 했다. 이대로 계속 괴한을 감시할 것인가, 아니면 포기하고 연구소로 돌아갈 것인가. 아무리 고민을 해봐도 그녀가 선택할 수 있는 답은 단 한 가지뿐이었다. 어떻게 되었건 괴한의 배후를 밝혀 공을 세우는 수밖에 도리가 없다.

이대로 포기하고 연구소로 돌아간다면 경비 실패의 책임을 뒤집어쓰고 목이 날아갈 게 뻔했으니까. 자신이 그동안 보아 온 연구소장의 성격이라면 어쩌면 당연한 일인지도 모른다. 그러니 죽어라 괴한의 뒤를 쫓을 수밖에.

그렇게 괴한의 뒤를 미행하던 도중에 미처 몰랐던 사실을 한 가지씩 알아내기 시작했다. 우선 강물에 몸을 깨끗하게 씻고 나온 괴한의 나이가 그녀의 예상보다 어려도 너무 어렸다. 스무 살도 채 되지 않게 보일 정도였으니 말이다.

그리고 작은 마을 근처에서 다리에 앉아 쉬고 있던 여자에게 한두 마디 건넨 뒤 곧바로 주먹을 휘둘러 기절시킨 다음, 옷을 빼앗아 입을 때는 괴한의 흉폭함보다는 왠지 모를 변태스러움에 소름이 돋을 지경이었다.

한 가지 의아했던 것은 더 이상 여자에게 손을 대지 않고 그냥 가 버렸다는 점이다. 나중에 여자의 얼굴을 확인해 보니 꽤나 미인이었는데 말이다.

무엇보다 마를린을 혼란스럽게 했던 건 그 후 며칠 뒤의 일이었다. 또 다른 마을을 발견한 뒤 사내가 밤에 은밀히 성벽을 기어올랐다. 그런데 성벽을 넘는 모습이 너무나 허접했다. 그녀가 그를 미행하는 과정에서 그가 단숨에 절벽을 날아오르는 모습을 몇 번이나 목격했었지 않은가. 능력이 없다면 몰라도, 있으면서도 저렇게 넘는 이유를 알 수가 없었다.

그 후 마을로 잠입한 사내가 한 행동이라고는 마치 촌놈처럼 여기저기 기웃거리며 돌아다니는 것뿐이었다. 마를린은 그 모습을 보고 터져 나오는 감탄사에 입을 다물기 힘들었다. 만약 자신이 지금까지 사내의 뒤를 쫓아오지 않았다면, 분명 여느 시골 마을의 평범한 청년으로 착각했을 게 분명했으니 말이다.

그러기에 더욱 확신할 수 있었다. 국가 단위의 거대 조직에서 키워지고 교육을 받은 사내라고. 그렇지 않다면 어린 나이에도 불구하고 그 무지막지한 실력과 자연스럽게 마을에 녹아드는 그 연기력은 어떻게 설명할 수 있단 말인가.

감탄사를 터트리면서도 마를린은 감시의 눈길을 멈추지 않았다. 사내는 누군가 자신을 미행한다 해도 저런 어리숙한 모습으로 방심을 유도한 뒤, 연구소에 대한 정보를 전달할 누군가와 분명 접촉을 할 거라고 찰떡같이 믿고 있었으니까.

마을 안을 이리저리 빈둥거리며 돌아다니기를 거의 하루. 지금 이게 뭐하는 짓인가 싶은 생각이 들 무렵, 갑자기 상황이 빠른 속도로 변해가기 시작했다. 사내가 웬 여자와 몇 마디 말을 나누더니 마을 안임에도 불구하고 두 사람 다 빠른 속도로 이동하기 시작하는 게 아닌가. 그리고 두 사람은 골목길 안쪽 구석진 곳에 위치한 철문 안으로 들어가 버렸다. 잠시 후, 또 다른 사내와 나온 괴한은 이번에는 뒷골목에 자리 잡은 낡은 여관으로 들어갔다.

두목의 지시가 있었기에 루크는 라이를 시장통 구석진 곳에 자리 잡은 여관 근처까지 자신이 직접 안내했다.

"명령이 떨어질 때까지 저 여관에서 일단 대기하고 있어라. 참, 한동안은 내가 널 관리하게 될 거다. 내 이름은 당코라 한다."

말을 하며 루크가 손가락으로 가리킨 곳에는 『돈벼락』이라는 간판이 무색할 정도의 엄청 낡은 여관 하나가 보였다. 3층 정도 되는 높이. 처음에 만들어졌을 때는 꽤 그럴듯한 곳이었는지는 모르겠지만, 지금은 당장이라도 무너지지 않을까 걱정이 될 정도로 낡은 건물이었다.

라이가 떨떠름한 표정으로 여관을 바라보고 있자 루크는 난감하다는 듯 뒤통수를 긁으며 변명을 늘어놓았다. 만약 진짜 신입 조직원이 이런 표정이었다면 벌써 쌍욕이 튀어나왔겠지만, 장정 서너 명을 홀로 묵사발을 내놓은 실력의 소유자가 아닌가. 당연히 눈치를 살피지 않을 수가 없는 노릇이다.

"겉모양은 저렇게 낡아 보여도 보기보다 꽤 지낼 만한 곳이야. 무엇보다 안주인의 요리 실력이 좋아서 여기 음식 맛이 끝내주거든. 좀 더 사람의 왕래가 많은 곳에 세웠다면 저런 꼴은 되지 않았을 거야."

루크는 라이가 혹 불만을 말할지도 모른다는 생각에서인지 그 말을 끝으로 볼일이 있다며 서둘러 돌아가 버렸다.

'건물이 낡긴 했지만, 음식이 먹을 만하다니 그건 좋군.'

어차피 머리만 눕히면 어디서든 잠을 잘 수 있도록 단련이 되어 있는 라이였다. 오크 굴에서 몇 년이나 살았던가. 그곳에서 나온 후로도 안락한 잠자리와는 인연이 거의 없었다. 하지만 음식만큼은 양보하기 싫었다. 얼마 전까지 쉬어빠진 육포로 배를 채워야 했고, 오크 떼와의 전투 이후 그조차도 없어 쫄쫄 굶다 물로 겨우 배를 채울 수 있었다.

그래서인지 음식만큼은 제발 맛있는 걸로 배부르게 먹고 싶다는 식탐이 무의식 한구석에 자리 잡고 있었던 것이다.

여관 외관을 이리저리 훑어 보던 라이는 곧 문을 열고 안으로 들어갔다. 실내가 어두워 자세히 보지는 않았지만, 생각보다 낡고 지저분하지는 않았다.

이때 들려 온 맑고 깨끗한 음성.

"어서 오세요, 손님. 여기는 처음이시죠? 저기에 앉으세요."

곧이어 예쁜 소녀가 후다닥 튀어나왔다. 낡고 허름한 옷을 입고 있는데도 드러나는 미모, 나중에 크면 상당한 미인이 될 거라는 생각이 문득 들었다. 1층은 식당이었다. 4각형 식탁이 6개 놓여 있고, 그중 셋을 손님들이 차지하고 앉아 음식을 먹고 있는 중이다. 아직까지는 식사할 생각이 들지 않았기에 라이는 소녀에게 고개를 가로저으며 말했다.

"밥 먹으러 온 게 아니라 투숙하러 온 거야. 빈방 있냐?"

소녀는 라이의 행색을 슬쩍 훑어본 뒤 얼른 대답했다.

"예, 있어요. 다인실은 5타라짜리 동전 한 닢이에요. 혹시 다른 집보다 조금 비싸다고 생각하실지도 모르겠지만, 우리 집은 아침 식사까지 제공하거든요."

라이는 전혀 비싸다는 생각을 하지 않았다. 가격만큼은 꽤나 저렴한 것이 마음에 들었다. 하지만 낯선 사람들과 한방에 투숙해야 한다는 건 그다지 탐탁지 않았다.

"1인실은 없냐?"

"1인실은 10타라에요."

라이는 품속에서 두목에게서 받았던 작은 가죽주머니를 꺼내 1실버짜리 은화 한 닢을 꺼내 소녀에게 건넸다.

"일단은 10일 동안 묵고 싶다."

소녀는 은화를 받아 들고 안쪽으로 후다닥 뛰어들어갔다. 잠시 후, 안에서 50대 초반쯤으로 보이는 뚱뚱한 아줌마 한 명이 걸어 나왔다.

"1인실에서 묵겠다는 장기투숙 손님은 정말 오랜만에 보네."

아줌마는 방실방실 웃으며 라이에게 키를 건넸다. 은화가 손에 들어온 게 꽤나 기분이 좋은 모양이다.

"열쇠는 여기 있수. 3층에 올라가서 끝방, 5호실이라우."

아줌마에게서 열쇠를 받아들고 계단을 올라가는데, 계단 하나를 오를 때마다 삐걱거리는 소음이 요란하게 울린다. 몸에 걸친 것도 거의 없는 상태인데도 이 정도인데, 중무장을 갖춘 상태라면 계단이 내려앉지 않을까 걱정이 될 정도다. 귀에 무척 거슬렸지만, 라이는 좋은 방향으로 생각하기로 했다. 누군가 몰래 자신을 습격하기 위해 이곳으로 온다고 해도, 걸을 때마다 울려 퍼지는 삐걱거리는 소음 때문에 금방 알아챌 수 있을 거라고 말이다.

'여기로군.'

열쇠로 문을 열고 안으로 들어가 보니, 예상대로 냄새가 풀풀 나는 정말 작은 방이었다. 가구라고는 벽 한쪽에 놓여 있는 침대 하나가 전부였는데, 그나마 작은 창문이 있어 답답하지 않은 건 마음에 들었다.

라이는 먼저 창문을 활짝 열고 환기부터 시키면서 주변을 둘러봤다. 다행히 창문 아래쪽으로 옆집 지붕이 그리 멀지 않은 곳에 위치해 있다. 유사시에 창문을 통해 옆집 지붕으로 도망칠 수 있다는 것을 확인한 라이는 한층 마음이 놓였다.

방 안 벽에는 나무못 몇 개가 박혀 있어 옷을 걸어 놓을 수도 있었지만 라이는 본 척도 하지 않고 침대 위에 벌렁 드러누웠다. 신발도 벗지 않고.

'윽! 이게 뭐야······?'

황급히 천을 들어 침대 바닥을 보자 거무죽죽한 색깔의 깔판이 보인다. 슬쩍 코를 대보니 불쾌한 냄새의 근원이 바로 거기에 있었다.

'설마···, 짚을 지금까지 단 한 번도 갈지 않은 건 아니겠지?'

잠시 투덜거리던 라이는 다시 침대 위로 편안한 모습으로 벌렁 드러누웠다. 냄새나는 침대면 어떤가. 이렇게 제대로 된 잠자리에 누워 보는 것도 정말 오랜만인데 말이다. 루산나라고 했던 그 여자에게서 꽤나 많은 돈을 뺏은 덕에 주머니 사정이 넉넉했을 때도 하수구가 흐르는 으슥한 다리 밑에서 밤을 지새웠으면 지새웠지, 여관에 들어가서 잘 생각은 감히 하지도 못했다. 갑자기 불심검문이라도 당하게 된다면 그대로 잡혀가 교수형에 처해질 거라는 두려움이 그를 그렇게 만들었던 것이다.

가만히 누워 있자니 긴장이 풀리며 오늘 겪었던 상황들이 하나씩 머리에 떠오르기 시작했다. 제일 처음 떠오른 건 골목길에서의 싸움이었다. 험악한 인상의 사내들, 게다가 4명이나 됐음에도 그렇게 쉽게 제압할 수 있을지는 상상조차 하지 못했다. 그럴 수밖에 없었다. 지금껏 그가 대련일망정 검을 맞대 봤던 인물들 중에서 만만했던 사람은 단 하나도 없었으니까.

'내가 그렇게 약한 건 아닌가 보네. 아니, 어쩌면 내 생각보다 훨씬 더 강한 건지도?'

그 뒤로 루산나라는 여인의 기습을 왠지 모를 나쁜 예감에 자신도 모르게 움직이며 반응했던 일. 상념은 계속 이어져서 철문에서의 함정을 예감만을 믿고 과감히 대처하며 돌파했던 것까지. 한편으로는 이전까지의 나약했던 모습이 아닌, 꽤나 강한 자신의 실력에 자신감까지 느껴질 정도였다. 하지만 그 과정을 곰곰이 생각해 보면 제대로 된 준비 없이 즉흥적으로 좌충우돌했다고 하는 편이 옳았다.

라이는 그동안 자신의 어리숙함이 어떤 결과로 되돌아왔는지를 기억해 내며 이를 갈았다. 단 한 번의 실수가 노예로 이어졌고, 그 뒤로 겪어야 했던 일들은 기억하기 싫을 만큼 참혹하지 않았던가. 웃으며 접근해 와 태연하게 자신의 뒤통수를 치는 연놈들로 인해 몇 번이나 죽을 고비를 넘겨야 했다.

어쩌면 자신의 문제는 무력보다 아직 어린아이의 사고방식에서 벗어나지 못하고 있는 것이 더 클지도 모른다. 만약 루산나가 본부로 안내를 해 주겠다고 했을 때 자신이 좀 더 교활했더라면, 좀 더 정보를 모으고 대비 태세를 갖추고 찾아갔더라면 지금 이런 상황으로까지 몰리지는 않았을 것이다.

어차피 지난 일이기에 후회로 밤을 새우긴 싫었지만, 똑같은 실수를 계속 저질러서는 안 되리라. 라이는 마음을 다잡고자 몇 번이고 중얼거렸다. 마치 스스로 자신에게 세뇌를 시킬 것처럼.

"모든 것을 의심하자. 만약 적의를 보인다면 주저하지 말고 먼저 검을 휘두르자. 이용당하기보다 먼저 뒤통수를 치자. 만약 이렇게까지 마음을 먹었는데도 또다시 뒤통수를 맞는다면 난 죽어도 마땅한 병신 새끼다."

끝없이 이어질 것처럼 중얼거리던 라이는 언제 잠에 떨어졌는지도 모르게 스르륵 정신을 잃어버렸다. 그동안 팽팽히 당겨진 끈처럼 긴장감에 휩싸여 살아왔던 라이였기에 육체적으로나 정신적으로 한계에 달했던 것이다. 그런데 분명 정신을 잃을 정도로 잠에 빠져든 것처럼 보이는 라이였지만 손은 검의 손잡이를 꼭 붙잡은 채 떨어질 줄을 몰랐다.

잠이 깬 라이는 놀라서 화들짝 몸부터 일으켰다. 경계심에 주위를 두리번거리니 좁디좁은 방 안이다. 하지만 그게 오히려 그에게 안정감을 찾아 줬다.

"여기가 어디? 아 참, 여관에 투숙했었지. 낡아빠지고 냄새가 심한 여관……."

창 쪽으로 시선을 돌리니, 아직 밖은 환했다. 해가 지기 전까지는 다소 여유가 있는 듯했다.

'이런, 깜빡 잠이 들었었던 모양이네.'

사람을 대상으로 실전을 치른 것이 처음이었던 탓일까? 아니면 사내들과 싸우던 장면을 떠올리며 잠이 들었던 탓일까. 라이는 오랜만에 예전에 꿨었던 이방여인의 꿈을 꿨다. 한낱 꿈이었음에도 불구하고 그녀의 모습과 행동은 마치 눈앞에서 본 것처럼 선명하게 그의 뇌리에 남아 있었다.

꿈속에서 보았었던 놀랍기 짝이 없던 그녀의 검술. 처음 그녀의 꿈을 꿨을 때는 허무맹랑하다고만 생각했었는데, 오늘은 왠지 자신도 약간은 흉내라도 낼 수 있지 않을까 하는 생각마저 들었다. 그만큼 꿈은 선명하게 뇌리에 남아 있었다.

하지만 이내 고개를 흔들던 라이는 씁쓸한 웃음을 지으며 중얼거렸다.

"쯧, 이런 개꿈을 꾸고 그걸 따라 했다고 해서 고수가 될 수 있다면 세상천지 마스터가 아닌 놈이 없겠네. 헛된 생각에 휘둘리지 말고 현실에 충실하자, 라이!"

침대에서 벌떡 일어난 라이는 서둘러 아래층으로 내려갔다. 오랜만에 푹 잔 덕분인지 허기가 몰려오고 있었던 것이다. 삐걱거리는 요란한 소음을 내는 계단 탓인지 채 1층 바닥을 밟기도 전에 점원 아이가 눈치채고 말을 걸어 왔다.

"외출하실 거예요, 아니면 식사하실 거예요?"

"지금 식사 준비해 줄 수 있니?"

"예. 저쪽에 앉으세요. 바로 준비해 드릴게요."

건물 자체가 작다 보니 1층 식당 또한 작고 옹색하기만 했다. 하지만 그럼에도 꽤나 많은 사람들이 식사를 하기 위해 북적거리고 있었다. 그걸 본 라이의 마음에 기대 심리가 살짝 피어올랐다. 건물은 허름하지만 음식 맛은 괜찮을 거라는 사내의 말이 떠오른 탓이다. 게다가 그 말을 증명이라도 하듯 이렇게 손님들이 많은 걸 보면, 제법 음식 맛이 괜찮다는 말이 사실인 모양이다.

라이는 일단 음식을 혼자 먹기 힘들 만큼 넉넉히 주문했다. 지금까지 겪은 경험으로 먹을 수 있을 때 최대한 배를 채워 두는 게 살아남는 데 도움이 되었으니까. 더군다나 두목이 준 돈주머니에는 이 정도 음식 따위는 부담 없이 사 먹을 수 있는 돈이 있었으니 망설일 이유가 없었다.

음식을 기다리는 동안 라이의 두 눈은 어느샌가 점원 아이의 뒤를 쫓고 있었다. 딱히 할 일도 없었고, 기다리는 시간이 지루하기도 했으니까. 그리고 그 소녀가 지루한 시간을 잊게 해 줄 정도로 제법 예쁘다는 것도 크게 한몫했다. 아니, 예쁘다는 것만으로 그의 시선을 잡아끈 것은 아니었다. 상당수의 손님들이 단골들인 모양인지, 그들과 친밀하게 대화를 주고받으며 싱그럽게 웃는 얼굴이 참 보기 좋았다.

아무리 열두어 살 정도밖에 되어 보이지 않는다고 해도, 이런 뒷골목에서 성장하다 보면 어린아이의 순진무구함 따위야 빠르게 사라지고 변해 갈 수밖에 없다. 그런 걸 감안하면 꽤나 밝게 성장한 모양이다. 라이는 그게 부러웠다.

'젠장, 내가 저 나이 때는 아버지한테 잡혀서 검술을 익힌다고 죽을 고생을 다 했었는데 말이야.'

더군다나 자신은 어머니의 따뜻한 사랑조차 받아 보지도 못했으니……

이때, 라이가 자리 잡은 테이블 옆자리에 40대 중반쯤으로 보이는 사내들이 시끄럽게 떠들며 앉았다. 행색으로 보아 사냥꾼 같아 보였다. 별로 강력해 보이지는 않았지만 휴대하기에 간편해 보이는 석궁으로 무장하고 있는 걸 보면, 잡기 손쉬운 사냥감들을 사냥하러 다니는 모양이다.

"어서 오세요, 아저씨들."

"핫핫핫, 세라. 오늘도 역시 예쁘네."

"헤헤, 감사합니다. 뭘 드실래요?"

식당 안은 사람들로 가득 차 무척 바빠 보임에도 사내들은 주문은 하지 않고 빙글거리며 잡담이나 건네고 있었다.

"오늘은 왠지 기분이 무척 좋아 보이는데, 뭐 좋은 일이라도 있어?"

사내의 말이 맞는지 세라는 귀찮아하는 기색 없이 활짝 웃으며 대꾸를 해 주었다.

"에이, 그런 거 없어요."

"쯧, 우리들이 세라를 어디 하루 이틀 봤어? 척 봐도 기분 좋아 보이는 티가 확 나는구만. 어서 말해봐. 무슨 일인데 입꼬리가 귀에 걸릴 정도로 싱글벙글하는지 말이야."

"헤헤, 뭐 특별한 건 아니고 오늘 엄마를 만나는 날이거든요."

"아하, 부잣집에 들어가 가정부를 하고 계시다는? 이거이거 세라가 기분 좋아할 만하네. 오랜만에 엄마를 만나게 됐으니 말이야."

남자들이라면 돈을 벌기 위해서 최악의 경우 용병이라도 하겠지만, 여자들은 할 수 있는 일이 그다지 많지 않은 세상이다. 육체적 능력이 떨어지는 만큼, 할 수 있는 일이 극히 제한되어 있었기 때문이다. 물론 개중에는 모험가로서 사내 못지않게 이름을 떨치는 여자도 간혹 있긴 했지만, 그건 극히 희귀한 경우라고 봐야 했다.

만약 전쟁터로 끌려가거나 아니면 사고로 인해 집에 돈을 벌어올 남자가 없으면 여자들만으로는 일을 해서 먹고 살기 무척 힘들다. 당연히 그런 집의 아이들은 어렸을 때부터 돈을 벌기 위해 뭐라도 해야 한다. 눈앞의 세라처럼 식당에서 일하거나, 아니면 도둑질이나 소매치기를 하거나.

"지금 주문하지 않으실 거면 나중에 다시 올게요."

그러기는 싫었는지 사내들은 저마다 먹고 싶은 것들을 불러주기 시작했다.

식사를 마치고 라이는 천천히 식당을 나섰다. 최소한 6개월 정도…, 어쩌면 그 이상 이 마을에 머물게 될지도 모른다. 더군다나 그가 해야 하는 일은 폭력조직에 관련된 만큼, 아주 위험한 일일 가능성이 컸다. 이런 경우, 마을 내의 샛길들을 잘 알아둘 필요가 있었다. 뒷골목의 지형을 얼마나 잘 알고 있느냐에 따라 생과 사가 갈릴 가능성이 크기 때문이다.

머릿속으로는 잘 알고 있었지만, 마을의 규모가 조금만 커져도 어디가 어딘지 헷갈리기 시작한다는 게 문제였다. 작은 시골 마을에서 성장한 탓이다. 하지만 그렇다고 해서 손 놓고 가만히 있을 수도 없는 노릇이다. 계속 왔다갔다 하다 보면 어느샌가는 머릿속에 굵게 새겨지지 않을까 하는 게 라이의 바램이었다.

그러면서 몇 번이고 마주친 대장간. 각종 농기구나 사냥도구가 파는 물품의 대부분이었다. 라이가 예전에 잠시 사용했었던 도렌 영지에서 제작된 초대형 활 같은 게 여기에서도 판매되고 있었다. 활만이 아니었다. 저런 무기를 들고 산속을 뛰어다닌다는 게 과연 가능할까 싶은 그런 것들도 꽤 많았다.

'이 근처에 초대형 몬스터들이 꽤나 많은 모양이군. 그렇지 않다면 저런 무식한 무기들을 이렇게 팔고 있지는 않을 테니 말이야.'

라이는 시선을 잡아끄는 초대형 무기들로부터 눈을 돌려 자신이 구입하려고 한 무기를 찾아 두리번거렸다. 그가 찾고 있는 건 단검이었다. 뒷골목 깡패 싸움에는 롱 소드 같이 기다란 무기보다는 휘두르기 편한 짤막한 단검이 훨씬 효과적일 거라고 생각했던 것이다.

"아, 저기 있다."

대장간에는 기대한 것 이상으로 다양한 종류의 단검들이 보기 좋게 판매대에 진열되어 있었다. 사냥물로부터 부산물을 잘라 내는 데 효과적일뿐더러, 여차하면 보조무기로도 써먹을 수 있는 그런 단검들이었다.

"이거 괜찮네."

라이가 고른 건 50cm 정도 길이의 한쪽 면에만 예리하게 날이 서 있는 단도였다. 이 정도 크기면 몸속에 숨기기도 용이할뿐더러, 여차할 때 무기를 든 상대와 접전을 벌여도 그리 크게 밀리지는 않을 것 같았다.

단도를 집어든 라이는 칼날부터 확인했다. 역시, 산골 마을 대장장이가 만든 딱 그 정도 수준의 물건이었다. 마음에 들지 않더라도 어쩔 수가 없는 노릇이다. 좋은 걸 사려면 그만큼의 돈을 더 지불해야만 할 테니까.

라이는 며칠 지나지 않아 두목으로부터 뭔가 지시가 내려올 것이라고 생각했지만, 꽤 오랜 시간 아무런 소식도 없었다. 뭔가 이상하다는 생각이 들 무렵, 갑자기 사람이 찾아왔다. 자신을 이곳으로 안내해 줬던 '당코' 라고 자신을 소개한 사내였다.

"잘 지냈나?"

가벼운 인사를 주고받으며 당코는 창 쪽으로 걸어갔다. 그러더니 조심스럽게 창문을 조금만 열고 밖을 살피며 입을 여는 당코. 꽤나 조심성이 많은 사내였다.

"자네가 해 줄 일이 하나 생겼다."

상대가 먼저 반말로 나왔기에 라이도 태연하게 반말로 대꾸했다. 얕보이기 싫었기 때문이다. 자신보다 분명 훨씬 나이가 많아 보이는 당코였지만 이런 사소한 것조차도 기싸움으로 인식한 라이였다. 게다가 싸운다면 충분히 이길 만한 상대였기에 이런 태도에 부담이 없었다.

"오랜만이네. 그래, 무슨 일이야?"

아직 어린놈의 새끼가 반말로 대꾸하자 당코, 아니 루크의 얼굴이 왈칵 일그러졌다. 그런데 며칠 사이 무슨 일이 있었는지 라이의 표정과 말투가 많이 변해 있었다. 처음 봤을 때는 이리저리 눈치를 살피며 어설프게 말을 했던 놈이 아니었던가. 하지만 지금은 이런 바닥에서 몇 년은 구른 듯한 느낌마저 들 정도다. 만약 며칠 전의 어리숙한 모습을 보지 않았다면 믿기 힘들 만큼의 변화였다.

이 바닥에서 살아남으려면 실력도 실력이지만 눈치가 빨라야 한다. 루크는 눈치도 빨랐지만 그에 따른 처세술도 뛰어났기에 지금까지 살아남을 수 있었다. 그렇기에 깜짝 놀랄 만큼 변해 버린 라이를 보며 뒷골목에서 닳고 닳은 루크는 빠르게 놀랐던 가슴을 진정시킬 수 있었다. 그리고는 비릿한 웃음을 지으며 입을 열었다. 어린놈의 새끼가 건방지든, 변화가 있든 무슨 상관이랴. 어차피 얼마 지나지 않아 뒈질 놈인데.

"이곳 시장통에 꽤나 골치 아픈 녀석이 하나 있거든. 그 녀석을 해치우라는 두목의 명령이야. 네 실력을 감안한다면 아마 그리 어려운 일은 아닐 거야."

순간 자신의 얼굴 표정이 딱딱하게 굳어진 걸 느낀 라이는 애써 미소를 지으며 물었다. 상대에게 그게 꽤나 어설픈 미소로 보인다는 것도 모른 채.

"해치우라면…, 놈을 죽이라는 말인가?"

"당연하지. 설마 우리가 소꿉장난이나 하자고 조직을 운영하고 있겠어?"

6개월 동안 조직과의 세력 다툼에 끼어 패싸움 정도는 생각했지만 갑자기 살인이라니. 떨떠름한 표정으로 잠시 고민하던 라이가 잠시 후 겨우 입을 열었다.

"그렇다면 몇 명이나 이 일에 투입되는 거지? 설마 나 혼자 그 일을 하라는 건 아니겠지?"

"맞아, 너 혼자 해야 해."

그 말에 당혹스런 표정으로 라이가 아무 말도 못 하자 루크는 음흉스런 미소를 지으며 계속 입을 열었다.

"요즘 우리가 장악하고 있는 동부시장 구역 안으로 샐러맨더파 녀석들이 슬금슬금 기어들어오고 있어. 아, 혹시 샐러맨더파에 대해 알고 있는 건 있나?"

라이가 대답 대신 고개를 가로젓자 루크는 그럴 줄 알았다는 듯 피식 웃었다.

"폭력조직치고는 뒷배가 꽤나 튼튼한 놈들이야. 구역 싸움이 일어나 그 자리에 있던 조직원들이 몽땅 다 경비대에 체포되더라도 채 하루도 지나지 않아 풀려났고, 이쪽은 돈을 처발라 봐도 반쯤 병신이 되어야 풀어주니 이거 원 더러워서……."

루크는 창밖으로 침을 탁 뱉은 후 말을 이었다.

"그 덕분에 알토란같은 우리 구역 몇 군데를 녀석들에게 뺏겼고, 그 빌어먹을 새끼들은 급격히 세력을 불리며 거들먹거리고 있는 중이지."

루크가 하고 있는 말은 형편에 끼워 맞춘 거짓말들이었지만 그걸 라이가 알 리가 없다. 워낙에 능청스럽게 말하는 통에 라이로서는 상대의 말을 곧이곧대로 받아들이는 수밖에 다른 도리가 없었다.

"형씨 말은 결국 이곳에 연고가 없는 나보고 해결사 노릇을 해 달라는 소린가?"

"그래, 바로 그거야. 잭, 네가 우리 조직원이 된 걸 아직 아무도 모르니 일을 벌인다 해도 걸릴 일이 없지. 그리고 그런 이유 때문에 너 혼자 이 일을 맡아야 하는 거고."

아무리 그렇다 해도 살인까지는 생각해 보지 않았던 라이였기에 쉽사리 대답을 하지 못했다. 루크는 라이가 고민을 할수록 절대 좋은 대답이 나오지 않는다는 것을 오랜 경험으로 잘 알고 있었기에 얼른 호탕하게 웃으며 입을 열었다.

"핫핫, 아주 악질적인 쓰레기 같은 새끼라 놈을 죽이면 꽤나 많은 시장 사람들이 좋아할 거야. 마음 같아서는 내가 직접 놈을 해치우고 싶지만, 그랬다간 우리 조직으로 경비대 놈들이 개떼처럼 몰려올 테니 그러지도 못하고."

루크는 대놓고 해치워야 할 상대가 쓰레기 같은 놈이니 부담 가질 필요 없다는 것과 실력이 그다지 뛰어나지 않다는 점을 강조하며 설득했다. 그래도 라이가 쉽게 승낙을 하지 않자 다시금 입을 열었다.

"당연히 잭, 너는 홀가분한 상태니까 걱정할 것 없어. 지금 자네가 여기에 묵고 있다는 건, 조직 내에서도 나하고 두목님 정도밖에 아는 사람이 없어. 그런데 샐러맨더 그 개자식들이 네 행방을 어떻게 찾아내겠느냐고. 안 그래?"

"……."

말은 안 했지만, 라이의 마음이 흔들리고 있다는 것을 눈치챈 루크는 더욱 은근한 어조로 꼬드겼다.

"그 빌어먹을 새끼들 때문에 요즘 우리 조직이 좀 쪼그라들긴 했지만, 자네 한 명 지켜 내지 못할 정도는 아니니 걱정할 것 없어. 여차하면 요새 밖으로 내빼 산골 마을로 숨어 들어가면 끝이니까 말이야. 아, 참! 두목께서 그러더군. 만약 이 일만 훌륭히 해낸다면 계약 기간을 삼 개월로 확 줄여 주시겠다고 말이야."

루크의 마지막 말은 라이의 마음을 뒤흔들었다. 삼 개월! 삼 개월만 참으면 이 마을을 떠날 수 있다. 물론, 이곳 마을을 벗어난다고 해서 곧바로 고향에 도착할 수 있는 건 아니었지만, 계약 기간이 절반으로 줄어든다는 건 너무나도 달콤한 유혹이었다. 라이는 자신도 모르게 고개를 끄덕이고 말았다.

"크크, 잘 생각했어. 우리 조직은 다른 건 몰라도 의리만큼은 확실히 지키니 너무 걱정하지 마. 참, 혹시라도 일이 잘못되어 경비대에 붙잡히게 되더라도 절대 우리 조직에 대한 말은 단 한 마디도 해서는 안 돼. 우리가 어떤 수단을 써서라도 꼭 구출해 줄 테니 말이야."

루크는 라이가 고개를 끄덕이자 기분이 좋은지 비릿한 웃음을 연이어 흘렸다.

"알겠으니, 내가 해치워야 할 놈이 누군지 말이나 해."

"블러드 엑스(Blood Ax)라는 놈이야."

커다란 덩치에 빡빡 민 대머리를 하고 있는 야만적인 인상의 사내라고 했다. 더군다나 이마 한가운데에 붉은 도마뱀 문신까지 새겨놓은 탓에 그의 인상은 더욱 흉악해 보인다고 했다. 하지만 그 덕분에 녀석을 알아보기는 아주 쉬울 거라는 말도 덧붙였다. 놈은 전투가 벌어졌을 때는 그 별명에 어울리게 커다란 전투도끼를 사용하지만, 평소에는 작은 손도끼 두 개를 양쪽 허리춤에 차고 다닌다고 했다.

"아, 그리고 이거 받아."

이런저런 설명을 마친 루크는 품속에서 작은 병 하나를 꺼내 라이에게 건넸다.

"이게 뭐지?"

"독약이야. 그놈은 워낙에 덩치가 크고 튼튼해서 웬만한 상처로는 잘 죽지도 않는 괴물이야. 이런 게 없다면 어떻게 놈을 죽일 수가 있겠어? 검 끝에 조금만 발라 둬도 충분해."

루크는 라이의 어깨를 툭툭 치며 말을 이었다.

"자, 이것만 봐도 우리가 자네를 죽이러 보내는 게 아니라는 걸 잘 알겠지? 자네는 그걸로 놈에게 작은 상처만 안겨 주면 되는 거야. 그러면 곧바로 게거품을 흘리며 뻗어 버리겠지."

라이는 찝찝한 기색 없이 흔쾌히 독약이 담긴 병을 받아들었다. 자신이 살기 위해 누군가를 죽여야 한다지만 아직까지도 썩 내키지 않은 상태다. 그런데 직접 목숨을 끊는 게 아닌, 적당히 상처만 내면 알아서 죽는다고 하니 그편이 훨씬 마음이 가벼웠기 때문이다.

"식사 후에 이곳 유흥가로 온다는 정보니까, 아마도 해 질 무렵쯤이 될 거야. 물론 그보다 조금 빨라질 수도, 늦어질 수도 있겠지. 어쨌거나 주위가 어둑해질 때니 습격을 한 뒤 튀기에는 꽤나 괜찮은 상황이야. 절호의 기회라고."

첫 번째 살인

34

배신의 시대

라이가 습격을 하기 위해 잠복을 하고 있는 곳에서 약간 떨어진 위치에 있는 여관 3층. 살짝 열린 창문 틈 사이로 루크가 석궁을 들고 라이의 머리통을 겨누고 있었다. 만약 배신하려는 눈치가 조금이라도 보이면 곧바로 쏴 죽여 버리기 위해서.

루크는 좀 전까지 자신에게 건방을 떨던 라이의 모습을 떠올리며 비웃음을 흘렸다. 아무리 까불어 봐야 아직 애송이인 것이다. 설마 자신의 머리통을 석궁이 겨누고 있을 거라고는 꿈에도 모르고 있을 거라 생각하니 살짝 불쌍하기까지 했다.

녀석과의 거리는 대략 70여 미터 정도. 이 정도 거리라면 판금갑옷으로 몸을 가린 기사라 할지라도 그냥 꿰뚫어 버릴 수 있는 거리다. 그런데 녀석의 몸을 가리고 있는 건 판금갑옷도 아닌 얄팍한 천 쪼가리가 전부였다.

주위가 점차 어두워지고 있었기에 70여 미터라고는 하지만 라이의 머리통을 겨누는 게 점점 어려워지고 있었다. 지금처럼 녀석이 가만히 쭈그리고 앉아 있다면 몰라도, 달아나기 위해 몸을 이리저리 움직인다면 쏘아 맞힌다는 건 거의 불가능하리라.

"흐음…, 일단은 겁을 집어먹고 도망칠 생각은 없는 것 같군."

블러드 엑스가 오기만을 초조하게 기다린 지도 어느새 1시간 이 다 되어 가고 있었다. 설마 정보가 잘못된 것이 아닌가 하는 생각이 들 무렵, 멀리서 호위 4명을 거느리고 블러드 엑스가 어슬렁거리며 걸어오는 게 보였다.

"젠장! 그냥 내가 쏴 죽였으면 좋겠는데……."

하지만 마음은 굴뚝같아도 그럴 수가 없었다. 녀석을 죽이는 건 간단해도 그 이후가 문제였다. 증거를 남기지 않고 놈을 없애기는 아주 힘들다. 더군다나 놈들은 이곳 요새는 물론이고, 영지 내에서 절대강자였다. 놈들이 조사해 들어오면, 머지않아 이쪽이 저지른 일이라는 것이 들통 날 게 뻔했다.

루크는 블러드 엑스가 항상 호위 넷을 거느리고 다닌다는 것을 라이에게 알려주지 않았다. 블러드 엑스의 두 걸음쯤 뒤에서 따라오고 있는 사내 하나만이 호위라고 착각했다가는 큰코다친다. 스무 발자국쯤 앞에서 걷는 한 녀석과 뒤쪽 50여 미터쯤에서 따라오고 있는 두 명도 블러드 엑스의 호위였다.

괜히 알려줬다가 겁을 집어먹으면 안 되기에 일부러 호위에 대한 정보를 숨긴 것이다.

"저 건방진 애송이가 제대로 한칼 먹이고, 모든 죄를 뒤집어 써야 할 텐데……."

루크가 석궁의 손잡이를 만지작거리며 이런저런 생각을 하고 있을 때, 잭이 갑자기 잠복해 있던 곳에서 벌떡 일어나더니 블러드 엑스에게로 쭈뼛쭈뼛 걸어가는 것이 아닌가.

"이런 젠장, 습격을 해도 힘든 판에 왜 벌써 모습을 드러낸 거야? 막상 칼질을 하려 하니 쫄은 건가? 게다가 긴장에 잔뜩 굳은 저 어색한 몸동작하고는……. 이거 초짜 새끼 하나 때문에 미치겠구만."

철문 안쪽에서 녀석과 직접 드잡이질까지 해 봤기에 아직 어리긴 해도 잭이라는 녀석의 실력이 제법 뛰어나다는 것쯤은 루크도 익히 알고 있었다. 하지만 일반적인 싸움과 살인은 다르다. 싸움질이 실력이라면, 살인은 굳건한 배짱이 최우선이었다. 상대를 죽이려는 마음이 없어서는 아무리 실력이 좋은 놈이라 해도 살인을 할 수가 없는 법이다. 저렇듯 상대의 기세에 쫄아 버려서는 될 일도 안된다.

그래도 루크는 혹시나 하는 기대감을 가지고 잭의 뒷모습을 바라보고 있었다. 독 묻은 칼로 놈을 슬쩍이라도 찔러 주기만 한다면…, 그것만 해도 충분했다.

그다음부터는 모든 게 예상대로 순조롭게 흘러갈 것이다. 지금껏 조직에 애를 먹여 왔던 블러드 엑스 놈은 독약 때문에 죽을 거고, 잭은 놈의 호위들에 의해 곧바로 붙잡혀 모진 고문에 시달리다 자신의 배후를 실토할 수밖에 없으리라. 블랙울프라는 조직에 의해 이번 일이 벌어졌다는 걸…….

루크는 웃음을 감추기 힘들었다. 이 기가 막힌 계책은 루산나가 잭에게 자신은 블랙울프 파에 소속되어 있다고 말했다는 걸 들은 두목이 꾸민 음모였다. 잔머리가 뛰어났던 두목은 실력이 좋은 잭을 조직이 직접 없애려면 피해가 크겠기에 아직 어리숙한 성격을 최대한 이용해 먹기 위해 고심에 고심을 한 끝에 만들어진 음모였다. 그 때문에 잭에게는 자신의 이름을 루크가 아닌 블랙울프 파의 중간보스들 중 하나인 '당코'라고 말해뒀었다. 녀석은 샐러맨더 파에 끌려가 당코라는 사내에게서 지시를 받았다는 걸 실토하게 되겠지.

이제 조만간 마을 안에서 자신들의 조직과 세력을 다투던 샐러맨더 파와 블랙울프 파의 대혈투가 벌어지게 될 것은 불을 보듯 뻔한 사실. 그럼 자신들은 휘파람을 불며 옆에서 구경이나 하다가 어부지리(漁父之利)만 챙기면 되는 것이다.

블러드 엑스는 전방에서 어색한 몸짓으로 다가오고 있는 라이를 잠시 훑어본 후, 곧바로 시선을 다른 곳으로 옮겼다. 길 가던 행인이 자신의 험악한 인상에 겁을 집어먹었다고 판단한 것이다. 몸에 짤막한 단검 하나를 허리에 차고 있긴 했지만, 마을 사람 대다수가 사냥이 주업인 만큼 그 정도 무장은 어린아이도 하는 수준이다.

블러드 엑스는 짐짓 인상을 더욱 일그러트렸다. 최근 조직의 세력이 점점 더 확장되고 있다 보니 자신을 알아본 마을 사람들이 겁에 질려 움찔거리는 게 재미있기도 하고 통쾌하기도 했다. 그랬기에 일부러 길 한가운데로 걸어가며 사람들이 자신을 피해 옆으로 부리나케 도망치는 것을 은근히 즐기고 있었다.

라이가 블러드 엑스의 옆을 스치듯 지나가던 바로 그 순간이었다. 언제 뽑아들었는지 라이의 손에 들린 단검이 블러드 엑스의 옆구리를 빠르게 찔러 들어갔다. 여관 3층에서 라이의 일거

수일투족을 빤히 쳐다보고 있던 루크조차도 라이의 단검이 블러드 엑스의 몸에 박힌 후에야 알아봤을 정도였다.

쨍.

"헛, 이런 대갈빡에 아직 피도 안 마른 애새끼가 감히 나를 공격해!?"

둔탁한 쇳소리와 함께 기습을 당한 블러드 엑스가 노성을 지르며 허리에 차고 있던 손도끼를 뽑아든다. 라이의 검이 놈의 몸통에 박히는 것을 보며 하마터면 환호성을 지를 뻔한 루크. 하지만 곧이어 그는 일이 뭔가 잘못되었다는 것을 깨달았다. 저 정도로 깊게 찔렸다면, 독약 탓에 곧바로 쓰러져야 한다는 것을 잘 알기 때문이다.

자신도 모르게 벌떡 일어섰던 루크는 곧이어 허탈한 듯 털썩 주저앉았다. 놈이 아직까지 쓰러지지 않고 있다는 것은, 라이의 단검이 녀석의 몸에 작은 상처 하나 남기지 못하고 막혔다는 사실이다. 그렇게 될 가능성은…….

"설마…, 저 헐렁한 옷 안에 사슬갑옷이라도 껴입고 있었다는 건가?"

사슬갑옷은 그 특성상 둔기(鈍器)가 주는 충격은 전혀 걸러내지 못하지만, 방금 전처럼 도검류의 공격을 저지하는 효과는 매우 탁월했다. 특히 베기 공격은 아예 들어가지 않는다고 보는 게 옳았다. 라이가 지니고 있는 무기가 단검뿐인 것을 감안한다면, 라이의 실력이 루크가 예상한 것의 두세 배쯤 더 뛰어나다 해도 결코 블러드 엑스를 죽일 수는 없으리라.

블러드 엑스가 공격을 당하자마자 뒤에서 따라오고 있던 호위가 황급히 검을 뽑아들며 달려와 합류했다. 그리고 멀찌막이 따라오고 있던 호위 두 명 역시 검을 뽑아들고 달려오기 시작하는 게 보였다.

"이런 젠장, 그냥 내가 쏴야 하나?"

석궁의 좁고 날카로운 화살은 사슬갑옷의 빈틈을 아주 쉽게 파고 들어가 녀석을 끝장내 버릴 수 있다. 더군다나 화살촉에는 라이에게 건넨 것과 똑같은 독약이 발라져 있는 만큼, 블러드 엑스가 아무리 날고뛰는 재주가 있다 하더라도 살아남지 못하리라.

하지만 블러드 엑스를 사살한 뒤가 문제였다. 자칫하다 자신까지도 호위들에 붙잡힐 위험도 있었고, 미리 확보해 둔 도주로를 따라 무사히 도망친다 해도 블랙울프 파와 싸움을 붙이려는 계책은 실패할 확률이 너무 높다. 탐문을 하다 보면 이곳에 자신이 묵고 있었다는 걸 머지않아 녀석들이 알아내게 될 테니까.

루크는 잠시 머리를 굴려 고민을 해 봤지만 결국 석궁의 방아쇠에서 손가락을 슬그머니 빼 버릴 수밖에 없었다.

"씨팔! 얼굴은 겁을 상실한 오크처럼 무식하게 생긴 놈이, 옷 안에 사슬갑옷을 껴입고 있었을 줄이야. 젠장, 한동안 잠수를 타야 할지도 모르겠군. 그렇다면 이제 기대할 거라고는 잭이 자신의 배후를 블랙울프 파라고 하는 말에 녀석이 속아 넘어가길 바라는 수밖에 없는 건가."

잭이라는 패를 이렇게 허무하게 잃어버리는 게 아깝기는 했지만 그래도 좋은 정보 하나는 건지지 않았는가. 블러드 엑스가 옷 안에 사슬갑옷까지 껴입고 다닌다는 건 꽤나 가치 있는 정보였다. 왜냐하면 다음에 포섭할 제2의 잭은 사슬갑옷 따위는 손쉽게 꿰뚫고 들어가는 스틸레토(끝이 뾰족한 쇠막대처럼 생긴 찌르기 전용 검)를 사용하게 될 테니까.

"큭큭, 어린 애송이 놈이 함부로 까불다가는 어떤 꼴이 되는지 이 인생 선배가 제대로 교훈을 준 것에 감사하라고, 잭."

루크는 장전되어 있던 화살을 서둘러 해제한 뒤 화살집에 넣고, 석궁을 등에 멨다. 혹, 잊어버리고 놔둔 건 없는지 주위를 둘러봤지만, 더 이상 눈에 띄는 건 없다. 잭의 습격이 실패로 끝난 만큼 녀석은 블러드 엑스에게 붙잡혀 끌려갈 테고, 분명 동료가 있나 호위들이 이 근처를 샅샅이 뒤질 게 뻔하다. 그러기 전에 튀어야 한다.

하지만 이곳에서 벗어나려던 루크의 발길이 은근슬쩍 다시 창문 쪽으로 향했다. 저 건방진 애송이가 분노한 블러드 엑스에게 어떤 식으로 박살이 나는지 구경하고 싶었던 것이다. 이미 안전한 도주로를 확보하고 있는 이상, 그 정도 볼 짬은 있었으니까.

단번에 피떡이 되어버릴 거라는 루크의 예상과는 달리 잭은 제법 선전하며 버티고 있었다. 급하게 달려온 호위들은 잭을 포위한 뒤 고양이가 쥐를 가지고 놀듯 여유롭게 밀어붙였다. 만약 죽이려고 했다면 벌써 시체가 되어 땅바닥에 나뒹굴고 있었겠지만, 생포하여 배후를 캐려는 심산인지 치명적인 공격은 자제하는 듯했다.

그에 비해 잭은 맹렬하게 호위들을 공격하며 빠져나가기 위한 빈틈을 만들어 보려고 발버둥을 치고 있었다.

"허, 비쩍 마른 놈이 체력 하나는 정말 끝내주네. 웬만한 놈들 같았으면 벌써 헥헥대며 지쳐 쓰러져 살려달라며 울고 있을 텐데 말이야. 재수 없는 놈이긴 했지만, 저 체력 하나만큼은 인정해 줄 수밖에 없군. 젊어서 그런가?"

하지만 저런 헛된 발악도 조만간에 끝날 거라는 것을 루크는 잘 알고 있었다. 다만 그 시기가 언제인지가 문제일 뿐.

그런데 갑자기 상황이 급격하게 바뀌었다. 뭔가 분위기가 으스스하게 변한다 싶더니, 잭을 포위하고 있던 호위들 중 한 명이 처절한 비명과 함께 피를 흘리며 나자빠지는 게 아닌가.

"어? 무슨 일이지……. 방심하다 한칼 맞았나?"

싸움 장면을 몰래 숨어서 지켜보고 있던 루크는 자신의 두 눈을 의심할 수밖에 없었다. 방금 전까지만 해도 수세에 몰려 금방이라도 쓰러질 것만 같았던 잭이 갑자기 미친놈처럼 날뛰기 시작한 것이다. 처음 한 놈을 쓰러트릴 때까지만 해도 호위들이 방심을 했다고 생각했다.

하지만 그게 아니었다. 잭의 손에 들린 짤막한 단검 한 자루가 번뜩일 때마다 어김없이 처절한 비명이 터져 나왔고, 호위들은 한 명씩 피범벅이 되어 쓰러지고 있었다. 도저히 이해할 수가 없는 상황이었다.

믿기기 힘든 이 상황에 루크가 자신도 모르게 고개를 창문 밖으로 쭉 빼고 지켜보고 있는 사이, 어느새 호위 네 명은 모두 다 싸늘한 시체가 되어 땅바닥에 쓰러져 버렸다.

경악에 찬 것은 루크만이 아니었다. 그 짧은 시간 동안 블러드 엑스가 뒤에서 손 놓고 마냥 놀고만 있었던 건 아니었다. 그는 부하들이 더 이상 죽지 않도록 잭을 향해 맹공을 퍼부었음에도 불구하고 부하들이 하나둘씩 쓰러져 가자 당황해 하는 모습이 역력했다.

순식간에 부하들이 모두 죽자 뒤로 주춤주춤 물러서는 블러드 엑스. 샐러맨더 파의 행동대장으로 수많은 격전을 치르며 그 잔인함으로 위명을 떨쳐 왔던 그가 지금 공포에 떨고 있음에 틀림없었다.

뒤로 물러서는 그를 향해 잭의 단검이 빛을 뿜어냈을 때, 블러드 엑스의 허리께에서 붉은 피 분수가 터져 나오는 게 보였다. 얼마나 깊게 베였는지 내장까지 쏟아져 나왔다. 순간 루크의 머릿속이 멍하니 멈춰 버린 것만 같았다. 저게 과연 가능한 일일까? 분명 옷 안에 사슬갑옷까지 껴입고 있었는데……

여기까지 생각하던 루크는 고개를 가로저었다. 그럴 리가 없다. 만약 사슬갑옷을 껴입고 있었다면 단검 따위에 저렇게 베일 리가 없다. 그렇다면 처음 공격에 블러드 엑스가 무사했던 건? 루크는 곧이어 고개를 끄덕였다. 어쩌면 옆에 차고 있던 도끼면에 운 나쁘게 단검이 박힌 걸지도……. 거리가 멀어 그 장면을 자세히 볼 수가 없었기에 자신이 착각을 한 것이리라.

"맞아. 내가 착각한 걸 거야. 정말로 사슬갑옷을 입고 있었다면 저런 싸구려 단검으로 행하는 횡 베기에 배때지가 쫘악 갈라지겠어?"

고개를 끄덕이던 루크는 문득 떠오른 생각에 황급히 자리에서 일어섰다. 이러고 있을 때가 아니다. 이곳에서 격투가 벌어진 지 시간이 꽤나 지났다. 어쩌면 지금쯤 샐러맨더 파의 조직원들이 이쪽으로 달려오고 있는 중인지도 모른다. 자칫 자신이 샐러맨더 파 조직원들의 눈에 띄기라도 하면 이 사건의 배후가 자신들이 벌인 것이라는 게 탄로 나게 된다. 그러니 최대한 빨리 흔적을 지우고 이 자리를 벗어나야 한다.

하지만 그렇게 서두른 탓에 루크는 꼭 봐야 할 장면을 놓치는 실수를 저질렀다. 블러드 엑스와 그 호위들을 모두 죽여 버린 라이가 도망치기는커녕 땅바닥에 주저앉아 웩웩거리며 토하고 있는 모습을…….

지금껏 많은 햇병아리들이 조직에 들어와 성장하는 모습을 수도 없이 지켜봐 왔던 루크다. 그 자신도 첫 살인을 저지르고 난 후에 받았던 충격을 아직까지도 기억하고 있었다. 그 후, 점차 감정이 무뎌져 몇 번의 살인을 더 저질렀지만 처음만큼의 충격은 받지 않았다. 하지만 첫 번째 살인 후 겪어야 했던 정신적 고통은 아직까지도 잊지 못할 만큼 뇌리에 깊이 남아 있었다. 자신의 인생에서 가장 큰 전환점이 되었던 사건이었으니까.

만약 살인 후 땅바닥에 주저앉아 토하는 모습을 봤다면 라이에 대한 평가를 제대로 할 수 있었겠지만, 아쉽게도 루크는 도망치기에 바빠 그쪽은 아예 쳐다보지도 않았다. 그 덕분에 라이에 대한 그의 평가에 오해가 가해질 수밖에 없었던 것이다.

*　　*　　*

라이는 자신이 어떻게 여관까지 돌아왔는지 알 수가 없었다. 정신을 차렸을 때는 자신의 방에 도착해서 거친 숨을 몰아쉬고 있었다.

"이런 젠장……."

꽤나 오랜 세월 용병생활을 했고, 실전경험이 전혀 없었던 것도 아니다. 물론 그게 다 몬스터들을 상대로 한 것이었지만. 하지만 사람을 죽였다는 게 이렇게까지 정신적 충격을 안겨 줄 거라고는 미처 생각하지 못했던 라이였다. 그래서인지 아직까지도 손이 부들부들 떨리고 있을 정도였다.

"쓰레기 같은 놈 몇 명 죽인 거 가지고 내가 왜 이러지?"

뱃속에 있는 걸 다 토하고 신물이 넘어올 정도인데 아직까지도 속이 메슥거렸다. 그런 나약한 마음을 다잡으려고 라이는 자신을 향해 열심히 중얼거렸다. 그의 목소리는 어느새 미세하게 떨리고 있었다.

"쓰레기 같은 놈들을 몇이나 더 죽여야 할지 모르는데, 매번 이런 식이면 아주 곤란하잖아. 맞아, 당코가 그랬어. 죽이면 사람들이 좋아할 만큼 아주 악질적인 놈이었다고. 어쩌면 나를 노예로 팔아넘긴 그놈들처럼 인간말종일 게 분명해. 그런 놈들을 같은 인간이라고 생각하면 안 돼. 그동안 인간형 몬스터들은 많이 죽여 봤잖아. 놈들은 인간이 아니라 인간형 몬스터야. 인간형 몬스터!"

그건 첫 살인 후 겪게 되는 죄의식을 이기기 위한 발버둥이었다. 그런데 정신없이 이런저런 말을 하다 보니 자신을 노예로 팔았던 뒷골목의 깡패들과 용병대의 올란도 중대장, 얼마 전에 자신의 뒤통수를 거하게 쳤던 대장의 기억들이 차례로 떠올랐다.

으드득.

인간을 죽였다는 죄의식에 허덕거리던 그의 마음이 순간 차갑게 가라앉기 시작했다. 그만큼 그들에 대한 원한이 가슴 깊숙한 곳까지 뿌리를 내리고 있었던 것이다. 아니, 어쩌면 죄의식을 이기기 위해 그들에 대한 원한이 그만큼 깊은 것으로 착각하기를 바랬기에 그런지도 몰랐다. 하지만 어찌 되었든 그 방법은 나름 효과가 있었는지 잠깐 동안이지만 죄의식에 사로잡힌 생각에서 벗어날 수 있었다.

"그래, 쓰레기 같은 놈들은 누구라도 치워야 해. 그래야 나 같은 피해자가 또다시 안 나타나지."

라이는 의식적으로 살인에 대한 기억을 떠올리지 않으려고 애를 썼다. 그 시작은 몇 번이고 꿈속에 나타났던 여인을 떠올리는 것이었다.

사실 블러드 엑스에게 찔러 넣은 단검이 뭔가에 막히기라도 한 듯 쇳소리와 함께 전혀 들어가지 않았을 때, 라이는 하마터면 정신줄을 놓을 뻔했다.

옷 안에 가죽갑옷까지는 생각했지만, 설마 그 속에 사슬갑옷까지 걸치고 있을 거라고는 상상도 하지 못했으니까. 거기에다가 설상가상으로 갑자기 주위에서 달려온 호위들에게 포위까지 당해 버렸다. 어떻게 해서든 포위망을 뚫고 빠져나가기 위해 사력을 다했지만, 도무지 뚫고 나갈 수가 없었다.

절체절명이었던 그 순간, 문득 머릿속에 떠오른 것은 꿈속에서 봤던 그 이국적인 여인이 검술을 펼치던 장면이었다. 자신의 실력으로는 방법이 전혀 없으니 그 여인의 환상적인 검술이라면 어떻게든 여기서 살아나갈지도 모른다는 생각이 든 것이다.

그녀가 구사했던 검술을 자신도 한번 따라 해 보면 어떨까 하는 마음이 든 것은, 그 절망적인 상황에서 그런 꿈같은 일 외에는 더 이상 그 어떤 방법도 없었기에 행한 마지막 발버둥이었을지도 모른다. 반쯤은 자포자기한 마음으로 꿈속에서 보았던 그녀의 검술을 따라 하는 순간, 라이는 놀라운 경험을 할 수가 있었다.

"내가 그때 어떻게 했던 거지?"

라이는 아직도 그때의 그 상황이 이해가 되지 않았다. 라이는 황급히 허리에 차고 있던 검을 뽑아들었다. 동물 가죽을 벗기는 데나 쓰면 딱 좋을 만한 싸구려 단검이다. 이런 검이 마치 전설 속에 나오는 신검이나 되는 듯 블러드 엑스의 사슬갑옷을 진흙 베듯 썽둥 썰어 버렸다. 그뿐만이 아니라 녀석의 뼈와 살까지 함께 한 번에……. 당시 도저히 믿을 수 없다는 듯 경악에 차 부릅떠져 있던 녀석의 두 눈이 아직까지도 생생하게 뇌리에 박혀 있었다.

"그저 꿈이라고 생각했는데, 아니 꿈이 분명했는데 그게 사실일 줄이야……. 이럴 수도 있는 거야?"

꿈속에서 본 검술을 따라 했더니 그게 진짜 되더라는 얘기는 동네 코흘리개 꼬맹이들조차 믿지 않을 그런 허무맹랑한 소리다. 하지만 그게 진짜 현실이 될 줄이야 그 누가 알았겠는가. 더군다나 그 덕분에 목숨까지 건졌으니…….

라이는 일단 마음을 차분히 가라앉히고 방금 전에 자신이 블러드 엑스 패거리들을 해치우기 위해 사용했던 검술을 떠올리려 애썼다. 사고의 방향을 다른 곳으로 돌리자 몸의 떨림은 서서히 잦아들어 갔다.

물론, 이건 그가 무의식적으로 익히고 있던 태허무령심법 덕분이었지만, 라이는 그걸 전혀 모르고 있었다.

애를 쓴 보람이 있었는지 검술을 떠올리는 데는 실패했지만, 마음을 어느 정도 차분히 안정시킬 수는 있었다. 마음이 안정되자 자연스럽게 이번 임무에 대한 전체적인 그림을 다시 한 번 되짚어 볼 수 있었다. 그제서야 라이는 자신이 얼마나 멍청한 짓거리를 저질렀는지에 대한 자각을 할 수 있었다.

블러드 엑스 패거리를 해치운 후, 당황한 나머지 이곳까지 정신없이 도망치면서 수많은 흔적들을 그대로 남겨 두고 온 것이다. 자신이 살인하는 장면을 봤을 증인들도 부지기수일 터이고. 무엇보다 가장 큰 문제는 자신이 현재 머무르고 있는 여관까지 헐레벌떡 곧바로 내달려 왔다는 점이다.

라이는 당혹스런 표정으로 방구석에 아무렇게나 던져 놨던 자신의 로브를 바라봤다. 로브는 이미 검붉은 피로 흠뻑 젖어 있었다. 어두운 골목길을 최대한 활용해 도망치기는 한 것 같은데 자신의 허둥대는 모습을 괴이하게 바라본 사람이 한둘은 있을지도 모른다. 어쩌면 로브에 묻은 핏자국을 본 자도 있을지도.

'참, 여관으로 들어올 때 나를 본 사람이 있었나?'

골똘히 생각해 봤지만 아무것도 떠오르지 않았다. 그때는 너무 당황해서 제정신이 아니었던 모양이다.

"이런 젠장!"

라이는 후다닥 창가 쪽으로 달려가서 바깥부터 살폈다. 혹시 누군가 수상쩍은 사람이라도 있나 싶어서…….

* * *

임무를 성공시키면 안전한 은신처와 도주로를 제공하겠다던 당코라는 사내를 라이가 초조하게 기다리고 있을 때였다. 그로부터 몇 시간도 채 지나지 않아 당코가 달려왔다. 그는 방 안으로 들어오자마자 곧바로 창문 쪽으로 달려 혹시 누군가 자신의 뒤를 쫓아온 자가 있는지 철저하게 살펴본 후에야 라이에게 말을 걸었다.

"고생했어. 역시 실력이 대단한걸. 네 일 처리 솜씨가 마음에

드신다며 두목님께서도 크게 기뻐하고 계신다.”

사실은 기뻐했다기보다 당황해 했다는 게 맞았다. 원래 계획대로였다면 잭은 블러드 엑스를 습격해서 죽이는 데까지는 성공하지만, 그 후 호위들에게 붙잡혀 끌려가 갖은 고문을 당하다 자신의 배후가 블랙울프라는 걸 실토했어야만 했다.

그래야 샐러맨더 파와 블랙울프 파가 정면으로 격돌하게 될 테니까. 자신들은 그저 세상에서 제일 재미있다는 싸움 구경이나 하면서 전쟁이 더 확대될 수 있도록 이간질이나 살살하면 만사 OK였다. 더군다나 그 과정에서 자신의 애인인 루산나를 욕보인 잭이라는 놈에 대한 복수까지 완성할 수 있으니, 그야말로 일석이조가 되는 것이다.

그런데 그런 두목의 예상과는 달리 잭이 블러드 엑스는 물론이고, 그의 호위들까지 몽땅 다 죽여 버리는 괴력을 발휘해 버렸다. 덕분에 지금 마을은 발칵 뒤집혀져 있는 상태였다. 독이 바짝 오른 샐러맨더 파의 전 조직원들이 개떼처럼 몰려나와 마을 곳곳을 샅샅이 뒤지며 작은 단서라도 확보하려 하고 있는 중이다.

전혀 예상치도 못한 최악의 상황!

가장 좋은 건 간부급들 몇몇과 잠수를 타는 건데, 오히려 그건 이쪽이 했다고 자백하는 거나 마찬가지다. 그렇다고 이대로 모르는 척 가만히 있을 수도 없는 노릇이었다. 샐러맨더 파의 조직원은 물론이고, 경비대원들까지 몰려나와 살인자를 찾아 탐문하고 있었다. 이런 상황이라면 조만간 잭에 대한 단서를 찾아낼 거라고 두목은 우려하고 있었다.

부두목과 머리를 맞대고 이런저런 잔머리를 굴리던 두목은 결국 잭을 다시 한 번 더 써먹기로 마음먹었다. 어차피 버릴 패였다. 그렇다면 아예 혼란을 더 키워 놈들의 시선을 잭에게로 집중시켜 버리는 게 최선의 방책인 것이다.

그래서 급하게 루크가 달려온 것이다. 잭이 발각되기 전에 다시 한 번 더 써먹기 위해. 루크는 품속에서 제법 묵직해 보이는 돈주머니 하나를 꺼내 라이에게 건네주며 말했다.

"이건 이번 임무를 훌륭하게 성공시킨 것에 대한 두목님의 만족의 표시야."

돈주머니를 끌러보자 금화 몇 개와 신분증 하나가 보였다. 급히 꺼내 보니 라디에르란 이름이 보인다. 신분증에 기록된 그의 신체적인 특징은 라이의 그것과 매우 유사했다. 이 정도라면 국경 경비대도 별 의심 없이 통과시켜 줄 거라고 생각되었다.

"시간이 꽤 걸릴 거라고 하지 않았었나?"

"운이 좋았지. 너하고 비슷한 나이와 체형을 지닌 사람을 찾아낸다는 게 어디 쉬운 일인 줄 알아?"

"……"

"아주 깨끗한 거야. 절대로 발각될 염려도 없어. 그 신분증은 슬쩍 소매치기해서 훔친 게 아니라 소유자를 깨끗하게 해치워 버린 뒤 얻은 거거든. 시체야 땅속 깊이 파묻어 버렸으니, 도난 신고가 접수될 리도 없고 말이지."

그건 새빨간 거짓말이었다. 창고 구석에 수북이 쌓여있던 신분증들 중에서 잭이라는 녀석과 비슷한 용모를 지닌 것으로 대충 골라서 가져온 것일 뿐, 저걸 사용할 수 있느냐는 차후의 문제다. 요는 지금 이 순간, 잭이라는 녀석을 안심시켜 줄 수만 있으면 되는 것이었으니까.

"라디에르…, 라디에르라……."

"왜? 라디에르라는 이름이 마음에 들지 않아?"

라이는 황급히 고개를 가로저었다.

"아, 그건 아니야."

라이의 시선이 이번에는 금화 쪽으로 돌아갔다. 얼핏 봐도 10개가 넘어 보였다. 예상보다 커다란 금액에 라이의 눈이 휘둥그레졌다.

"두목께선 다른 건 몰라도 약속하신 건 언제나 확실하게 지키시는 분이지. 그 금화는 여비로 쓰라고 넣어 두신 거야. 그건 그렇고, 네가 해 줘야 할 일이 마지막으로 하나 더 있어."

물론 두목에게서 받은 금화는 훨씬 더 많았지만 이미 루크의 품속으로 사라진 지 오래였다. 어차피 죽을 놈인데 뭐하려고 그렇게 큰돈을 준다는 말인가. 요는 놈을 안심시켜, 다음 함정으로 인도하면 되는 것뿐인데 말이다.

"마지막 일이라고?"

"상황이 우리 예상과는 다르게 너무 급박하게 돌아가다 보니 두목께서 네게 제안을 하나 하셨다. 술집 주인 하나를 더 죽여준다면 네가 계약의 조건을 모두 이행한 것으로 쳐주시겠다고 말이야."

라이는 마치 꿈이라도 꾸는 듯한 기분이었다. 방금 전에 들은 게 사실일까?

"그게 정말이야? 이 마을을 떠나도 된다고?"

"물론이지. 그 증거로 네가 원한 신분증과 여비까지 이미 받았잖아. 두목께서 그러시더군. 자신도 어렸을 때 갖은 개고생을 해서인지 네놈을 봤을 때 마음이 편치 않았다고. 그래서 이 정도로 계약을 완수한 걸로 해 주시겠다는 거지."

"그럼 그냥 놔주면 되는 거 아냐. 그런데 또다시 누군가를 죽이라고?"

이번 일만 하면 계약을 끝내주겠다는 말은 좋았지만, 또다시 살인을 해야 한다는 조건은 너무 싫었다. 얼마 전에 블러드 엑스 패거리를 죽인 후에도 정신없이 토하고 난리도 아니었는데 말이다. 또다시 그런 일을 겪고 싶지는 않았던 것이다.

"쯧, 이래서 애송이들이란 자기 생각만 한다니까. 그놈을 죽이는 건 우리 조직을 위한 것도 있지만, 너를 위한 것도 있어."

"나랑 관련이 있다고?"

"그래. 지금 샐러맨더 파가 이 마을에서 막강한 세력을 떨치고 있는 이유가 뭐겠어? 원래 샐러맨더 파의 본거지는 다란툼 성인데 말이야."

전혀 모르겠다는 듯 라이가 어깨만 으쓱하자 루크는 계속 말을 이었다.

"예전에도 내가 말해 줬던 것 같은데? 샐러맨더 파를 여기 높으신 나리들이 밀어주고 있다고 말이야. 즉, 샐러맨더 쪽에서 이곳 요새 지휘관부터 시작해서 핵심 요직에 있는 자들을 몽땅 다 자기편으로 포섭하고 있다는 거지. 그리고 그걸 가능하게 해주는 통로가 바로 자네가 죽여야 하는 술집 주인 '칼릭스' 라는 놈이고 말이야."

"……."

이해할 수 없다는 듯 잭이 멍한 표정으로 앉아있는 걸 본 루크는 짐짓 답답하다는 듯 한숨을 푹 내쉬었다. 하지만 이건 철저히 계산된 행동이었다. 잭이 깊은 내막을 알지 못하는 걸 아니 이렇게 사기를 칠 수 있는 게 아니겠는가. 잭에게 미리 건네준 신분증도 지금 꺼낼 말을 하기 위해 급히 준비해서 가지고 온 것이었으니까.

"핵심 간부들 중 하나인 블러드 엑스가 비명횡사를 당했는데, 샐러맨더 놈들이 멍하니 손 놓고 가만히 있을 것 같아? 녀석들은 자신들의 조직원만으로 범인을 잡기 힘들다는 판단이 들자, 요새 고위 관리들에게 전폭적인 수색 협조를 요청하려 하고 있다고. 칼릭스를 빨리 해치우지 못한다면, 범인이 잡힐 때까지 국경부터 시작해 모든 외부와 연결되는 통로가 틀어 막힐 거야. 자네에게 준 신분증이 꽤나 안전한 것이긴 하지만, 보다 강화된 검문검색까지 통과할 수 있을지는……."

자신에게 피해가 온다는 데 깜짝 놀란 잭이 황급히 신분증을 꺼내 살펴보는 것을 보며 루크는 미소를 감추기 힘들었다. 이제 조금만 더 하면 넘어가리라…….

"오늘 밤, 칼릭스가 요새 내의 고위층들을 자신의 술집에 초

청했다는 극비 정보를 입수하고 곧바로 이리로 달려온 거야. 자네는 놈이 그들에게 영지 외부로 나가는 모든 통행로를 틀어막아 달라는 요청을 하지 못하게 막아야 해. 그 방법은…, 방금 전에도 말했지?"

"그래서…, 칼릭스를 죽여야 한다는 건가?"

"그래. 칼릭스만 죽이면, 자네는 이 마을을 떠나도 돼. 좀 더 도움을 받았으면 좋긴 하겠지만, 뭐 사실 그다음은 우리들의 힘으로도 어느 정도 해결이 가능하니까 말이야."

라이는 하마터면 홀딱 넘어갈 뻔했다. 하지만 지금껏 이런 식으로 입에 발린 말에 넘어갔다가 뒤통수를 맞은 게 어디 한두 번이 아니지 않은가. 그렇게 생각하니 뭔가 수상쩍다는 생각마저 들었다. 아무리 생각해 봐도 이야기가 자기한테 너무 좋은 쪽으로 흘렀다. 두목이 자기를 언제 봤다고 이렇게까지 호의를 베풀 리 없지 않겠는가.

"나한테 좋은 건 알겠고, 그렇게 했을 때 그쪽이 얻는 이득은 뭐지?"

홀딱 넘어갈 듯하던 잭의 갑작스러운 물음에 루크는 짜증이 확 치밀었다.

'정말 깐깐한 놈이네. 자기 잇속만 챙기면 됐지, 남까지 신경 쓸 건 또 뭐야?'

"물론 자네 혼자 좋으라고 이러는 건 아니야. 당연히 이쪽에도 이익이 있지. 무엇보다 칼릭스 그 녀석은 그야말로 우리 블랙울프 파에 있어 눈엣가시 같은 존재거든. 왜냐하면 녀석이 있음으로 인해 샐러맨더 파가 이곳 요새의 고관들을 포섭할 수가 있었으니까."

"인맥이 무척 넓은 모양이군."

"인맥이 넓다는 것보다 사람 다루는 수완이 좋다는 말이 더 정확하겠지. 그리고 무엇보다 요새의 고위 관료들을 구워삶으려면 일단 돈이 있어야 할 수 있는 거 아니겠나."

"허긴……."

"놈이 운영하는 '여왕벌의 둥지'는 여기서 첫손가락에 꼽히는 최고급 주점이지. 더군다나 요즘은 술과 계집장사만으로 만족하지 않고, 도박장까지 운영하면서 돈을 아주 긁어모으고 있는 중이야. 거기서 벌어들인 그 엄청난 돈으로 관리들에게 뇌물을 먹이고, 세력 확장을 하고……."

라이는 더 이상 들을 것 없다는 듯 손을 저어 상대의 말을 끊어 버리며 말했다.

"그 부분은 됐고, 말을 듣다보니 문득 떠오르는 게 하나 있는데……."

"뭔데? 빨리 말해봐. 상세하게 설명해 줄 테니까."

"그런 거물을 죽여 버리면, 녀석과 사이가 좋은 고관들이 가만히 있을까? 친구의 원수를 갚겠다고 들면서 검문검색을 강화한다면 더 큰 문제가 아닐까?"

제법 예리한 구석이 있단 말씀이야…, 하고 생각하며 루크는 머리를 굴려 변명했다.

"자네 말이 맞아. 하지만 자네는 그 전에 이미 이 마을을 벗어난 후일 텐데 뭐가 걱정이지? 두목께서 원하는 건 자네가 칼릭스를 죽인 후에도 이 마을에 계속 남아서 도와달라는 게 아니잖아. 자네는 칼릭스를 죽인 후, 검문검색이 강화되기 전에 빨리 이곳을 떠나 버리면 된다고."

"허긴……."

"자자, 자네는 쓸데없는 걱정 할 필요 없어. 일이 끝난 후에 탈출로는 내가 직접 안내해 줄 테니까. 별문제야 없겠지만, 혹시 난리통에 서로 못 만날 수도 있으니 이 일대 거점이 기록되어 있는 지도를 주지."

제대로 된 군사지도 같은 건 물론 아니다. 이곳 요새 일대를 대충 그려 놨고, 요새 내의 눈에 띄는 커다란 구조물들 몇 개를 그려 놓아 전체적인 축적을 가늠할 수 있도록 만들어 놨다. 그리고 여기저기에 그려진 작은 동그라미들에는 투박한 글씨로나마 상세한 설명이 적혀 있었다.

"우리 조직에서 마련해 놓은 비밀 거점들을 기록해 놨어. 만약 무슨 일이 벌어진다면 그쪽으로 가서 도움을 청하면 될 거야. 자세히 써 놓긴 했지만, 도저히 못 알아보겠다고 생각되면 여관으로 돌아와서 기다리고 있어. 나중에 데리러 올 테니까."

괜한 걱정 하지 말라고 하고 싶었지만 라이는 대꾸하지 않았다. 폭력조직에서 일을 처리하는 것치고는 꽤나 치밀하다고 생각했기 때문이다. 하지만 라이의 생각과 달리 루크가 건네준 지도의 진실은 다른 데 있었다.

지도의 거점들은 블랙울프 파가 구축해 놓은 진짜가 맞았다.

라이가 샐러맨더 파를 급습하러 들어갔다가 생포되었을 때는 상관없겠지만, 죽었을 때는 문제가 심각해진다. 라이가 블랙울프 파의 조직원이라는 걸 샐러맨더 파에서 알 방법이 없으니까. 그 전에 블러드 엑스를 죽이라고 보냈을 때는 생포될 확률이 다분했기에 이런 걸 준비할 필요가 없었지만, 이번은 얘기가 다르다. 그곳에서 싸우다 죽어 버릴 가능성이 너무 큰 것이다.

그걸 위해서 만들어 온 게 바로 이 지도였다. 자신들이 지금껏 고생해서 파악해 놓은 블랙울프 파의 모든 것이 이 지도 안에 담겨 있었다. 비밀거점, 접선방법 등등……. 샐러맨더 파에서 조금만 조사해 보면, 이 지도의 주인이 블랙울프 파라는 것을 단번에 알 수 있을 게 뻔했다. 그렇게 되면 양쪽은 피에 피를 부르는 정면충돌을 할 수밖에 없게 되리라.

라이는 지도를 자세히 살펴본 후 조심스럽게 접어 품속에 갈무리했다. 탈출로가 담겨 있는 것인 만큼, 실수로라도 잃어버리면 곤란한 것이다. 절대적으로 정보가 부족한 라이였기에 루크의 말을 믿고 따르는 것 외에 다른 방법은 없었다.

"그리고 이건 녀석의 초상화야."

폭력조직에서 만들었다고 생각하기에는 아주 세밀하게 잘 그려져 있는 초상화였다. 세세하게 그려져 있을 뿐만 아니라, 아래쪽에는 상대의 용모에 대한 특징이 자세하게 기록되어 있어 그림으로 그리기 힘든 부분을 보완해 주고 있었다.

초상화에 그려져 있는 사내의 용모는 라이가 상상한 술집 주인과는 너무나도 달랐다. 갸름한 얼굴을 하고 있는 아주 이지적인 인상의 사내였다. 섬세한 선을 지닌 여성적인 얼굴인 것에 반해 밑에 써져 있는 기록에 따르면, 아주 날카로운 눈빛의 소유자인 모양이다. 하기야 블랙울프 파가 눈엣가시처럼 여길 정도의 실력자가 평범한 사내일 리는 없겠지.

"기억할 수만 있다면 머릿속에 담아 두는 게 좋아. 그 초상화는 없애 버리고 말이야. 그 초상화를 그린 사람이 영지에서 제일 실력 있는 화가거든. 화가를 족쳐 추적하면 우리 파가 뒤에 있다는 걸 금방 알아낼 수 있게 된다고."

루크의 말에 라이의 의구심은 싹 사라졌다. 이렇게까지 말하는 걸 보니, 정말로 상대를 없애는 데 최선을 다하고 있다는 생각이 들었던 것이다.

"알았어. 걱정하지 마. 머릿속에 담아 넣은 후 태워서 없애 버리도록 하지."

초상화 또한 소중히 접어서 지도와 함께 잘 갈무리해 두는 라이. 물론 나중에라도 태워 없앨 생각은 전혀 없었다. 만일의 경우, 어딘가에 쓸데가 있을지도 모른다. 당코 녀석이 태워 없애 버리라고 하는 걸 보면, 그만한 이유가 있는 것이겠지.

"자, 이건 갈아입을 옷. 고급 술집에 가는데 그런 허름한 옷을 입고 가면 되겠나. 게다가 온통 피범벅이고 말이야."

루크는 손에 들고 있던 보따리를 라이에게로 툭 던졌다. 라이가 풀어 보니 제법 깔끔해 보이는 옷이 그 속에 들어 있었다.

"이곳에서 숨도 쉬지 말고 조용히 있어. 지금 모두들 네놈을 찾겠다고 온 마을을 헤집고 있는 중이니까. 자정이 되면 여관을 몰래 나와 시장 쪽으로 쭉 걸어가. 그러면 잡화점이 하나 있을 거야."

골목길을 파악하기 위해 요 며칠 돌아다니다 본 기억이 떠올랐다.

"혹시…, 형제 잡화점?"

"그래, 거기서 보자고."

말은 꺼내지 않았지만, 라이가 루크의 제안을 받아들인 이유가 하나 더 있었다. 그건 블러드 엑스를 해치울 때, 얼떨결에 펼쳤었던 그 검법 때문이었다. 그 당시에는 자연스럽게 잘 펼쳐졌던 검법이 그 후로 아무리 노력해도 기억조차 잘 나지 않았다. 그래서 라이는 다시 한 번 더 자신을 생사의 간극 사이로 밀어 넣고, 그 검법이 펼쳐지기를 간절히 원했다.

만약 익힐 수만 있다면 자신의 인생이 확 바뀔 수도 있다는 것을 본능적으로 느꼈기에 목숨을 건 모험을 하려는 것이다.

지배인 나오라고 해!

34

배신의 시대

그날 자정, 사위가 짙은 어둠에 잠겨 희미한 달빛만이 겨우 비치고 있을 때 라이는 형제잡화점 앞에서 루크와 다시 만났다. 그는 낮에 봤을 때와는 달리 매우 강력해 보이는 석궁을 한 자루 등에 메고 있었다. 마을에는 석궁 같은 사냥도구를 지니고 다니는 사람을 흔히 볼 수 있었기에 그런 행색이 전혀 어색하게 느껴지지 않았다.

루크는 라이의 앞을 스치듯 지나가며 나직이 속삭였다.

"내 뒤로 멀찍이 떨어져서 따라와."

그러고는 마치 모르는 사이라도 되는 듯 라이를 지나쳐 계속 걸음을 옮기는 루크. 라이는 잠시 그 자리에 서 있다가 서로간의 거리가 꽤나 벌어진 후에야 그의 뒤를 따라 걷기 시작했다. 대낮이었다면 이곳 시장통은 수많은 인파로 북적였기에 이런 식의 미행이 불가능했겠지만, 지금은 비틀거리는 취객들만 몇 명 보일 뿐 인적이 거의 없었다.

하지만 좀 더 걸어가자 주변의 경관이 서서히 바뀌기 시작했다. 동부시장의 입구 쪽으로 가자 늦은 밤임에도 불구하고 화려하게 불을 밝힌 술집과 거기에 모인 사람들로 북적거리고 있었다. 여기저기서 호객 행위를 하는 여인들과 술에 취해 비틀거리면서도 술집들을 기웃거리는 취객들로 인해 지금이 오밤중이라는 걸 착각할 정도다. 라이는 걸음을 빨리 해 앞서가고 있는 루크와의 거리를 좀 더 좁혔다. 그렇지 않으면 그를 시야에서 놓칠 우려가 있었다.

이곳 사람들이 이렇듯 흥청거리는 것도 다 이유가 있었다. 목숨을 걸고 몬스터들을 사냥하는 사냥꾼들은 그렇게 번 돈으로 술과 여자를 탐하며 흥청망청 써댔다. 언제 죽을지도 모른다는 공포심에 마치 내일이 없다는 듯 살아가는 것이다. 그런 사냥꾼들에게 술과 여자를 제공하고 돈을 버는 뒷골목의 조직들. 라이가 보기에도 술집들은 호황을 누리고 있었고, 그만큼 막대한 이윤이 발생하리라.

유흥가를 반쯤 지나 내성의 높은 첨탑(尖塔)에서 새어 나오는 불빛이 보이기 시작했을 무렵, 루크는 라이에게 슬쩍 눈짓을 보내 어둑한 골목길 그늘 쪽으로 이끌었다.

그리고는 길 반대편에 자리 잡은 커다란 건물을 가리키며 말했다.

"저게 바로 여왕벌의 둥지야. 건물 전체를 놈들이 관리하고 있지."

변경의 요새 도시에 있다고 생각하기 힘들 정도로 크고 화려한 건물이었다. 든든한 뒷배가 있는 샐러맨더 파의 최대 자금줄이라고는 했지만 설마 저렇게 큰 건물을 통째로 쓸 줄은 몰랐다. 저 큰 술집 어디에 칼릭스라는 놈이 처박혀 있는지 찾아낸

단 말인가. 뒤지는 것만으로도 최소 2~30분은 걸릴 것이고, 그 정도 시간이면 흩어져 있던 샐러맨더 파의 조직원들이 새까맣게 모여들기에 충분하고도 넘칠 시간이다.

"혁, 저길 나 혼자 들어가라고! 지금 농담해?"

라이의 황당하다는 반응에 루크는 피식 웃으며 말했다.

"걱정 마. 칼릭스가 있는 곳의 위치 정도는 알려줄 테니까. 칼릭스는 저 건물의 지하에 있어. 녀석은 자신이 직접 접대해야 할 정도의 거물이 오지 않는 한, 대부분의 시간을 안전한 지하에서 생활하거든. 그러니까 넌 우선 심부름으로 주인에게 돈을 전달하기 위해 찾아왔다고 하면 안으로 들여보내 줄 거야……."

루크의 설명을 들으면서, 라이는 문 앞에 서있는 경비원 둘을 자세히 살펴봤다. 한눈에 봐도 그들이 착용하고 있는 갑옷은 겉모습만 화려한 것일 뿐, 제대로 된 물건이 아니었다. 하기야 경비를 한답시고 부동자세로 오랫동안 서 있으려면 실전용의 무겁고 두꺼운 갑옷을 착용해서는 힘들어서 오래 버티지 못할 것이다.

"경비원은 저놈들 외에 몇 명이나 더 있지?"

"실내에 다섯 명. 하지만 걱정할 거 없어. 겉모양만 멀쑥한 양아치들이야. 어제 상대했던 블러드 엑스의 호위 근처에도 못 따라갈 놈들이지. 실력 있는 녀석들이라면 용병질을 하거나 몬스터 사냥을 하지, 저런 데서 푼돈 받고 잡일이나 하고 있겠어? 저놈들을 여기서 쓰는 건, 키가 크고 잘생겼기 때문이야."

"그 정도는 나도 알아. 그건 그렇고, 지하로 들어가는 계단은 어디에 있지? 저 정문을 기준으로 설명해 봐."

"들어가서 왼쪽에 있어. 일반인들이 내려갈 수 없도록 문으로 막아 놨는데 그 문 앞에는 경비원이 항시 지키고 있지. 그 문을 열고 들어가면 지하로 내려가는 계단이 있을 거야."

"비밀통로 같은 건? 내가 치고 들어갔을 때, 놈이 뒷구멍으로 살그머니 내빼 버리면 어떻게 해?"

순간 루크는 터져 나오려는 미소를 참기 힘들었다. 저 앞에 서 있는 경비 녀석들의 실력이야 허접한 건 맞다. 하지만 지하에 있는 샐러맨더 파의 정예들까지 그렇게 생각했다가는 큰코 다친다. 특히 칼릭스가 다란툼 성에서 데리고 들어온 아홉 명의 직속 부하들 개개인의 실력은 거의 두목하고 맞먹을 정도였다. 아마 모르긴 몰라도 건물 안에 들어감과 동시에 제압당하거나 살해당할 게 뻔하다고 봐야 했다. 그런 주제에 지부장이 도망칠 것을 걱정하는 꼴이라니. 기가 막혀 쓴웃음이 나오지 않는다면 그게 더 이상하지 않겠는가.

그런 루크의 얼굴을 라이가 차가운 눈초리로 쳐다보고 있었다. 목숨이 달린 일이니 루크의 말 한 마디 한 마디에 촉각을 곤두세우고 있으니 마치 비웃는 듯한 표정을 금방 알아챈 것이다. 그제서야 자신의 실수를 자각한 루크가 얼른 표정을 바꾸며 대답을 해 주었다.

"비밀통로가 있을지도 모르지. 하지만 그건 걱정하지 마."

루크는 등 뒤쪽으로 보이는 건물의 3층을 슬쩍 가리키며 말을 이었다.

"우리 조직이 그 정도도 생각하지 못하는 어설픈 조직인 것 같나? 여기서는 보이지도 않겠지만, 저 건물을 빙 둘러서 블랙울프 최고의 사수(射手)들을 배치해 뒀지. 너를 피해서 녀석이 밖으로 기어 나오는 순간, 녀석은……."

루크는 자신의 목을 손가락으로 쓱 긋는 시늉을 하며 키득거렸다.

"큭큭, 단번에 이렇게 되는 거지. 지하를 싹 쓸어버렸는데도 칼릭스를 찾아내지 못했다면 바로 밖으로 나와. 아마 그때쯤이라면 탈출하다가 우리가 쏜 화살에 맞고 뒈진 후일 테니까."

물론 모두가 허풍이다. 라이가 건물 안으로 들어간 뒤 얼마 지나지 않아 벌집을 쑤셔 놓은 것처럼 난리가 날 텐데 괜히 근처에서 얼쩡거리다 걸리면 한 마디로 뭐 된다.

그럼에도 라이가 자신을 바라보는 싸늘한 눈빛에 변함이 없자, 루크는 짐짓 어깨를 으쓱거리며 자신을 엄지손가락으로 가리켰다.

"그뿐만이 아니야. 저기 창문이 닫혀 있는 3층 방이 보이지? 그곳에서 나 역시 이걸 들고 대기하고 있을 테니까."

그러면서 손에 들고 있던 석궁을 툭툭 쳐 보였다.

"내 임무는 네 녀석의 퇴로 확보야. 그러니 잡스러운 생각은 집어치우고 칼릭스를 해치우는 것에만 신경을 집중해."

"좋아, 믿지. 참, 저기 책임자 이름이 뭔지는 알고 있겠지?"

"책임자?"

"그래. 설마 칼릭스가 모든 술 손님을 직접 상대하는 건 아닐 거 아냐."

"아, 그건 지배인이 하고 있지. 지배인의 이름은 제임스, 제임스 란드레프야. 그런데 그건 알아서 뭐하려고?"

"다 쓸데가 있어."

"뭐, 그건 네가 알아서 하고, 여기서 잠시 기다리고 있다가 내가 저 방에 올라가서 신호를 보내면 행동을 개시하도록 해. 알겠어?"

고개를 돌려 건물을 바라보던 라이의 입에서 스산한 목소리가 흘러나왔다.

"만약 날 가지고 장난을 치는 거라면 절대 가만두지 않는다. 명심해. 혹 내가 죽는다 해도 지옥 끝에서 살아나와 그 댓가는 반드시 치르게 해 주지."

"다, 당연하지. 어쨌든 잘해 보라구. 그럼 행운을 빈다."

루크는 더 이상 라이와 말을 섞는 것이 부담스러운지 후다닥 여관 3층을 향해 달려갔다. 그런 모습을 뒤에서 쳐다보고 있던 라이는 불길한 예감이 드는 마음을 애써 억누르며 건물 쪽으로 고개를 돌렸다.

'한번 믿어 본다. 하지만 혹시라도 내 뒤통수를 친 거라면 절대 가만두지 않을 거야.'

살인의 경험이 가져다 준 정신적 충격도 컸지만, 블러드 엑스를 죽일 때 발휘되었던 막강한 힘은 라이에게 엄청난 자신감을 가져다주고 있었다. 예전이었다면 꾹 참고 넘어갔겠지만, 지금은 그럴 필요가 없는 것이다. 왜냐하면 자신에게는 그만한 힘이 있으니까!

살인을 경험한 뒤 불과 몇 시간이 채 지나지 않았지만 라이의 내면은 빠른 속도로 변해 가고 있었다.

당코의 신호를 기다리던 라이는 일단 눈을 감고 깊게 심호흡을 했다. 가지고 있는 무기라고는 달랑 허리춤에 차고 있는 짤막한 검 한 자루뿐이었지만 이상하게도 마음은 평온했다.

"그래, 난 이번에도 살아남을 거야. 반드시."

잠시 기다리고 있자 여관 3층의 창문이 살짝 열리며 당코가 모습을 드러냈다. 라이와 눈을 맞춘 그가 살짝 턱짓을 하는 것으로 신호를 보내자 라이는 건물을 향해 주저하지 않고 성큼성큼 걸어갔다.

깔끔한 옷을 입고 있긴 하지만 아직 어려 보이는 라이가 다가오자 입구에 서 있던 경비원 중 하나가 곧바로 제지하며 나섰다.

"어이, 여기는 너 같이 어린놈이 오는 데가 아니야. 다른 데로 가봐."

라이는 곧바로 얼굴에 환한 웃음을 지으며 사근사근한 어조로 입을 열었다.

"저, 심부름을 왔는데요."

"심부름?"

"예. 입구에서 란드레프라는 분을 찾으면 저희 주인님께 안내해 주실 거라고 하셔서…….”

경비원은 그제야 라이의 아래위를 훑어보더니 꽤나 누그러진 목소리로 물었다.

“너의 주인님이란 분이 지금 이곳에 계시단 말이냐?”

“예, 오늘 영 끗발이 안 좋다고 하시면서 빨리 돈을 가져오라는 전갈을 하셔서요. 마님 명령을 받고 급히 달려온 거거든요.”

그제야 경비원은 입구에서 몸을 비켜 안으로 들어가는 걸 허락해 주었다. 도박장에서 돈을 잃자 하인을 시켜 자금을 가져오게 한 것으로 생각한 것이다.

“고맙습니다.”

문을 열고 건물 안으로 들어서자 호화로운 실내 정경이 한눈에 들어왔다. 예전에 자신의 주인이었던 마인 테큘러의 집무실만큼이나 실내는 호화로웠다. 중앙에는 커다란 탁자가 하나 놓여 있었는데, 그 주위로 10여 명에 달하는 미모의 여인들이 앉아 있었다. 체형이나 나이, 옷차림 등은 각자 제각각이었다.

터질 듯 풍만한 유방의 위쪽 부분이 훤히 드러날 정도로 섹시한 옷차림을 하고 있는 여인, 솜털도 아직 채 벗지 못한 듯한 작고 마른 체형의 앳된 여자아이 등등……. 심지어는 메이드 복장을 하고 있는 여인도 있었다. 물론 일반적인 메이드 복에 비해 훨씬 짧은 치마에, 가슴골이 푹 파인 퇴폐적인 것이었지만 말이다. 아마 갖가지 연령대와 체형을 갖춰 손님의 취향대로 고르라는 나름대로의 서비스인 모양이다.

여인들은 매우 친밀한지 귓속말로 서로 소곤대며 잡담을 나누고 있었다. 그러다 라이가 실내 안으로 들어오자마자 잡담을 멈추고 일제히 쳐다보는 것이었다. 하지만 그녀들은 곧바로 시선을 돌리며 다시금 잡담을 나누기 시작했다.

깔끔한 옷을 걸치고 있긴 하지만 절대 돈 많은 귀족 자제나 상인의 자제가 아니라는 것을 한눈에 알아본 것이리라. 만약 여인들이 돈 냄새를 맡았다면 후다닥 일어나 추파를 떨며 달라붙었겠지만 좋게 봐야 돈 많은 집 하인이라고 판단했기에 관심을 끊은 것이다.

라이는 오히려 여인들의 그런 무관심이 반가웠다. 괜스레 애교를 부리며 다가오면 곤란해지는 쪽은 라이였다. 라이는 슬쩍 실내를 살펴보며 지하로 내려가는 입구를 찾았다.

'지하로 내려가는 문 앞에 경비원들이 배치되어 있다고 했었는데.'

실내에서 왼쪽으로 나 있는 화려한 문양의 문은 한두 개가 아니었다. 하지만 라이는 한눈에 지하로 내려가는 계단이 있는 문이 어느 것인지 알 수 있었다. 경비원이 지키고 서 있는 문은 단하나뿐이었으니까.

라이는 그 문을 향해 천천히 걸으며 경비원들의 숫자를 헤아렸다. 건물 정문을 지키고 있는 경비원이 둘. 그리고 지하로 내려가는 계단 앞, 문을 지키고 있는 녀석이 하나. 그렇다면 나머지 두 명은 어디에 있지?

이때 바닥을 닦고 있던 꼬맹이 하나가 라이를 발견하고 후다닥 달려왔다.

"어떤 곳으로 안내해 드릴까요?"

그러면서 라이의 아래위를 쳐다보는 것이 이런 곳에 출입하기 힘든 옷차림이라는 것을 확인하는 듯했다.

라이는 일부러 인상을 왈칵 찌푸리며 소리를 질렀다.

"여기에 제임스라는 개새끼 있지? 제임스 란드레프 말이야."

"지배인님 말이에요?"

"그래 그 새끼, 지금 어디 있어?"

라이는 도저히 분노를 참기 힘들다는 듯 품속에서 다짜고짜 단검을 뽑아들며 살기 어린 어조로 외쳤다.

"그 개새끼가 내 누나를 건드렸단 말이다. 그러고도 무사할 줄 알았나 보지? 빨리 나와! 제임스, 이 오크보다 못한 개새끼야!"

라이가 소리를 고래고래 지르자 삽시간에 실내는 아수라장이 되었다. 이때, 입구 쪽에 나 있던 방문 중 하나가 벌컥 열리며 40대 중반쯤으로 보이는, 콧수염을 멋지게 기른 중년인 한 명이 걸어 나왔다. 그 중년 사내는 눈살을 찌푸리며 주위를 두리번거리다 바닥을 닦던 꼬마에게로 다가왔다.

"무슨 일이기에 가게에서 이 소란이냐!"

"저 사람이 지배인님을 찾아왔는데, 자기 누나를 어떻게 했다며 갑자기 검을 뽑아들고……."

지배인이라는 중년 사내는 험악한 표정으로 싸구려 칼을 뽑아들고 소리를 지르고 있는 라이를 힐끗 쳐다봤다. 순식간에 중년 사내의 인상이 싸늘하게 굳는다. 이때, 왼쪽에 있는 방문 중 하나가 벌컥 열리며 거기서 경비원 두 명이 육중한 발소리를 내려 달려오는 게 보였다. 행방을 알 수 없었던 경비원 둘이 그 방 안에 있었던 모양이다. 어쩌면 그곳이 녀석들의 휴게소인지도 모른다.

지배인은 라이에게 말조차 걸지 않았다. 그는 달려오는 경비원들을 보며 곧장 싸늘한 어조로 질책부터 시작했다.

"경비를 어떻게 섰기에 이런 놈이 가게로 기어들어와! 뭣들하는 거야? 당장 이놈을 잡아 가게 밖으로 쫓아 버리지 않고."

"옛, 지배인님. 당장 조치를 취하겠습니다."

지배인은 그렇게만 지시한 후, 짜증 가득한 얼굴로 방금 전에 자신이 나왔던 방 쪽으로 걸어갔다. 그런 지배인의 뒤에서 착잡한 얼굴로 허리를 굽히던 경비원들은 라이 쪽으로 돌아서서 분노를 터뜨렸다.

"이런 망할 놈의 새끼! 여기가 감히 어딘 줄 알고 행패야, 행패는! 넌 오늘 몸성히 집에 돌아가지 못할 줄 알아라. 그런데 밖에 있는 놈들은 뭐 하고 있는 거야? 이런 놈을 들여보내고!"

이때, 정문 앞에서 경비를 서고 있던 경비원들이 안에서 소란이 일어나자 후다닥 달려 들어왔다. 계단이 있는 방문 앞의 경비원까지 합하면 모두 다섯 명. 당코가 말했던 경비원들이 모두 모인 것이다.

자신의 주위로 경비원 넷이 달려와 험악한 인상을 지을 때부터 라이는 주춤주춤 그들의 눈치를 살피는 척하며 단검을 슬그머니 아래로 내렸다. 한껏 겁먹은 표정을 지어 보이며 주위를 이리저리 둘러보는 라이. 경비원들은 그런 라이를 완전히 얕잡아 보고 있었다. 칼을 뽑기는커녕, 칼집 근처에 손을 대고 있는 경비원조차 하나 없을 정도다.

정문 앞에서 근무를 서던 경비원들을 보자, 방 안에서 튀어나온 경비원들 중의 하나가 투덜거렸다.

"야, 저런 놈을 가게 안으로 들여보내면 어떻게 해?"

"낸들 알았나. 우리들한테는 돈 심부름을 왔다고 거짓말을 했단 말이야."

생각지도 못한 욕을 얻어먹은 경비원은 라이를 향해 고개를 돌리며 으르렁거렸다.

"이 개새끼, 죽고 싶어 환장을 한 모양이군."

"야 이 새꺄, 그렇게 죽고 싶으면 나무에다 목을 매달아. 여러 사람 귀찮게 만들지 말고."

"시끄러우니까 빨리 끌고 나가. 이러다 지하실에서 이 일을 알게 되면 우리는 아주 좆되는 거야."

"알았으니까, 자꾸 지랄거리지 마. 젠장, 별 거지 같은 놈 하나 때문에 이게 뭐야?"

"씨발, 또 어떤 년을 건드렸기에 이 지랄이야!"

경비원들은 성질을 내면서도 지배인이 사라진 방 쪽을 바라보며 투덜거리느라 라이는 안중에도 없었다. 절호의 기회! 아무리 실력이 없는 놈들이라고 해도 다섯이나 된다. 정면승부를 해서는 아무리 라이라 해도 제압하는 데 꽤나 많은 시간이 걸릴 수밖에 없다. 그걸 잘 아는 라이였기에 빈틈을 노려 번개처럼 기습을 가했다.

그의 싸구려 단검이 번쩍이는 순간, 겉모양만 멋있는 얄팍한 가죽갑옷은 어이가 없을 정도로 쉽게 잘려나가며 피 분수를 뿜어냈다.

"커억!"

"큭!"

"뭐, 뭐야? 이 미친 새끼!"

"빨리 비상종을 울려!"

방심한 대가는 아주 컸다. 라이를 안중에도 두지 않았던 경비원들은 기습을 당해 순식간에 셋이 당해 버렸고, 그나마 장검이라도 뽑아들며 반항하는 흉내라도 낼 수 있었던 것은 둘에 불과했다. 하지만 그 둘도 얼마 지나지 않아 동료들과 같이 바닥에 나뒹구는 신세를 면하지 못했다.

경비병들이 피를 흘리며 바닥에 쓰러지는 것을 본 여인들이 째질 듯한 비명을 질러 댔다.

"까아악! 어떡해. 사람이 죽었어."

"빠, 빨리 지배인님을 불러."

라이는 비명을 지르며 어쩔 줄 몰라 하는 여인들은 거들떠보지도 않고, 바닥에 떨어져 있던 장검을 주워들고 계단이 있는 방문 쪽으로 뛰기 시작했다. 달리면서 자신의 단검은 검집에 집어넣었다. 이제는 시간과의 싸움이다. 칼릭스라는 녀석이 눈치채고 몸을 숨기기 전에 찾아내 죽인 뒤 최대한 빨리 이곳을 탈출해야만 하는 것이다.

자신의 집무실 문을 열며 지배인은 짜증 어린 목소리를 감출 수가 없었다.

"젠장! 결정적인 순간에 이게 무슨 일이람?"

지부장인 칼릭스는 아주 합리적인 인물이라 매상만 제대로 올려 준다면, 그 외에 무슨 일을 하건 신경도 쓰지 않았다. 처음에는 정욕이 치밀 때마다 주점에서 일하는 여자들을 건드리는 것으로 만족했던 그였다. 하지만 그건 곧이어 시들해졌다.

밀고 당기고 하면서 정복해 나가는 재미가 있어야 하는 법인데, 여기 일하는 여자들에게 그런 게 있을 리 없기 때문이다. 지배인인 그가 벗으라고 명하기만 하면 언제, 어디서든지 치마를 벗고 다리를 벌려 주니 재미가 하나도 없었던 것이다.

그래서 마을의 예쁜 처녀들을 꼬시기 시작한 게 벌써…….

"어떤 년의 동생인지 당최 알 수가 있어야지."

워낙 많은 처녀들을 건드리다 보니 이제는 도저히 알 수가 없었다. 전에도 깔끔하게 떨어져 나가지 않고 울며불며 매달린 여자나 그 가족들이 몇 있긴 했었다. 하지만 기껏해야 양민, 아니면 농노 출신인 그들이 뭘 할 수 있겠는가. 그의 뒤에 샐러맨더 파가 있다는 걸 알고는 알아서 떨어져 나갔었다. 그러니 이번에도…….

"가만, 그게 아니잖아."

이렇게 업소까지 쫓아와서 행패를 부린 건 이번이 처음이다. 부하의 취미생활에 대해선 그게 아무리 엽기적인 것이라 해도 못 본 척 넘어가 주는 관대한 칼릭스였지만, 그 취미로 인해 영업에 방해를 받게 된다면 얘기가 틀려질 수도 있다.

또다시 주제넘게 행패를 부린다면 그냥 쫓아내는 것 정도로 봐주면 안 되겠어. 반쯤 죽여 놓던지, 아니면 아예 죽여서 파묻어 버릴 거라고 결심하는 지배인이었다.

"아잉~, 왜 이렇게 늦게 와요?"

"괜찮아, 이제 다 해결됐어."

칼릭스에게는 주점에서 제일가는 미녀를 붙여 줬고, 자정이 넘어 버렸기에 이제 더 이상 그를 찾는 사람도 없을 것이다. 뭔가 일이 생겼다 해도, 방금 전에 짜증 내며 방으로 되돌아가는 자신을 보고 그가 지금 뭘 하고 있는지 다들 눈치챘을 것이다.

쉬쉬하며 알아서 조용히 처리하겠지.

서둘러 옷을 벗기 시작하는 지배인. 하지만 곧이어 그는 기껏 벗었던 옷을 다시금 입어야 하는 짜증스런 상황에 처했다. 밖에서 여자들의 요란한 비명소리와 함께 자신을 찾는 목소리가 들려왔기 때문이다.

"이번에는 또 뭐야! 이 개자식들! 일 처리를 도대체 어떻게 하고 있기에……."

하지만 벌거벗은 채 자신의 침대에 누워있는 미녀를 향해 짜증을 폭발시킬 수는 없는 법. 여기까지 끌어들인다고 쏟아부은 공이 얼만데……. 그는 황급히 윗옷을 다시 주워 입는 한편 미녀를 다독거리는 것을 잊지 않았다.

"흐흐, 우리 귀염둥이. 잠깐만 기다리고 있어. 금방 돌아올 테니까."

미녀는 홑이불로 자신의 벗은 몸을 살짝 가리며 코맹맹이 소리로 대답했다.

"알았어요. 자기~ 빨리 와요~."

문을 벌컥 열고 분노어린 발걸음으로 뛰쳐나온 지배인. 하지만 곧이어 그의 분노로 시뻘겋게 달아올라 있던 얼굴은 새파랗게 변해 버렸다. 여기저기에 쓰러져 있는 경비원들. 그리고 그 주변에 흩뿌려져 있는 붉은 피가, 그들이 왜 쓰러진 것인지를 대변해 주고 있었다. 이때, 그는 볼 수 있었다. 방금 전에 행패를 부리던 그 새파란 놈이 지하로 내려가는 문 안으로 뛰어들어 가는 것을.

지배인은 황급히 다시 방 안으로 들어와 지하실과 연결되어 있는 줄을 힘껏 잡아당겼다. 줄 끝에는 종이 달려 있었다. 외부의 기습을 당했을 때, 지하에서 대기하고 있던 샐러맨더 파 조직원들에게 알리기 위한 비상종이었다.

"설마하니 두목님을 해치우겠답시고 본부로 뛰쳐 들어온 미친놈이 있을 줄이야……."

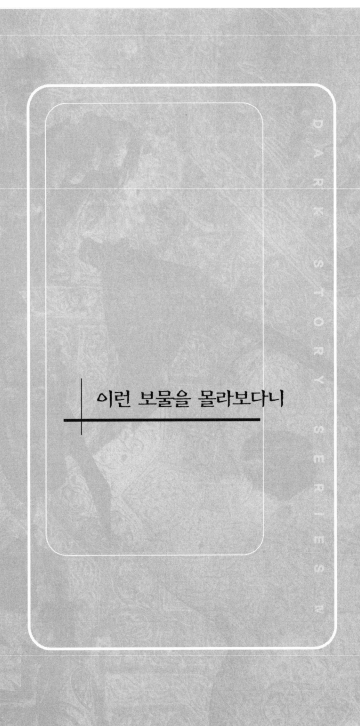

이런 보물을 몰라보다니

34

배신의 시대

"아잉~, 오랜만에 와서는 거기서 뭐 하고 있어? 지명까지 하고 왔으면서⋯⋯. 빨리 이리로 와."

여자는 간드러지는 비음으로 자신을 유혹하고 있었지만, 루크는 그쪽으로 갈 수가 없었다. 확인할 게 아직 남아있었기 때문이다.

"잠깐만 좀 기다려 봐, 이년아."

곧이어 루크는 자신이 원하던 걸 볼 수 있었다. 앞쪽의 화려한 건물에서 새파랗게 질린 여자들이 허둥지둥 달려 나오며 비명을 지르는 모습을 본 것이다.

"살인이다!"

"사람 살려!"

그걸 본 루크는 피식 미소 지었다. 그 꼴을 하고 들어갔으니 경비들과 충돌이 일어났을 건 뻔했고, 경비를 죽였다면 녀석은 절대로 저곳에서 살아서 나올 수 없으리라. 왜냐하면 저곳이야말로 용담호혈(龍潭虎穴), 샐러맨더 파의 본거지였으니까.

잭에게는 블러드 엑스를 죽인 범인을 찾기 위해 조직원들이 몽땅 다 밖으로 쏟아져 나가버린 후라 텅 비어 있다고 뻥을 쳤지만, 수많은 부를 긁어모으는 금고나 다름없는 이곳을 무방비 상태로 놔둘 리가 있겠는가.

　요새의 고관들은 물론이고, 밀수를 통해 거대한 부를 축적한 상인 등등……. 그런 인물들에게 한번 찍힐 경우 재수 없으면 문을 닫아야 하는 사태까지 갈 수도 있다. 때문에 그들이 평안하게 즐기며 돈을 펑펑 쓸 수 있도록 최선을 다할 수밖에 없다. 그런 상황에서 중간보스급 한 명 죽은 것쯤은 이곳 경비 태세에 그 어떤 영향도 줄 수가 없는 것이다.

　"멍청한 녀석! 네 녀석의 실력이 아무리 뛰어나다 해도 두목님의 애인을 건드렸을 때부터 네 녀석의 운명은 이미 결정 난 거나 다름없었어. 어쨌거나 잘됐네."

　루크는 기분이 몹시 좋은지 이를 드러내며 환하게 웃었다. 잭이라는 녀석의 실력에 위협을 느꼈었기 때문이다. 조직의 가장 큰 수입이 산적질에서 나오고 있었던 만큼, 싸움 실력이 좋다는 것은 그 어떤 것보다도 뛰어난 강점이었다.

　그랬기 때문에 아직 어린 녀석일지라도 머지않아 자신의 윗자리로 올라갈 거라는 생각에 마음이 굉장히 불안했었다. 그런데 설마하니 녀석이 처음부터 두목의 눈 밖에 나 버린 상태였을 줄이야 누가 알았겠는가.

　"제법 쓸 만한 놈이었는데, 아깝게 됐군."

　"빨리 와~. 나 심심하단 말이야."

　침대에 누워있던 창녀가 루크를 채근한다. 이 일대는 적의 영역이다. 이곳에서 괜히 수상쩍은 냄새라도 풍기면, 저 여자를 통해 불리한 소문이 퍼질 우려가 있다. 그렇기에 루크는 마지못해 창문에서 돌아설 수밖에 없었다. 좀 더 구경하고 싶은 마음이 굴뚝같았음에도 불구하고…….

"알았어, 이년아."

사실 필요한 것은 다 봤다. 녀석이 저 안에서 살아서 나올 수 있을 가능성은 만에 하나도 없었으니까.

루크는 여자 옆에 누워 그녀를 꽉 껴안으며 음탕한 어조로 말했다.

"우리 예쁜이, 심심했어?"

기다렸다는 듯 여자가 입을 맞춰 왔다. 요 며칠 루크를 짓누르고 있던 일이 홀가분하게 해결되었다. 이걸로 블러드 엑스 살해에 대한 저들의 조사는 멈출 것이다. 이 모든 일을 블랙울프 파에서 사주했다는 증거가 녀석의 시체 속에서 튀어나올 테니까.

'이제 이년이랑 편안히 즐기다 돌아가면 되겠군. 그나저나 양쪽 다 최대한 많은 피해를 입어야 할 텐데 말이야…….'

그리고 이 모든 계책을 성공적으로 이끈 자신의 공로에 대해 두목이 치하해 줄 게 틀림없다. 녀석에게로 가는 돈의 일부를 중간에서 꿀꺽하긴 했지만, 두목이 그걸 알 리 없으니까.

'크흐흣, 지위를 올려 주면 좋겠지만, 그럴 가능성은 별로 없을 거 같고……. 고생했다고 얼마나 줄까?'

하지만 그런 루크의 생각은 더 이상 이어지지 못했다. 눈앞에 있는 여인에게로 그의 온 신경이 집중되어 버렸으니까.

창녀와 농탕하게 즐긴 루크가 싸구려 창관에서 피곤한 안색으로 걸어 나온 건 새벽이 다 되어서였다. 잭에게로 갈 돈의 상당액을 빼돌린 덕에 주머니는 아주 풍족했다. 창녀 손아귀에 은화 두 닢을 쥐어 주자 얼마나 잘해 주던지…….

뜨거웠던 밤을 생각하면 콧노래가 절로 흘러나온다. 신이 나서 밖으로 나오던 루크는 꼭두새벽부터 길거리에 몰려나와 있는 수많은 사람들을 보고는 흠칫하지 않을 수 없었다. 루크는 이해할 수가 없었다. 샐러맨더 파에서 잭이라는 녀석 하나를 해치웠을 뿐인데, 어떻게 알고 이렇게 많은 사람들이 밖에 나와 있는 거지?

더군다나 여왕벌의 둥지 건물 앞에 서 있는 병사들은 또 뭐야! 뭔가 그가 예상하지 못한 일이 벌어졌음에는 틀림없었다. 그렇지 않고서야 평소에는 경비병들조차 근처에는 얼씬조차 하지 않던 여왕벌의 둥지 앞에 병사들이 삼삼오오 서서 경계를 하고 있을 리가 없으니까. 그것도 꼭두새벽부터.

'뭐야, 저거. 병사들이 여기에는 왜?'

위쪽에 줄이 닿아 있는 칼릭스가 자신의 건물 앞에 병사들이 포진하고 있도록 놔둘 리가 없다. 무장한 병사들이 건물 앞쪽에 자리를 잡고 있다는 것 하나만으로도 영업에 엄청난 방해를 받게 될 테니까.

루크는 건물 쪽을 바라보고 서 있는 구경꾼들에게 슬그머니 다가가 물었다.

"이봐요, 여기에 무슨 일이라도 일어났습니까? 저 병사들은 다 뭡니까?"

그러자 구경꾼인 듯 보이는 사내는 잔뜩 흥분해서는 열기 띤 어조로 대답해 줬다.

"칼릭스가 죽었답니다. 그 부하들과 함께 말이오."

"에?"

어이가 없어 말도 제대로 못 하고 있는 루크에게 사내는 흥분해서 외쳤다.

"그 망할 놈들이 몽땅 다 뒈져 버렸단 말이오!"

사내는 여왕벌의 둥지 건물 쪽으로 고개를 돌려 침을 퉤 뱉으며 소리쳤다.

"에이, 쓰레기 같은 것들! 잘 뒈져 버렸다!"

그제서야 정신을 차린 루크가 황급히 물었다.

"그, 그게 저, 정말입니까?"

못 믿겠다는 투의 루크의 대응에 구경꾼은 흥분해서 외쳤다.

"나도 처음에는 거짓말인 줄 알았소. 하지만 사실인 걸 어쩌겠소. 어쨌거나 저런 쓰레기들이 몽땅 다 뒈져 버렸으니, 한동안은 이곳도 조용해지겠지."

"범인은 잡혔습니까?"

이미 살해당했을 거라는 확신을 밑바닥에 깔고 물은 것이었지만, 대답은 그의 예상과 전혀 달랐다.

"젊은 남자라는 것 외에는 아무런 단서도 없답니다. 대단하지 않소? 혼자서 저 악당들 소굴로 쳐들어가 몽땅 다 죽여 버렸다는 게……."

그러자 그 옆에 있던 사내가 울분 어린 어조로 끼어들었다.

"그놈들의 악행을 더 이상 참지 못하신 여신께서 천사를 보내 주신 게야. 암 그렇고말고."

"망할 새끼들! 잘 뒈졌다. 저것들 말고도 죽을 놈들이 아직 수두룩한데, 설마 이걸로 끝은 아니겠지?"

구경꾼들의 말에 루크는 놀라움을 감추지 못했다. 하마터면 속마음을 밖으로 떠드는 최악의 실수를 저지를 뻔했을 정도다. 어쩌면 이 근처에 샐러맨더 파 똘마니들이 쫙 깔려 있을지도 모른다. 입조심을 해야 하는 것이다.

'이러고 있을 때가 아니군. 빨리 두목께 보고해야겠어.'

루크는 황급히 본거지로 되돌아간다고 돌아갔지만, 두목은 이미 이 사실을 알고 있었다. 두목은 루크를 보자마자 으르렁거렸다.

"멍청한 새끼! 어디에 갔다가 이제야 오는 거야?"

"죄, 죄송합니다, 두목."

"어떻게 이럴 수가 있어! 가짜 신분증을 원한다는 쓰레기 무사 놈이 칼릭스를 비롯해서 샐러맨더 지부를 단신으로 쓸어버렸다는 게 말이나 돼?"

"그, 그건 그렇습니다만……."

"아무래도 정통 검술 교육을 받은 녀석인 것 같습니다."

옆에 서 있던 부두목이 심각한 표정으로 말했지만, 두목은 콧방귀를 뀌었다.

"기사학부 수련생? 흥! 나도 그 생각을 안 해 본 건 아니야. 하지만 내가 알기로는 기사학부에서 가르친다는 수준이라는 게 뻔한데, 혼자서 수십 명을 쓸어버린다는 게 말이나 돼? 자네가 기사학부 물을 좀 먹어봤다고 했으니 잘 알 거 아냐."

"그건 두목 말씀이 옳으시긴 합니다만……."

하지만 두목은 부두목의 말을 끝까지 들을 생각이 없다는 듯 도중에 말을 잘랐다.

"넓은 야외라면 혹시 몰라. 이리저리 도망 다니면서 상대를 분산시켜 각개격파를 시킬 수도 있으니까 말이지. 하지만 싸움이 벌어진 곳은 지하잖아. 그것도 내부가 어떻게 생겼는지 전혀 모르는!"

부두목은 자신의 말을 들으려 하지 않는 두목의 행동에 짜증이 났는지 약간 언성을 높여 말했다.

"두목, 정통 검술교육을 기사학부에서만 가르치는 건 절대 아닙니다."

흠칫하던 두목은 잠시 후에야 겨우 입을 열었다.

"…, 자네가 하고 싶은 말이 뭔데?"

"제가 말씀드리려는 건, 녀석이 어디의 이름 높은 그래듀에이트로부터 직접 사사하고 있던 종자(從子)일 수도 있다는 거였습니다."

꿀 먹은 벙어리마냥 아무런 대꾸도 하지 않고 생각에 잠기는 두목. 그도 아는 것이다. 충분히 일리가 있는 추론이라는 것을.

잠시 말이 없던 두목이 이윽고 입을 열었다.

"그런 놈이 왜 여기서 위조 신분증을 사겠다고 했을까? 그것도 땡전 한 푼 없이……. 말이 안 되잖아."

"될 수도 있지요. 혹시 모반에 연루된 것이라면?"

그렇다! 그렇다면 말이 된다. 새파랗게 젊은 나이에도 불구하고 그런 엄청난 실력을 지니고 있는데다가, 세상 물정에 어두운 것까지도…….

두목의 얼굴이 갑자기 팍 일그러졌다.

"이런 젠장! 넝쿨째 호박이 굴러들어온 것도 모르고, 이런 실수를 저지르다니……."

두목의 말을 알아듣기 힘들었기에 루크는 고개를 갸웃하며 물었다.

"예? 왜 그러십니까, 두목님."

"그 녀석이 세상 물정을 잘 모르고 있을 뿐, 멍충이는 아니잖아. 그런데 칼릭스를 죽이라고 해 놨으니……."

"두목, 지나간 일 후회해 봐야 아무것도 되지 않습니다. 차라리 녀석을 어떻게 할 것인지 부터 결정을 하셔야 합니다."

"자네 생각은 어떤가?"

뭔가 생각이 있으니 말을 꺼낸 것일 테니, 그걸 묻는 것이다.

부두목은 어깨를 으쓱하며 말했다.

"실수였다고 둘러대는 게 가장 좋지 않겠습니까?"

"내 생각도 그렇긴 한데, 그게 과연 먹혀들어갈까? 그게 걱정이야."

"녀석이 이 바닥에 대해 눈곱만큼이라도 알고 있다면 통하지 않겠죠. 하지만 다행스럽게도 녀석은 아무것도 모릅니다. 그 점을 물고 늘어진다면 잘하면 넘어갈 수 있을지도 모릅니다."

꽤 그럴듯하다고 생각한 두목은 루크에게로 고개를 돌리며 지시했다. 자기 부하들 중에서 말 잘하는 것 하나만 본다면 루크를 따라갈 놈이 없었으니까.

"루크, 너만 믿겠다. 빨리 가서……."

"루크를 보내는 것보다는 제가 가는 게 좋겠습니다."

부두목이 자신의 말을 끊으며 끼어들었기에 두목은 떨떠름한 표정으로 부두목에게로 시선을 돌렸다. 평소 일을 떠맡아 솔선수범하는 인물은 아니었기에 부두목이 이런 말을 꺼낸 의도가 의심스러웠던 것이다.

"자네가…, 왜?"

"정통 기사수업을 받던 녀석이라면 윗사람이 직접 찾아와서 해명한다는 것이 어떤 의미를 지니고 있는 줄 잘 알고 있을 겁니다. 녀석은 루크가 조직 내에서 어느 정도 지위를 지니고 있는지 전혀 모릅니다. 그런 만큼 평소 자신과 접촉했던 자가 또다시 찾아와 해명이랍시고 늘어놓는 것에 대해 자신을 놀리는 거라고 생각할 수도 있지요. 뭐, 사실도 그렇고요. 안 그렇습니까, 두목?"

"끄응……."

"물론 두목께서 손수 찾아가셔서 사과를 하고 해명을 하시는 게 가장 잘 먹혀들어갈 거라는 게 제 생각이긴 합니다만, 그건

너무 위험부담이 크죠. 녀석에게 변명이 먹혀들지 않으면 두목
께서는 죽으러 가시는 거나 다름없는 상황이 될 테니까요."

"그래서…, 자네가 가겠다?"

"예. 녀석의 체면도 세워 주고, 또 두목님의 생명도 보장할 수
있는 거니까요. 제가 죽는 건 상관없습니다만, 앞날을 예측하기
힘든 작금의 상황에서 자칫 두목께서 돌아가시기라도 하는 날
에는 조직이 산산조각 날 수도 있습니다."

"흐으음……."

뭔가 약간 찜찜하긴 했지만, 느낌만 가지고 부두목의 의견을
묵살하기는 힘들었다. 왜냐하면 그의 말이 충분히 일리가 있었
으니까. 그리고 자칫 자신의 목숨이 날아갈 우려가 있는 만큼,
부두목의 제안이 솔깃한 것 또한 사실이었다.

두목은 어쩔 수 없이 부두목의 제안을 받아들이는 수밖에 없
었다.

"자네 말이 옳은 듯하군. 그럼 이번 건은 자네한테 일임할 테
니 잘 부탁함세."

"실망시켜 드리지 않겠습니다."

부두목은 루크에게로 시선을 돌려 지시했다.

"녀석이 있는 곳으로 안내해라."

"예, 부두목님."

둘이 밖으로 나간 후, 두목은 턱을 괴고 자리에 앉아 생각에
잠겼다. 부두목이 녀석을 잘 구슬려 주기만 한다면, 델카 요새
는 물론이고 어쩌면 다란툼 영지 전체의 뒷골목을 장악하는 것

도 꿈이 아니라는 생각이 들었다.

"크흐흐훗……. 행운의 여신께서 나를 불쌍히 여겨 선물해 주신 보석덩이를 몰라보고 걷어차 버릴 뻔하다니……. 어쨌거나 부두목이 잘해 줘야 할 텐데 말이야."

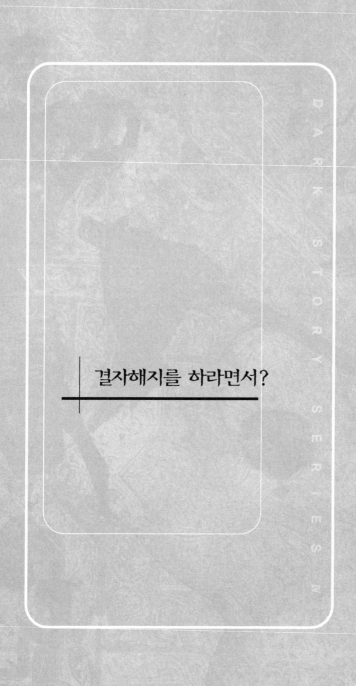

결자해지를 하라면서?

34

배신의 시대

함정에 빠졌다는 것을 깨달았을 때는 이미 너무 깊은 곳까지 들어가 있었다. 그때부터는 살기 위해서 죽였고, 나중에는 그것조차 생각하지 않고 본능적으로 죽였다. 문득 정신을 차렸을 때는 이미 그의 주위에는 살아 있는 사람은 단 한 명도 남아 있지 않았다. 모두들 경악에 부릅뜬 얼굴로 죽어 있는 수많은 시체, 시체들······.

갑옷 채로 토막난 시체들로부터 흘러나온 피로 인해 주위는 온통 시뻘건 핏자국과 비릿한 혈향으로 가득 차 있었다. 그야말로 시산혈해(屍山血海)! 라이는 부들부들 떨고 있는 자신의 손과 그 손에 쥐어져 있는 검을 멍한 눈으로 바라봤다. 시뻘건 선혈이 뚝뚝 떨어지고 있었기에, 이 말도 안 되는 살육극을 자신이 벌였다는 것쯤은 충분히 알 수 있었다.

"말도 안 돼! 내가 어떻게······?"

사람을 뼈째로 두 토막을 낸다는 것은 보통 힘든 게 아니다. 목처럼 가느다란 부위도 깨끗하게 토막을 내려면 웬만한 힘과 기술 가지고는 어림도 없는 일인데, 어떻게 어깨부터 허리까지 대각선으로 잘라 버릴 수가 있단 말인가. 그것도 갑옷 채로······.

"이게 검술의 힘……?"

그가 죽을 각오를 하고 이곳으로 온 건 옳은 선택이었다. 최소한 검술이라는 것을 익히는 데 있어서는 말이다. 그때, 블러드 엑스를 죽였을 때는 떠오르지 않았던 검술의 흐름이 지금은 손에 잡힐 듯 명확하게 떠올랐다. 아니, 검의 흐름만이 아니다. 검을 움직일 때, 몸 속 기운을 어떤 식으로 움직여야 하는 지까지 연계되어 복합적으로 생각나고 있었다. 그런 복잡한 작업을 어떻게 그렇게 순간적으로 해낼 수가 있었는지, 지금 생각해도 이해가 가지 않을 정도다.

하지만 곧이어 라이는 현실로 돌아왔다. 요란한 발자국 소리가 들려왔기 때문이다. 한두 사람이 내는 발자국 소리가 아니다. 그것은 곧바로 지하실로 달려 내려오고 있었다.

"지하실로 내려갔다고?"

"여기 경비 서던 놈은 어디로 간 거야?"

"어? 시쳅니다!"

"설마, 녀석을 아직까지도 해치우지 못한 건 아니겠지?"

"그럴 리가……. 지배인의 통보를 받고 곧장 달려오긴 했지만, 아직까지도 녀석을 해치우지 못했을까요."

"생포하려고 하다 보니 아직까지 살아 있는 걸지도 모르지."

저마다 웅성거리던 소리는 갑자기 멈췄다. 그리고 이어지는 경악어린 목소리들!

"흐읍, 피 냄새!"

"이게 뭐야?"

라이는 한숨을 푹 내쉬었다. 멍청하게 서서 시간을 낭비한 탓에 또다시 피를 뒤집어써야만 밖으로 탈출할 수 있게 되어 버렸다. 마음을 굳히자 라이는 칼을 꽉 쥐었다.

"그래, 어차피 해야만 하는 일이라면, 망설이지 말자. 망설일수록 죽여야 하는 사람의 숫자만 늘어나게 돼!"

몇 명이나 죽였는지 모른다. 그걸 세고 앉아 있을 정신도 없었다. 검술을 제대로 구현하는 데만 온 정신을 집중해야만 했다. 만약, 여기서 단 한 번이라도 실수를 했다가는, 살아서 나갈 수 없다는 것을 그도 잘 알고 있었던 것이다.

라이가 정신을 차린 건, 이제 더 이상 살기를 내뿜으며 달려오는 인기척을 찾을 수 없게 되었을 때쯤이었다. 그제서야 라이는 뭔가 이상하다는 것을 눈치챌 수 있었다. 분명 당코 그놈은 지하에 남아 있는 깡패들의 숫자가 몇 되지 않을 거라고 했다. 그러니 이 기회를 노려야만 한다면서…….

물론 그 녀석이 정보를 입수했을 때는 그랬을 수도 있다. 그리고 뭔가 다른 이유로 밖으로 나갔던 놈들이 돌아왔을 수도 있다. 사실 마지막에 난입해 들어온 적들을 보면, 밖에 있다가 누군가의 연락을 받고 허둥지둥 달려온 기색이 역력했으니까.

"기분 탓인가?"

좋은 방향으로 생각하고 넘어가려고 했지만, 그럴수록 의문이 꼬리에 꼬리를 물고 뇌리에 떠오른다. 라이는 품속에 손을 넣어 루크가 건네줬던 종이를 꺼냈다. 칼릭스의 초상화였다.

"잘 간직하고 있다가 실수 없이 처리하라고 했었지?"

생각해 보니, 이런 일을 하는 자에게 초상화를 넘겨줄 때 잘 간직하라고 하는 게 말이 되던가? 그가 소싯적에 들었었던 영웅담에 따른다면, 이런 건 곧바로 암기하고 불태워 버려야 되는 거 아니었나? 이런 증거물을 가지고 침투했다가 만약 생포라도 되기라도 하면 아니, 죽어버렸다고 해도 이쪽이 어느 파인지를 뻔히 알 수 있게 된다.

그러고 보니, 일부러 이런 증거를 남겨두는 경우가 있다. 그건…….

라이는 생각하기도 싫었지만, 그 이유는 뻔했다. 상대를 이간질 시키려고 거짓 정보를 흘릴 때. 그건…, 생각하고 싶지 않은 사실을 말해 주고 있었다. 배신! 놈들은 자신을 미끼로 삼아 거짓 정보를 샐러맨더 파에 퍼뜨리려고 했음에 틀림없었다.

예전 같았으면 그들의 배신에 경악하며 살길을 찾아 도망쳤겠지만 지금은 다르다.

"흥! 꼴에 배신을? 과연 밑바닥 인생 아니랄까 봐 가지가지들 하는군."

이제는 예전의 라이가 아니었다. 지금까지 수십 명에 달하는 폭력배들을 도륙 내 버렸다. 마음 같아서는 전설에 나오는 드래곤이라도 때려잡을 수 있을 것만 같은데, 그깟 폭력배 몇 놈이 자신을 배신했다고 해서 뭐가 두렵겠는가. 오히려 가소로울 뿐이다.

하지만 여관으로 돌아가는 건 왠지 망설여졌다. 녀석들이 창

칼을 들고 달려드는 것쯤이야 두려울 게 없었지만, 자칫 야밤에 불이라도 지른다면 큰일이다. 낡은 목조 건물인 만큼, 순식간에 불덩이가 될 게 뻔하지 않겠는가.

"잠자다가 통구이가 될 수는 없는 노릇이지. 그렇다면 어떻게 하는 게 좋을까?"

일단 녀석들의 반응을 살펴보는 게 좋을 것 같았다. 이쪽의 실력을 확실하게 보여줬으니, 녀석들도 머리가 장식용이 아니라면 자신들의 편으로 끌어들이려고 하지 않겠는가. 이번에는 진짜로.

라이는 일단 여관 내 자신의 방으로 올라가는 대신, 그 주변에 숨어 상황을 살펴보기로 했다.

*   *   *

부두목과 함께 밖으로 나온 루크는 난감하기 짝이 없었다. 잭이 지금 어디에 있는지 짐작이 가지 않았기 때문이다. 자기 혼자라면 부하들을 동원해 여기저기 뒤지며 찾으면 그만이지만, 지금은 부두목을 그에게로 안내해야만 하는 상황이다. 그렇다 보니 걱정이 앞설 수밖에 없었다.

'혹시 그 새끼, 지도 보고 블랙울프 쪽으로 가서 접선하고 있는 거 아냐?'

그러면 일이 더욱 꼬이게 된다.

'설마 녀석이 그렇게까지 나를 신뢰하고 있을 줄은…, 아니

신뢰 여부를 떠나서 그렇게까지 돌대가리일 리가 없잖아? 여왕벌의 둥지 안에 들어가기만 해도 벌써 자신이 속았다는 걸 알았을 텐데…….'

루크는 먼저 부두목을 '돈벼락' 여관으로 안내하기로 했다. 거기 가서 찾아 보고, 없으면 그때 가서 부두목에게 상황을 설명하고 양해를 구하는 수밖에 다른 도리가 없으리라.

루크가 부두목을 안내해 돈벼락 여관에 도착했을 때, 우려하던 상황이 그를 기다리고 있었다. 잭이 그곳에 없었던 것이다.

"어? 어디로 갔지?"

'정말 지도 따라간 거 아냐? 젠장! 샐러맨더도 골치 아픈데, 이번에는 블랙울프까지 박살 내 놓은 건 아니겠지.'

루크는 정신이 하나도 없었다.

"자, 잠시만 기다려 주십쇼. 제가 놈을 찾아서 데리고 오겠습니다."

계단을 달려 내려가며 루크는 부두목을 향해 소리쳤다. 부두목과 함께 방으로 올라올 때까지만 해도 여관에서 일하는 사람들의 눈에 띄지 않았다는 걸 다행으로 생각했지만, 지금은 아니다.

'이 새끼들이 다 어디로 갔어? 장사를 하겠다는 거야, 말겠다는 거야! 이따위로 장사를 하고 있으니 이 모양 이 꼴이지.'

"이봐! 여기 누구 없어?"

소리소리 지른 후에야 주방 안에서 여주인이 달려 나왔다. 허연 가루가 묻은 손을 앞치마에 쓱쓱 닦고 있는 걸 보면 한창 식사준비를 하고 있었던 모양이다.

"무슨 일이십니까, 손님?"

"여기 잭이라는 손님 있지? 며칠 전에 온 체구가 작고 바짝 마른 젊은 남자인데……."

"아 예, 알고 있습니다. 그런데 왜……?"

"그 사람 지금 어디에 있어?"

"방에 있을 거예요. 3층에…, 어디였더라? 세라! 세라! 어디 있니?"

한동안 부르며 찾았지만 세라라는 사람을 찾지는 못한 모양이다. 얼마 지나지 않아 세라를 찾는 걸 포기한 듯 여주인이 되돌아왔다.

"죄송해요, 얘가 어디로 갔는지 찾지를 못하겠네요. 하기야, 걔도 지금 여기서 일하고 있을 정신이 아니라서……."

여주인은 변명 겸, 세라에게 일어난 일에 대해서 말했다. 어제 시장통에서 경천동지할 정도의 살육극이 벌어진 모양인데, 그때 세라라는 아이의 어머니도 거기에 휩쓸려 목숨을 잃어버렸다고 했다.

"됐어. 그 사람이 어디에 묵고 있는지는 나도 알아. 젠장, 마을을 뒤지는 수밖에 도리가 없나?"

아무래도 잭이 어디에 있는지 찾으려면 시간이 좀 걸릴 것 같다는 보고를 하러 루크가 계단을 올라가려고 할 때였다. 뒤쪽에서 싸늘한 목소리가 들려왔다.

"같이 온 놈은 누구지?"

목소리는 나직했지만 공포스런 뭔가가 있었기에 루크는 자신도 모르게 온몸에 소름이 쫙 끼쳤다.

루크는 천천히 뒤로 돌아섰다. 혹시 분노 어린 상대가 칼이라도 뽑아들고 있으면 큰일이니까. 하지만 다행히 상대는 아직 칼을 뽑지 않은 상태다. 그렇다면 아직 대화의 여지가 있으리라. 루크는 최대한 친근하게 느껴지도록 미소를 지어 보이며 라이에게 말을 걸었다. 하지만 그의 미소는 누가 보더라도 무척이나 어색한 것이었다.

"여, 무사했군, 잭. 안 그래도 자네 걱정을……."

"시끄러! 죽고 싶지 않다면 내가 묻는 거나 대답해."

찔끔하고 눈치만 살피고 있는 루크를 향해 라이가 싸늘한 어조로 되물었다.

"함께 온 놈은 누구지?"

"부두목님이셔. 일이 좀 꼬였다는 걸 알고는 자네에게 직접 해명하려고 달려오셨지."

"부두목?"

부두목이라면 조직의 두 번째 순위를 지닌 인물이리라. 그런 인물이 직접 달려왔다는 것에 기분이 살짝 풀리려고 했지만, 라이는 느슨해지려는 마음을 다잡았다. 뭣보다 상대가 진짜 부두목인지도 모르는 일이니까.

"어느 파의 부두목? 블랙울프?"

비웃는 듯한 잭의 표정만 봐도 이미 눈치를 챘다는 것을 알 수 있었다. 이 상황에서 또다시 거짓말을 늘어놓을 담력은 루크에게 없었다. 루크는 잭의 눈빛이 너무나도 무서워 시선을 슬쩍 돌리며 어설픈 미소를 지었다.

"솔직히 말하지. 우리는 블랙울프 파가 아니야."

"그럼 뭔데?"

"우리는 블루썬더 파야."

잭의 눈빛이 더욱 험악해지는 것을 보고는 루크는 찔끔해서 사정했다.

"나, 나하고 이럴 게 아니라 부두목님께 직접 들으라고. 응? 제발……."

"오랜만이로군. 전에 통성명은 하지 않았었지? 나는 박스터라고 한다네."

부두목은 간단하게 인사를 건넨 후, 문 앞에 자리 잡고 있는 루크를 향해 지시했다.

"자네는 이만 돌아가 보게."

"예? 예, 부두목님."

루크가 밖으로 나갔음에도 부두목은 용건을 말하지 않고 잠시 기다리며 뭔가에 귀를 기울였다. 하지만 삐걱거리는 계단 소리가 들리지 않자 짜증스런 표정으로 문으로 가 벌컥 열었다. 그러자 문 바로 앞에 루크가 서 있는 게 보였다.

"내 말을 못 알아들었나? 경비 설 필요 없으니 그만 본부로 돌아가 봐."

목소리는 나직했지만, 루크는 부두목의 표정을 보고 상대의 마음을 못 알아챌 리 없었다. 눈치 하나만으로 이 자리까지 올라온 그였으니까. 그는 황급히 말했다.

"아, 알겠습니다, 부두목님. 그럼 저는 돌아가 보겠습니다."

잠시 후, 계단을 내려가는 소리가 요란하게 들려왔다. 그제서야 부두목은 라이에게 말했다.

"이제야 서로 간에 마음을 터놓고 얘기를 나눌 수가 있겠군. 단도직입적으로 묻지. 나하고 일해 볼 생각 없나?"

라이는 즉답을 피하고, 될 수 있으면 말을 하지 않으려고 노력했다. 입을 열면 은연중에 자신의 밑천이 드러날 수밖에 없었고, 그렇게 되면 상대에게 얕보일 뿐이라는 것을 경험을 통해 잘 알고 있었으니까.

"지금도 그쪽 파와 일하고 있는 것으로 아는데……?"

"엄밀히 말해 자네는 우리 식구가 아닐세. 아직 우리 파의 이름조차 제대로 모르고 있지 않나."

그러면서 부두목은 자신들이 이 마을에서 거의 이름도 알려져 있지 않은 '블루썬더'라는 산적 조직이라는 것과 함께 자신들의 비밀을 거의 다 밝혔다. 루산나가 자신들의 조직을 블랙울프라고 하며 상대를 위협했던 것도, 블루썬더라는 조직이 이 마을에 있다는 걸 아는 사람이 거의 없었던 탓이었다.

"두목은 보기보다 속이 좁은 사람일세. 그리고 의심도 많은 사람이지. 그 덕분에 샐러맨더와 블랙울프라는 거대조직이 쟁투를 벌이고 있는 이곳에서 아직까지 살아남을 수 있었던 것이겠지만 말이야. 하지만 루산나를 건드린 만큼, 자네는 절대로 두목과 함께 할 수는 없을 걸세. 내 보증하지."

"그런 말을 하는 이유는?"

"나하고 함께 사업을 해 보자는 걸세. 안 그래도 갈 데도 없지 않나? 자네는 국경을 넘어가겠다고 하지만, 국경을 넘어가면 자네를 반겨 맞이해 줄 사람이 있기라도 하나?"

"……."

"자네는 국외로 나가는 게 안전할 거라고 생각하는 모양이지만, 사실은 정반대일세. 등잔 밑이 어둡다는 말도 있지 않나. 같은 영지 내에 있는 샐러맨더나 블랙울프조차도 우리 조직의 정체를 제대로 파악하고 있지 못한데, 그 악명 높은 왕실 직속의 감찰부라고 하더라도 자네가 우리와 함께하고 있다는 건 알아내지 못할걸?"

라이는 부두목의 말 중 왕실 직속 감찰부라는 단어에 자신을 오크에게 던져주고 도망친 대장을 떠올리고는 이를 으드득 갈았다. 그리고 그런 라이의 반응을 살피던 부두목은 그제서야 만족스러운 미소를 지을 수 있었다. 자신의 예상이 맞았던 것이다. 일반인은 그 이름조차 생소한 왕실 직속 감찰부의 존재를 잭이 알고 있었으니까. 한때 미래가 창창했었던 그가 이곳 시골 구석에서 깡패 조직 부두목 노릇이나 하고 있는 것도 다 집안이 모반에 연루되어 풍비박산이 난 탓이다. 그리고 그건 잭 역시 마찬가지인 모양이다.

하지만 그는 자신의 생각을 입 밖에 내뱉지는 않았다. 이건 상대의 가장 중요한 비밀이었고, 나중에 객과의 사이가 틀어지게 되었을 때 그를 제거할 수 있는 올가미가 될 테니까.

"구미가 당기긴 하네요. 내가 해 줘야 할 건 뭡니까?"

깡패 조직과 함께하고 싶은 생각은 추호도 없었지만, 라이에게는 지금 시간이 필요했다. 고급 검술의 실마리를 잡게 된 지금, 그게 머릿속에서 잊혀지기 전에 확실히 체득할 수 있기를 원했다. 이국의 여인이 꿈속에 나타나기 시작한 건 얼마 되지 않았다. 붉은전갈 용병단에 잡혀 있을 때부터 시작되었으니까.

문제는 이게 얼마나 오랫동안 지속될 지 알 수가 없다는 것. 이번에 꿈에 나온 게 마지막이라면 어떻게 되겠는가. 그런 만큼 그녀가 알려준 검술을 아직 머릿속에 기억하고 있을 때, 그걸 확실하게 익혀 버리는 것만이 최선이었다. 그러기 위해선 자신에게는 시간과 장소가 필요했다. 그 검술을 익힐 수 있는……. 부두목은 그에게 그걸 제공해 줄 수 있었다.

"우리가 제일 먼저 해야 할 일은 지금 바로 달려가서 두목을 없애 버리는 거야. 고블린 무리를 소탕할 때는 일거에, 단 한 마리도 남김없이 깨끗하게 처리하는 게 가장 중요하지. 상대에게 시간을 줘서는 안 돼."

"그렇게까지……?"

"일단 마음을 정했으면 최대한 빨리 실행해야만 해. 그렇지 않으면 역공을 당하게 된다네. 자네도 여기까지 오면서 조금쯤은 느꼈을 게 아닌가."

공감이 가는 얘기였다.

　　　　　*　　　*　　　*

　방에서 쫓겨난 루크는 찜찜함을 금할 수가 없었다. 부두목이 잭과 얘기를 나누는 데 있어서 굳이 자신을 내쫓아야만 할 이유가 없었기 때문이다.

　'뭔가가 있어⋯⋯.'

　두목은 소탈하고 대범해 보이는 겉모습과 달리 아주 의심이 많은 사람이었다. 그가 가장 경계하는 것은 부하의 영향력이 커지는 것이었다. 조직 내에서 누군가가 자신의 자리를 위협할 것 같은 낌새만 보여도 그 싹부터 철저하게 짓밟아 버렸다. 지금껏 두목과 부두목 간의 관계가 돈독할 수 있었던 것도 다 부두목이 자신만의 세력을 구축하려 하지 않았기 때문이다.

　'지금껏 부두목은 야심도 없는, 두목만을 향한 충성심으로 가득한 인물이라고 생각했었어. 하지만 방금 전의 그건 뭐지?'

　부두목의 세력은 거의 없는 것과 마찬가지였다. 하지만 잭처럼 막강한 실력자가 부두목을 밀어준다면 얘기가 달라진다. 그놈은 혼자서 여왕벌의 둥지를 쓸어버렸을 정도로, 도저히 인간이라고 생각되지 않는 무력(武力)을 지닌 녀석이니까.

　그런 녀석과 부두목이 밀담을 나눈다? 부두목이 왜 이곳에 왔는지는 루크도 이미 알고 있었다. 그런데 왜 부두목은 자신을 밖으로 나가라고 했을까? 왠지 수상쩍은 냄새가 물씬 풍긴다.

　여기까지 생각이 미친 루크는 허겁지겁 본거지로 달려갔다.

"두목! 두목님! 큰일 났습니다!"

요란을 떠는 루크의 모습에 두목이 잔뜩 긴장했다.

"뭔데 그러냐? 설마…, 샐러맨더 파에서……?"

"아니, 그게 아니라, 부두목이 잭을 포섭해서 모반을 획책하는 것 같습니다."

루크는 두목이 발끈해서 곧바로 부두목과 잭을 처치할 계획을 세울 것이라고 생각했다. 하지만 그의 기대와 달리 두목은 콧방귀를 뀌며 손을 내저었을 뿐이었다.

"별소리를 다 듣겠네. 쓸데없는 소리 하지 말고, 네 녀석 할 일이나 해."

"하지만 두목, 뭔가 분위기가 이상했다니까요."

"그래, 뭐가 이상했는데?"

"밀담을 나눌 게 있다면서 저보고 먼저 돌아가라고 했습니다. 이상하지 않습니까? 그 녀석을 회유하러 간 건 저도 다 알고 있는데, 뭘 숨길 게 있다구요."

두목은 별것 아니라는 듯 어깨를 으쓱하며 말했다.

"잭과 좀 더 편안한 분위기에서 얘기를 나누려면 단둘이서 얘기하는 게 더 나았다고 판단한 모양이지. 네 녀석은 쓸데없는데 머리 쓰지 말고 샐러맨더 쪽 동태나 좀 살펴봐. 그것들이 그냥 당하고 있을 리는 없으니까."

"저…, 그래도……."

"네가 신경 써 주는 건 갸륵하다만, 할 소리가 있고 해서는 안 되는 소리가 있는 거야. 알겠냐?"

"알겠습니다, 두목."

두목의 부두목에 대한 신뢰는 하루아침에 만들어진 게 아니다. 그런 신뢰를 결정적인 증거도 없이 사소한 의심 하나만을 가지고 뒤흔든다는 건 역시 무리가 있었다. 루크는 자신의 말을 전혀 귀담아 주지 않는 두목에게 더 이상 말을 해 봐야 소용없다는 걸 느끼자 조용히 물러나는 수밖에 다른 도리가 없었다.

'병신, 나중에 내 말을 듣지 않은 걸 후회할 날이 올 거다.'

하지만 눈치 빠른 루크조차도 그날이 그렇게까지 빨리 올 거라고는 예상하지 못했다.

＊　　　＊　　　＊

부두목은 잭을 데리고 곧바로 두목의 은신처로 갔다. 예전에 루산나의 안내를 받아 찾아갔던 바로 그곳이었다.

똑똑…, 똑…, 똑똑…….

곧이어 철문 위쪽에 네모난 작은 구멍이 열리며 두 개의 눈동자가 나타났다.

"빨리 문 열어!"

그러자 작은 쪽문이 열리는 대신, 커다란 대문이 크그그 하는 소리와 함께 활짝 열린다.

"다녀오셨습니까, 부두목님."

부두목은 가볍게 답례하며 사내들을 향해 물었다.

"두목께서는 안에 계시냐?"

"예."

건물 안으로 들어선 부두목은 라이를 곧장 두목의 방으로 데리고 갔다.

"여기야."

똑똑!

문을 두드리자 방 안에서 두목의 목소리가 들려왔다.

"들어와!"

부두목이 문을 열고 들어가자 두목이 아주 반갑게 맞이했다.

"어서 오게나. 그래 갔던 일은 잘……."

그런데 부두목을 따라 방 안으로 들어오는 잭을 보자 두목의 안색이 흠칫 굳는다. 방금 전에 루크에게서 들었던 말이 떠올랐던 것이다. 부두목이 배신하려 한다는…….

하지만 그는 지금도 그 말을 믿을 수가 없었다. 아니, 믿고 싶지 않았다.

"어? 잭도 함께 왔군. 그래, 어서 오게."

두목은 라이에게 자리를 권하며 말했다.

"내가 실수했네. 내 용서를 받아 주게."

"두목, 우리가 이리로 온 건 두목을 없애기 위해섭니다."

일순 두목의 눈이 경악으로 휘둥그레졌다. 도저히 믿을 수 없다는 듯 부두목과 잭의 얼굴을 번갈아 바라보던 두목의 얼굴에 서서히 절망감이 떠오르기 시작한다. 아무런 의심도 하지 않았기에 호위도 세워 놓지 않은 상황. 하기야 저 잭이라는 녀석의 실력을 생각한다면 완전무장한 호위 몇 명이 경호하고 있다고 해도 달라지는 것은 아무것도 없으리라.

반항해 봐야 씨알도 안 먹힐 것을 잘 알기에 두목은 일단 인정에 호소하기로 했다. 저 능구렁이 같은 부두목 놈에게는 통하지 않을지 모르지만, 그의 뒤에서 멍한 얼굴로 서 있는 잭이라는 녀석의 마음을 어떻게든 흔들 수 있을지도 모를 일이니까.

"네가 이런 식으로 나를 배신할 줄은 정말 몰랐다."

"나도 두목과 이런 식으로 헤어지게 될 줄은 전혀 생각도 하지 못했소. 내 예상보다 10년쯤은 빠른 것 같소."

"그렇게 두목 자리가 탐나던가?"

부두목은 씁쓸한 어조로 대답했다.

"두목 자리가 탐난 건 아니었소. 다만 마음 편히 살고 싶었을 뿐이오."

"마음 편히 살고 싶었다고? 그게 무슨 말도 안 되는 개소리야! 내가 너에게 얼마나 잘해 줬는데……."

"큭큭. 두목처럼 자기밖에 모르고, 의심 많은 사람과 함께한다는 게 어디 쉬운 일인 줄 아십니까? 뭘 하려면 우선 이걸 두목이 어떻게 받아들일까, 혹시 나를 의심하지는 않을까 걱정부터 해야 했습니다."

"흥! 그렇게 쥐새끼처럼 숨죽이고 살다가 잭이 조직에 들어오니 생각이 바뀌었다?"

"잭은 내 계획을 앞당겨 주었……."

지루한 말싸움이 계속되고 있었기에 라이의 시선은 자신도 모르게 두목의 말에 반박하는 부두목 쪽으로 이동하는 일이 잦

아지고 있었다. 이번에도 그가 반론을 제기하는 부두목 쪽으로 시선을 옮긴 그때였다. 예의 그 싸늘한 느낌이 두목 쪽에서 쏘아져 들어왔다.

라이는 모르고 있었지만 그 기운은 살기(殺氣)! 두목이 부두목과 말싸움을 하는 척하면서 책상 밑으로 은밀히 준비했다가 던진 회심의 일격이었다. 워낙에 서로 간의 거리도 가까웠던 데다, 감정이 서서히 고조되고 있던 부두목이 막 대답하는 그 순간을 노려 던진 것이었기에 치명적일 수밖에 없었다.

두목이 노린 것은 부두목이었다. 부두목과 대화해 본 결과, 두목은 부두목만 죽이면 이 모든 사태가 진정될 것을 확신했다. 잭은 그저 부두목의 꼬임에 빠져 따라온 것일 뿐, 자신을 죽일 생각까지는 없는 듯 보였던 것이다.

그런데 다음 순간, 두목의 눈이 휘둥그레지는 사태가 벌어졌다.

챙!

부두목의 뒤쪽에 서 있던 잭이 한걸음 성큼 앞으로 내디디며 발검과 동시에 휘둘러 부두목을 향해 날아가던 비도를 쳐서 날려 버린 것이다. 그리고 다음 순간, 부두목이 발검하여 공격 직후 거의 무방비 상태나 다름없는 두목의 이마를 장검으로 꿰뚫어 버렸다. 두목의 머리를 관통하여 뒤통수를 뚫고 삐죽이 솟아나와 있는 피 묻은 칼끝. 멍한 얼굴로 앉아 있던 두목의 상체가 서서히 무너진다.

정말이지 순식간에 시작되고, 또 끝나 버린 공방전이었다.

두목을 해치우고 나서 부두목은 잠시 멍하니 서 있었다. 너무 쉽게 성공하다 보니, 두목의 시체를 보며 승리의 기쁨보다는 허망함을 먼저 느낀 것이다. 부하가 행여 배신이라도 할까 눈에 불을 켰던 두목이었다. 그런 그가 이렇게 손쉽게 목이 날아가는 걸 보면, 두목이라는 자리가 얼마나 위태로운 것인가. 그런 자리를 위해 이렇게 커다란 위험을 감수하고 있다니…….

이때 들려온 잭의 목소리가 그로 하여금 제정신으로 돌아오게 해 줬다.

"이런 망할 새끼! 끝까지 치졸한 수를 부리고 있어!"

'두목은 과연 치졸했던 것일까? 하기야…, 부하들의 배신이 두려워서 몸을 사린다면, 나 또한 두목과 똑같은 최후를 맞게 되겠지. 나는 절대 당신 같은 삶을 살지는 않을 거요. 나에게는 꿈이라는 게 있으니까.'

그때 잭의 목소리가 다시 들려왔다.

"댁의 말대로 두목을 죽이긴 했는데, 그다음은 어떻게 해야 되는 거요?"

설마 조직원들을 모두 다 죽이면서 여기를 탈출해야 하는 그런 개 같은 일을 해야 하는 건 아니겠지? 하고 묻는 것이리라.

부두목은 피식 웃으며 입을 열었다.

"그런 걱정은 할 필요 없어. 다 생각해 둔 게 있으니까……."

"어찌 되었건 나도 현재는 당신과 연관이 있다 보니 알고 싶군요."

"이쪽은 내가 알아서 처리할 테니, 자네는 샐러맨더 파의 수뇌부를 처치해 줘. 할 수 없다고는 하지 마. 여왕벌의 둥지에서 살아서 나온 것만 봐도 이 일을 수행하기에 실력은 충분하고 넘치는 게 확실하니까."

"여왕벌의 둥지보다 훨씬 더 많다면 아무리 나라도……."

"아, 그건 걱정할 필요 없어. 이곳의 지부가 괴멸당했다는 보고를 받고 급히 지원세력을 출발시켰을 테니까. 이곳 사정을 정확히 모르는 한 샐러맨더 파의 두목이 직접 오지는 않을 거야. 너무 위험하거든. 잘돼 봐야 부두목 정도가 부하들을 이끌고 달려오겠지."

"흐음……."

얼마 전에 루크에게 속았던 소리와 뭔가 비슷하다고 느끼며 라이가 찜찜함을 감추고 있자, 부두목이 급히 말을 이었다.

"자네로서는 이 일을 수행할 수밖에 없어. 두목의 지시대로 행한 것밖에 없긴 했지만, 자네가 샐러맨더 파와 불구대천의 원수가 되어 버린 것은 사실이니까. 만약 여기서 자네가 손을 털고 싶다고 해도 샐러맨더 파에서 자네를 절대 가만히 놔두지 않을걸."

"한번 발을 담았으면 빠져나갈 수 없다는 말인가……?"

"뭐…, 그런 셈이지."

"어쩔 수 없지."

검술을 익힌 이래 라이는 심적으로 많이 강해졌다. 예전이었다면 참고 넘어갔겠지만, 지금은 얘기가 다른 것이다. 절대적인

자신이 있었으니까. 그 말을 끝으로 라이가 방 밖으로 나가려
할 때 부두목이 급히 불러 세웠다.

"이봐, 이봐. 지금 어디로 가려는 겐가?"

"결자해지(結者解之)를 하라면서?"

『〈묵향〉 35권에 계속』